L'AINÉ DE LA FAMILLE

PAR

ALEXANDRE DE LAVERGNE,

L'un des auteurs des Trois Aveugles.

PREMIÈRE PARTIE.

I

Le Val Moron.

Dans la partie la plus pittoresque et en même temps la plus sauvage de la Haute-Auvergne, sur un des appendices neigeux de cette chaîne effrayante de montagnes qui s'étend dans un rayon de moins de trois lieues de diamètre, entre le plomb du Cantal et le col de Cabre, et à deux lieues environ de la petite ville de Murat, s'élevait, il y a environ cent quarante ans, un antique château, bien sombre, bien froid, bien démantelé. Ce château servait, en toute saison, d'habitation à l'un des plus nobles seigneurs du pays, le marquis d'Anglars de Rochevert. Après avoir pris une part glorieuse à toutes les guerres qui marquèrent la première partie du règne de Louis XIV, ce seigneur s'était retiré dans son château, chargé d'ans et de blessures, avec le grade de mestre-de-camp, en échange duquel il avait versé son sang sur maint champ de bataille et dépensé le plus clair de sa fortune pour ce que l'on appelait alors le service du roi. En revanche, feu madame la marquise d'Anglars et de Rochevert, sa femme, douée de cette merveilleuse fécondité qui semble l'apanage du beau sexe dans cette partie du monde connu, l'avait rendu père d'une nombreuse progéniture : onze enfans, ni plus ni moins. Tous avaient prospéré et ne demandaient qu'à vivre ; tous étaient élevés chrétiennement et noblement; à savoir, les fils par un abbé qu'on avait recueilli par humanité au château; quant aux filles, une vieille parente religieuse qui avait obtenu la permission de ne plus vivre au couvent, pour cause de santé, s'était chargée du soin de leur éducation.

Entre tous ces précieux rejetons de la maison d'Anglars de Rochevert, celui sur lequel je demande au lecteur d'appeler toute son attention et qui la mérite à tous égards, attendu son droit d'aînesse, est un charmant jeune blondin d'environ vingt ans, leste, hardi, bien découplé, d'une physiononne presque féminine, et qu'on nommait, à l'époque où commence cette histoire, M. le comte Philippe d'Anglars.

Si jamais jeune seigneur parut dès sa plus tendre enfance appelé à de hautes destinées, ce fut à coup sûr M. le comte Philippe d'Anglars. Il lisait déjà couramment dans l'Armorial de la comté d'Auvergne à l'âge où les pauvres enfans commencent à peine à parler; plus tard, il déploya tant d'aptitude pour les rudimens de la langue latine, qu'après moins de cinq années d'études, il était capable d'en remontrer à l'abbé qu'on avait décoré du titre pompeux de gouverneur; celui-ci crut même de son devoir de déclarer hautement à M. le marquis que M. le comte n'avait plus besoin de ses leçons. M. le comte pouvait alors avoir de treize à quatorze ans. Si cet illustre enfant avait été si richement doté par la nature sous le rapport de l'intelligence, on doit ajouter qu'il ne brillait pas moins sous d'autres rapports purement matériels; c'est ainsi qu'il excellait, dit-on, dans l'art de la chasse et même de la danse. Il savait dresser les faucons avec autant d'art que M. de Luynes, et pouvait à ce titre devenir comme lui connétable de France. Enfin, bien qu'en Auvergne, au dix-septième siècle comme au dix-neuvième, la bourrée fût à peu près exclusivement en honneur, le jeune comte d'Anglars exécutait les passe-pieds avec une telle distinction, qu'il n'était pas douteux qu'avec un peu d'étude, il ne parvînt à effacer le souvenir de M. de Lauzun et à devenir comme lui duc et pair du royaume. Aussi, quel prestige attaché à ce nom : « Monsieur le comte Philippe d'Anglars! » avec quelle admiration respectueuse tous les fronts se découvraient, toutes les têtes s'inclinaient sur le passage du noble héritier d'un nom si beau! comme à l'église, les dimanches et fêtes, involontairement les jolies filles de la paroisse détournaient leurs regards vers le banc seigneurial où le jeune comte venait fièrement s'asseoir à la place de monseigneur son père, retenu les trois quarts de l'année par quelque accès de goutte à défaut de ses blessures! C'était un seigneur de si bonne mine que M. le comte d'Anglars avec son justaucorps de velours vert tout galonné d'or fin, son feutre empanaché, ses rubans, ses dentelles! Oh! celui-là, s'il eût voulu, n'eût certes point trouvé de cruelles... dans les montagnes de la Haute-Auvergne.

Comment s'étonner, après cela, qu'un jeune gentilhomme qui à tous ces avantages en joignait un qui les résume en quelque sorte tous, celui d'être l'aîné de sa maison, en fût venu à partager la haute opinion que tout le monde, à commencer par M. son gouverneur, avait de lui? Privé de tout point de comparaison, dans un pays perdu, que le manque de routes et la difficulté des moyens de communication rend, même encore aujourd'hui dans un grand nombre d'endroits, impénétrable à notre civilisation, le comte Philippe d'Anglars n'avait aucun moyen de réagir sur les impressions que devaient nécessairement éveiller dans son âme les hommes et les louanges dont il était l'objet. Dans ce monde d'illusions où il vivait depuis vingt ans, il en était arrivé, sur la foi de l'abbé, au point d'assigner à la maison d'Anglars de Rochevert dans le royaume le rang qu'elle tenait dans la province, et il croyait fermement que le moins qui pût lui échoir en partage à son début dans la carrière, c'était un régiment. Son père, le seul homme qui eût pu le détromper, s'en donnait bien de garde, soit qu'il jugeât d'une habile politique de faire germer de bonne heure dans le cœur de son fils l'ambition, cette passion qui enfante les grandes choses, soit plutôt qu'en rentrant dans ses foyers, le vieux gentillâtre n'eût gardé de ses souvenirs que ceux qui pouvaient flatter son orgueil nobiliaire. Nous sommes pour la plupart ainsi faits : la vanité est une habile enchanteresse dont la baguette magique nous fait rêver notre passé, non point tel que nous l'avons eu, mais tel que nous l'aurions voulu. D'ailleurs, à l'époque dont je parle, les relations des pères avec les enfans étaient plus cérémonieuses qu'affectueuses, et il fallait de grandes occasions pour que, dans les maisons nobles, le père de famille daignât descendre jusqu'à un colloque familier avec sa progéniture. Du moins, c'était ainsi que les choses se passaient au château d'Anglars.

Chaque matin, les onze rejetons du marquis venaient, les fils conduits par l'abbé, les filles par la religieuse, tous en suivant le rang de primogéniture, baiser la main paternelle et s'informer si M. le marquis avait bien passé la nuit ; chaque soir, tous revenaient dans le même ordre accomplir ce devoir filial, puis tout était dit. Il était bien rare que le vieux gentilhomme rompît le silence plein de dignité qu'il avait accoutumé de garder en pareille circonstance, si ce n'est pour adresser quelque foudroyante réprimande à l'un des enfans, réprimande qui glaçait tout l'auditoire de terreur, autant le coupable que ses frères et sœurs. M. le comte Philippe d'Anglars était le seul qui, en vertu de son droit d'aînesse, eût le privilége de n'être jamais grondé qu'en particulier, afin que nul ne fût tenté de perdre le respect qui lui était dû. Dans ces occasions-là même, le marquis, afin de concilier autant que possible sa juste colère avec les égards dus à l'aîné de sa maison, ne manquait jamais de lui adresser la parole absolument comme s'il eût eu affaire à un étranger, et son allocution commençait invariablement par ces mots : « Par la mordieu ! monsieur le comte, vous êtes un vilain petit masque ! »

Cependant, au bout de quelque vingt ans, le petit masque était devenu, sans que monsieur son père parût s'en apercevoir, un grand pendard ; passant le jour à chasser les loups et les sangliers dans la montagne, en compagnie des plus âgés de ses frères et de quelques jeunes gentilshommes des environs, et mettant la nuit à profit pour courre un tout autre gibier qui lui laissait prendre assez volontiers un avant-goût de ses droits seigneuriaux. Les tenanciers du château, ceux-là surtout qui avaient le malheur d'être époux ou pères, se demandaient bien entre eux par-ci par-là s'il n'était pas grandement temps que M. le marquis songeât à l'établissement de son fils. Un si grand seigneur ne pouvait raisonnablement passer sa vie dans les montagnes : la cour l'appelait ; mais quelque fondées que pussent être de pareilles observations, on se donnait bien de garde de se les communiquer autrement qu'à voix basse et en cachette ; car il était évident, d'un autre côté, que c'était un grand honneur pour le pays de posséder M. le comte Philippe d'Anglars, et que M. le marquis d'Anglars verrait avec beaucoup de déplaisir que cet honneur-là ne fût pas apprécié comme il devait l'être.

Le jeune comte lui-même commençait à s'étonner de l'oisiveté dans laquelle on le laissait languir, à un âge où tous ses aïeux avaient depuis long-temps quitté l'existence monotone et les sombres murailles du manoir paternel pour les délices variées et les pompeuses féeries de la cour. La cour ! de tout temps cet univers inconnu avait été l'objet de ses rêves. Enfant, sa défunte mère l'avait bercé sur ses genoux au récit des fêtes somptueuses de Marly, de Fontainebleau et de Versailles, des mascarades de Lulli et des divertissemens de Molière. Plus tard, son père avait évoqué devant lui le souvenir des chasses royales de Compiègne et de Saint-Germain. Le vieux gentilhomme lui avait montré du doigt, fuyant dans quelque fantastique horizon, au son éclatant des fanfares et montées sur leurs blanches haquenées, toutes ces beautés, escorte ordinaire du grand roi, la comtesse de Guiche, la duchesse de Valentinois, la belle Montespan, reine encore alors ; puis, caracolant à leurs côtés, au milieu d'un nuage de rubans et de dentelles, les Lauzun, les Vivonne, les Du Lude, la fleur de la noblesse de France, les rois du bel air et de la galanterie ;

et le jeune adolescent, l'esprit rempli de toutes ces merveilles du passé, se plaisait à en doter l'avenir.

D'où vient donc qu'après avoir étalé complaisamment devant son fils cette riche moisson de souvenirs, le marquis se pressait si peu de lui offrir les moyens d'y joindre un jour les siens? Sans doute il avait à cet égard de puissans motifs dont moins que tout autre Philippe d'Anglars eût osé lui demander compte, tant du fond de son grand fauteuil le vieux gentilhomme avait su inspirer à tout son entourage de respect et de crainte. Quoi qu'il en soit, confiant dans sa jeunesse (il n'avait pas encore accompli sa vingt-unième année), le comte d'Anglars semblait avoir pris son parti sur le retard apporté à son entrée dans la carrière, et cherchait, ainsi qu'on l'a vu plus haut, dans les plaisirs de son âge un allégement aux ennuis que devait lui causer un semblable ajournement.

Depuis quelque temps même, ce besoin de distractions était devenu chez lui plus puissant que jamais; la chasse surtout occupait tous ses instans; et, bien qu'on fût entré dans la saison d'automne et que la neige si hâtive dans les pays de montagnes vînt déjà encombrer les chemins, il ne se passait pas de jour sans que M. le comte Philippe d'Anglars sortît du château pour aller faire la guerre aux loups. Ces derniers, par esprit de contradiction sans doute, ne s'en montraient que plus fréquens et plus nombreux encore dans les environs du manoir. Il est vrai que M. le comte, au lieu de s'en aller, comme par le passé, chasser en compagnie des plus âgés de ses frères ou de quelques gentillâtres voisins, avait déclaré un beau jour que ceux-ci n'entendaient rien à cet exercice, et qu'il préférait s'y livrer seul. Conformément à cette déclaration, il montait régulièrement à cheval tous les matins, quelque temps qu'il fît, et, sans crainte des précipices ni des avalanches, il s'engageait dans les sentiers les plus difficiles de la montagne ; mais il fallait que bêtes fauves et gibier se présentassent bien rarement à portée de son mousquet, car Antoine, le valet de chambre de M. le marquis, celui qui était chargé d'approvisionner le jeune comte de poudre et de plomb, assurait que la provision était restée intacte pendant quinze jours.

C'est qu'en effet bêtes fauves et gibier étaient bien loin de la pensée de Philippe d'Anglars dans les excursions périlleuses auxquelles il se livrait journellement, et tous les daims de la Haute-Auvergne auraient bien pu venir gambader devant lui sans que peut-être il lui prît fantaisie d'en ajuster un seul. Que si l'on veut connaître la cause du changement qui s'était opéré depuis peu dans les habitudes du jeune gentilhomme, il faut, par quelque belle matinée d'automne, monter en croupe avec lui sur son joli cheval gris pommelé, discret confident de toutes ses actions, et dont le pas lent et mesuré et l'attitude nonchalante semblent se conformer à la situation d'esprit de son maître. Au bout de trois quarts d'heure de marche environ par des chemins taillés à pic ou suspendus au dessus d'abîmes sans fond, nous arriverons au bord d'une gorge étroite et sauvage au fond de laquelle est encaissée une petite vallée d'où s'exhale une odeur de pâturages, une de ces vallées sur lesquelles la bise d'automne et les premières neiges passent sans les atteindre, mystérieuse oasis pleine en tout temps de verdure et de parfums dont le mugissement solennel des vaches trouble seul le silence. Cette paisible retraite est connue sous le nom de Val Moron. C'est là qu'il faut descendre. Après avoir subi l'inspection d'une demi-douzaine de vaches à la croupe luisante et à la riche encolure, qui paissent tranquillement les dernières graminées que l'automne laisse subsister à la surface du sol, vous découvrirez, à l'ombre d'un petit massif de châtaigners dont les feuilles jaunies jonchent en grande partie la terre, une humble maisonnette formée de branches d'arbre et de maçonnerie. Arrêtez-vous! une voix de jeune fille, une voix pleine de pureté et de fraîcheur ne vient-elle pas se faire entendre? Il faut craindre de la troubler. Cette jeune fille chante dans son naïf patois des montagnes et sur un rhythme plein de mélodie, une de ces chansonnettes qui renferment, sous un voile allégorique et souvent chargé d'énigmes et de mystères, tant de trésors de grâce et de poésie... Ecoutez !

Au plus profond de la montagne,
Cache-toi bien, gentille fleur,
Ma sœur :
Voici venir dans la campagne
Un beau seigneur
Trompeur.
Que la neige
Te protége.
Gentille fleur,
Ma sœur :
La neige efface
Toute trace :
La neige glace
Le cœur.

Maintenant la voix s'est éteinte ; Philippe d'Anglars vient de sauter lestement à bas de sa monture qu'il a attachée à un arbre, et il se dirige à pas furtifs vers la maisonnette. Entrons avec lui.

— Bonjour, Nanette, dit le jeune homme en appliquant le plus ardent baiser sur la joue d'une fillette de quinze à seize ans qui tressaillit et devint rouge comme une cerise.

— Ah ! monseigneur, c'est vous ! s'écria-t-elle en attachant sur le comte deux grands yeux noirs où se lisaient à la fois la surprise et le plus vif embarras, vous m'avez fait bien peur !

— Vrai, Nanette ? Eh bien, mordieu, tant mieux, c'est pour te punir de chanter toujours cette vilaine chanson qui n'a pas le sens commun et qui est triste comme un enterrement.

— Pardon, monseigneur, je tâcherai de l'oublier, puisqu'elle vous déplaît ; mais ce n'est pas ma faute si elle me revient toujours. On dirait un pressentiment.

— Allons, Nanette, tu es une petite sotte.

— Comme il vous plaira, monseigneur. Que désirez-vous de moi ?

— D'abord, Nanette, il faut une tasse de lait ; tu sais bien que c'est là l'objet de ma visite de tous les jours.

Nanette fixa de nouveau ses grands yeux sur le jeune gentilhomme qui venait de s'asseoir sur un escabeau, et, le coude appuyé sur une méchante table vermoulue, la contemplait en souriant, puis elle les baissa à terre, et, réprimant un soupir, elle se mit en devoir de remplir le désir qui venait de lui être exprimé.

C'était une fort jolie fille que Nanette, la petite métayère du Val Moron ; sa peau était aussi blanche que le lait de ses vaches, et les vives couleurs de la rose des montagnes nuançaient agréablement son teint. Elle avait une taille de nymphe qui se dessinait à merveille sous sa jupe de bure, et son bavolet légèrement arrondi sur son sein était plein de charmantes promesses. Joignez à cela des dents blanches comme des perles, de beaux cheveux noirs coquettement relevés en chignon derrière sa tête, et une jambe qui eût fait envie à Diane chasseresse. Enfin, comme elle était la plus jolie fille des environs, elle en était la plus sage. Aussi son père, l'un des tenanciers du domaine d'Anglars, en était fier à juste titre ; et, n'était le désir qu'il avait de lui faire une petite dot, il se fût bien donné de garde de la quitter ainsi tout le jour pour s'en aller gagner quelques écus au château d'Anglars, en coopérant à certaines époques aux travaux des champs ; mais les temps étaient durs, et le père de Nanette, obscur et pauvre tenancier, trouvait dans ce produit combiné avec celui de ses vaches le moyen d'acquitter sa redevance envers M. le marquis d'Anglars, tout en faisant quelques économies. Du vivant de sa femme, il avait toujours agi ainsi, et maintenant qu'il était veuf et qu'il avait une fille bientôt bonne à établir, il se fût estimé coupable en faisant différemment. D'ailleurs, il ne se passait pas un jour sans qu'il rentrât au logis au coucher du soleil, et puis il laissait sa Nanette sous la sauvegarde de Médor, un gros chien capable de tenir tête à deux hommes, puis Nanette était si sage, puis enfin la saison approchait à grands pas où les travaux des champs étant suspendus et les chemins devenant impraticables, il reviendrait passer l'hiver dans sa maisonnette et ne quitterait plus sa fille d'un seul instant.

Il n'était pas une seule de ces circonstances qui ne fût parfaitement connue du jeune comte d'Anglars, depuis certain dimanche où, ayant remarqué à la messe sa jolie vassale, il s'était proposé cette charmante conquête, et, dès le lendemain, il était allé demander une tasse de lait dans la cabane isolée du Val Moron. Mais, soit qu'il y ait dans l'aspect de l'innocence et de la vertu je ne sais quelle puissance qui paralyse les mauvaises pensées, soit que Philippe d'Anglars fût encore séducteur bien novice, un mois environ s'était écoulé sans qu'à part quelques baisers bien innocens, il fût guère plus avancé que le premier jour. Aussi commençait-il à entrer en grand courroux contre lui-même. N'était-ce pas une honte, en effet, que lui, l'aîné de la maison d'Anglars, qui jusque-là n'avait jamais rencontré de résistance, soupirât depuis si long-temps pour une fillette! Il fallait que cette sotte intrigue eût enfin un dénouement. Il y allait de son honneur, il y allait de son repos, car c'est en vain qu'il eût cherché à se le dissimuler à lui-même, ce qu'il avait pris pour une amourette commençait à devenir une passion sérieuse qui l'absorbait complétement; il ne pensait, ne rêvait qu'à Nanette; cette précieuse fleur des montagnes manquait à sa couronne, il la lui fallait à tout prix. Aussi bien, la route devenait de jour en jour plus difficile pour arriver au Val Moron. La veille encore son cheval s'était abattu et avait manqué de l'entraîner au fond d'un précipice. Ainsi, il y allait à la fois de son honneur, de son repos et même de sa vie.

Notre gentilhomme s'était dit cela et bien d'autres choses encore pendant qu'il suivait tout pensif, le jour où commence cette histoire, le chemin du Val Moron; et, tout en buvant la tasse de lait que la jeune fille venait de lui présenter, l'apprenti Lovelace ruminait dans sa tête un plan d'attaque dont il semblait vivement embarrassé, lorsque, par un hasard imprévu, sa belle ennemie vint, sans défiance aucune, lui offrir des armes pour sa propre défaite. Si l'on veut bien suivre la conversation qui s'engagea entre les deux jeunes gens, on verra bientôt comment la pauvre Nanette se livra elle-même pieds et poings liés à son séducteur.

—Merci, Nanette, dit le jeune comte en rendant à son gracieux échanson la tasse dont il avait bu le contenu, et ses doigts effleurèrent la main tremblante de la jolie fille, et ils osèrent la presser.

Nanette, contre sa coutume, ne retira pas sa main, et elle ne prononça pas une parole. Seulement une grosse larme, presque aussitôt dissimulée sous un sourire, brilla sous ses longs cils noirs.

— Qu'as-tu, Nanette? s'écria le comte, tu me sembles triste aujourd'hui. Est-ce que tu n'es pas bien aise de me voir?

— Oh! si fait, monseigneur.

Ce fut avec un profond accent que Nanette fit cette réponse, et rien que dans l'expression de physionomie qui l'accompagna, un observateur plus expérimenté que Philippe d'Anglars eût deviné tout d'abord l'ardeur d'une passion long-temps contenue dans les replis les plus secrets du cœur, mais enfin près de se faire jour, fût-ce même en le brisant.

Le jeune gentilhomme regarda fixement à son tour la belle villageoise.

— Et moi, ajouta-t-il après un silence, et moi, Nanette, je te dis que tu ne me reçois pas aujourd'hui comme à ton ordinaire. Tu as quelque sujet de chagrin que tu veux me cacher; c'est mal, c'est bien mal, car je... t'aime, Nanette, tu le sais.

— Moi, monseigneur! je n'ai aucun sujet de chagrin, je vous jure. Bien au contraire, je n'ai que des sujets de joie. Mon père qui m'a laissée seule tous les jours de cet automne pour aller travailler au château, m'a dit ce matin en partant que demain serait le dernier jour où il me quitterait. Il va rentrer à la cabane, ce bon père; je ne serai plus seule un instant dans la journée. Oh! n'est-ce pas, monseigneur, que je suis bien heureuse?

En parlant ainsi, la pauvre enfant, cédant à la violence des émotions qu'elle avait essayé de vaincre, se prit à fondre en larmes. Troublé lui-même en apprenant une nouvelle qui ruinait toutes ses espérances et l'exilait définitivement du Val Moron, le jeune comte sentit en même temps cette douce ivresse que donne le premier aveu de la femme qu'on aime, alors même que cet aveu est acheté par une douleur; et, enlaçant dans ses bras la jeune fille dont il essuya les pleurs sous un baiser:

— Nanette, lui dit-il d'une voix étouffée, chère Nanette, tu m'aimes donc?

Nanette ne répondit pas, mais elle cacha sa tête dans le sein du jeune homme. Le jour était sombre; un instant une brise légère s'était élevée et avait fermé la porte de la maisonnette, puis la brise avait cessé: tout se taisait alentour dans cette petite vallée isolée et en quelque sorte perdue au milieu des montagnes, loin de tout regard humain. Médor était endormi à quelques pas de là dans la prairie... Pauvre Nanette!

Tout à coup Médor aboya, et on heurta avec violence à la porte de la cabane. Les deux jeunes gens se regardèrent avec terreur, puis une voix du dehors s'écria:

— C'est moi, monsieur le comte, venez, venez vite. Il est arrivé ce matin une lettre au château, et depuis ce moment M. le marquis vous fait chercher de tous côtés; il veut vous parler à l'instant même.

— C'est Antoine, le valet de chambre de mon père, dit le jeune gentilhomme; puis, déposant un baiser sur le front de la jolie fille: Adieu, Nanette, lui dit-il à voix basse, il faut que je te quitte; pense à moi. Je reviendrai demain à la même heure.

— Demain! balbutia Nanette.

Et, confuse, elle couvrit sa tête de son tablier.

Philippe d'Anglars ouvrit la porte et sortit en soupirant de la maisonnette.

Nanette pleura long-temps encore après le départ du jeune comte, et pourtant Antoine était arrivé assez à temps pour sauver l'innocence de Nanette... Pourquoi donc pleurait-elle, la jolie métayère du Val Moron?

II

Un Message royal.

Lorsque Philippe d'Anglars fut introduit en présence de son père, il trouva toute la famille assemblée dans la chambre du vieux gentilhomme. Le marquis était majestueusement assis, au coin de la cheminée, dans son grand fauteuil de cuir surmonté d'un cartel, sculpté aux armoiries de la maison d'Anglars de Rochevert. Il tenait à la main un paquet, dont le sceau de cire rouge, bien que déjà brisé, laissait apercevoir l'empreinte du royal écusson de France. La religieuse avait pris place à l'angle opposé de la cheminée, sur le fauteuil de tapisserie jadis confectionné par les nobles mains de feu madame la marquise d'Anglars pour son usage personnel, et l'abbé se tenait modestement à ses côtés sur un pliant. Les enfans étaient debout. Le marquis, vieillard d'environ soixante-dix ans, portait empreinte sur son visage encore assez martial en dépit de ses rides, cette austère gravité qui sied à un mestre-de-camp, surtout quand il est de bonne maison et d'un âge où l'on doit s'attendre à paraître incessamment devant Dieu. Tous dans la chambre, excepté lu, étaient comme dans l'attente d'un grand événement et gardaient un religieux silence, ni plus ni moins que les nobles effigies des d'Anglars de Rochevert pompeusement appendues à chaque paroi de muraille, si bien qu'à la faible clarté qu'un jour brumeux d'octobre laissait pénétrer à travers les étroites fenêtres en meurtrières, on eût pu se demander si ce n'était pas là un conciliabule de portraits et de statues.

Pourtant, lorsque le jeune comte entra, il y eut un mouvement marqué d'attente et de curiosité. Celui-ci fit trois pas dans la chambre, puis il s'inclina profondément et demeura debout dans cette attitude respectueuse, aujourd'hui désapprise, qui convient à un fils en présence de son père, attendant qu'il plût à ce dernier de lui adresser la parole.

Le marquis fronça le sourcil et dit d'une voix brusque :

— Vous vous êtes fait long-temps attendre, monsieur...

Le marquis avait beaucoup du caractère du grand roi : comme lui, il n'aimait pas à attendre, et, comme lui, il était fort despote. Aussi toute l'assistance fut prise d'un saint tremblement en songeant à ce qui avait dû s'amasser de bile dans son sein pendant une attente de plusieurs heures.

— Mon père, répondit le jeune comte avec un certain air de résolution puisé sans doute dans sa propre mauvaise humeur d'avoir été si malencontreusement interrompu dans son amoureuse conquête; mon père, j'arrive de la chasse, et j'ignorais...

— Hum ! grommela le vieux gentilhomme, la chasse! Il paraît qu'elle vous fait tout oublier, la chasse! Vous n'avez point paru au dîner... Qu'avez-vous tué à chasse, monsieur?

Pour toute réponse, le jeune comte baissa les yeux, et une légère confusion se peignit sur son visage.

— Autrefois, dit le marquis d'un ton ironique, vous étiez plus habile; mais ce n'est pas de cela qu'il s'agit, et il faudra bien que vous y renonciez de vous-même pour quelque temps, à la chasse.

— Comme il vous plaira, mon père.

Ici le marquis se recueillit quelques instans ; puis, se redressant du mieux qu'il put sur son grand fauteuil, il s'écria de sa voix la plus solennelle :

— Voici un message que je viens de recevoir du roi, et qui vous concerne, monsieur. J'ai voulu que tous fussent présens pour l'entendre. M. l'abbé va donner lecture.

Un frémissement général d'intérêt accueillit cette grande nouvelle. Philippe d'Anglars lui-même se sentit pris d'un violent battementde cœur, et le marquis, ayant tendu le message à l'abbé, celui-ci l'ouvrit avec toutes les marques du plus profond respect, et, d'un ton plein d'emphase, il lut ce qui suit :

« Versailles, 12 octobre 1700.

« Monsieur le marquis d'Anglars de Rochevert, j'ai reçu avec plaisir » votre fidèle lettre. Je regrette que l'état de votre santé ne vous per» mette pas de venir, ainsi que vous en aviez le projet, me présenter votre » fils aîné, le comte d'Anglars de Rochevert ; mais je n'en accepte pas » moins l'offre que vous me faites de le consacrer à mon service, et j'es» père qu'il s'y montrera digne du nom qu'il porte. Les rejetons de la

» vieille noblesse du royaume sont sûrs de trouver en tout temps auprès » de moi protection et appui, et je souhaite que votre fils me fournisse » bientôt l'occasion de le lui prouver. Sur ce, monsieur le marquis d'Anglars de Rochevert, je prie Dieu qu'il vous ait en sa sainte et digne » garde.

» *Signé*, Louis. »

Lorsque cette lecture fut terminée, et que la religieuse eut baisé en pleurant l'écriture royale ou du moins celle d'un de MM. les secrétaires du roi, le marquis reprit possession du précieux message, et s'écria :

— Monsieur, vous avez entendu la réponse que Sa Majesté a daigné faire elle-même à la lettre que je lui avais adressée pour vous recommander à ses bontés. Ce haut témoignage de la faveur royale sera conservé avec soin dans les archives du château d'Anglars. Maintenant, monsieur, rien ne vous retient plus maintenant parmi nous ; le roi vous attend à Versailles. Il importe de ne pas faire attendre le roi. Toutes les dispositions sont faites dès long-temps à cette effet, et demain matin vous partirez pour la cour.

Le tonnerre éclatant au milieu de la chambre n'eût à coup sûr pas produit plus d'effet que ces quatre mots du marquis : « Vous partirez demain matin. » Ainsi donc l'arrêt était prononcé, car dans la bouche du vieux gentilhomme toute parole destinée à formuler une résolution avait un caractère irrévocable, et toute sa maison éplorée et agenouillée devant lui n'eût pas même obtenu de lui un délai de quelques heures. Demain matin allaient se rompre peut-être pour toujours tous ces liens charmans qui unissent la famille à un de ses membres, et qui ont d'autant plus de prix dans la solitude d'un vieux château, que rien ne saurait les remplacer, non plus que rien ne saurait en distraire. Demain matin il ne serait plus là pour encourager ses frères, pour consoler ses sœurs, pour dérider le front de la religieuse et de l'abbé, celui sur lequel, à une époque déjà loin de nous et dans un ordre d'idées qui chaque jour nous devient plus étranger, toutes les espérances de la famille se concentraient en quelque sorte, parce qu'il en était à lui seul la personnification vivante, et qu'il représentait l'autorité paternelle, dégagée de tout ce que le respect et la crainte lui faisaient perdre d'amour. Demain sa place serait vide à table, au foyer, à l'église, partout. Demain l'arbre des Anglars, cet arbre vénéré dans la contrée, allait perdre le plus puissant et le plus vigoureux de ses rameaux, celui qui communiquait la sève et la vie à tous les autres.

Le jeune comte lui-même demeura atteré. Peut-être, il faut bien le dire, un sentiment de juste douleur qui s'éveillait dans son âme, en songeant que le lendemain il lui faudrait dire adieu à tous ceux avec lesquels il avait passé sa vie, il s'en mêlait à son insu un autre ; et le souvenir de Nanette, qui, elle aussi, pleurait son départ, n'était sans doute pas sans influence sur le trouble qu'il éprouvait. Quoi qu'il en soit, le marquis, sans paraître s'apercevoir de l'effet produit par ses dernières paroles, annonça à l'abbé et à la religieuse qu'ils pouvaient se retirer avec leurs élèves ; et, comme le jeune comte s'apprêtait à les suivre, il l'invita à demeurer.

Resté seul avec le jeune homme, le vieux mestre-de-camp lui fit signe de s'asseoir à ses côtés, faveur insigne que jamais il ne lui avaita ccordée jusqu'alors : et, dépouillant pour la première fois de sa vie cet air froid et sévère auquel il l'avait habitué, il eut avec lui une de ces conversations à la fois dignes et affectueuses, telle que la solennité de la circonstance la comportait, une de ces conversations comme Louis XIV lui-même, ce roi si absolu, si dur pour tous ses enfans, dut en avoir avec le jeune duc d'Anjou, lorsque ce prince quitta la France pour aller prendre possession du trône des Espagnes.

— Mon fils, dit le marquis (à ce moment il voulut bien lui donner ce titre), songez que c'est à vous qu'il appartient désormais de soutenir le lustre de notre noble maison et de prêter aide et protection à vos jeunes frères et sœurs. Ces dernières entreront en religion dès qu'elles auront l'âge requis, car il ne faut pas qu'il y ait de mésaillance dans la maison d'Anglars, et la situation de mes biens ne me permet pas de songer pour aucune d'elles à un établissement convenable. Quant à vos frères, la considération leur fait une loi d'embrasser l'état ecclésiastique. Ainsi donc, après ma mort, tout ce que je possède vous appartiendra, et c'est trop juste : vous êtes l'aîné ; mais je ne dois pas vous dissimuler que cette fortune, qui vous rendrait riche dans notre pauvre province, ne fera de vous à la cour qu'un gentilhomme de bien peu d'état, à moins que le roi ne daigne venir à votre secours, en vous accordant quelque bonne charge dans sa maison.

— En doutez-vous, mon père? s'écria vivement le jeune comte enhardi par le ton plein de bonté avec lequel le marquis lui parlait. Et pensez-vous donc que Sa Majesté puisse oublier que je suis l'aîné de la maison d'Anglars?

Ici, et pour la première fois peut-être, le marquis se repentit des idées d'ambition dans lesquelles il avait laissé élever son fils; mais il était trop tard pour chercher à le détromper, et il reprit avec un peu d'embarras :

— J'ignore qu'elles peuvent être les intentions du roi à votre égard. Sa Majesté, n'ayant pas jugé convenable d'en faire mention dans sa lettre, se réserve sans doute de vous les faire connaître elle-même. Au surplus, vous ne manquerez pas de bonnes recommandations auprès de ce grand prince. Vous aurez d'abord votre oncle maternel qui réside à la cour, monseigneur de Rochemontais, évêque *in partibus* d'Icosie, dont vous êtes le plus proche héritier. Il est fort riche et, dit-on, assez avaricieux. Vous ne manquerez pas de l'aller voir aussitôt votre arrivée. Dans votre position, c'est un parent à ménager. Ensuite je pourrai vous donner une lettre pour M. de Lauzun; il est un peu l'allié de notre maison par les femmes, et son crédit pourra vous être de quelque utilité.

— M. de Lauzun! interrompit le jeune gentilhomme, le favori du roi, je devrais dire son cousin, puisqu'il a épousé la grande Mademoiselle. Ah! mon père, je n'ai pas besoin d'autre recommandation que celle-là, et avec les conseils et l'appui de cet homme célèbre, je dois aller à tout.

— Plaise à Dieu, mon fils, qu'il en soit ainsi, reprit le marquis avec un sourire un peu triste; mais comptez avant tout sur vous-même. M. de Lauzun était jadis le favori du roi; mais qui sait quels changemens les années ont pu entraîner avec elles? C'est un terrain bien glissant que celui de la cour, et, dans le peu de temps qu'il m'est arrivé d'y passer, j'ai vu commencer et finir bien des fortunes.

Mais le jeune comte, dont l'imagination à ce seul nom de Lauzun s'envolait toujours dans je ne sais quel monde inconnu peuplé d'illusions, de royales faveurs et d'une foule de charmans fantômes, n'écoutait déjà plus son père, et, les yeux fixés sur un énorme quartier de hêtre qui achevait de se consumer dans la cheminée, il construisait sans doute sur cette base périssable mille châteaux en Espagne. Soit que le marquis s'en fût aperçu, soit qu'il se sentît fatigué, il jugea devoir placer ici sa péroraison; et, sans autre transition, tirant de sa ceinture une petite clé, en même temps qu'il désignait du doigt au jeune comte une armoire placée dans l'angle de la cheminée, il lui fit signe de l'ouvrir.

— Vous trouverez, dit-il, dans cette armoire une petite cassette qui vous est destinée; elle contient une somme de dix mille livres en or, c'est le produit des économies qu'il m'a été permis de faire jusqu'à ce jour sur les revenus de ce domaine. En attendant que vous puissiez jouir vous-même de ces revenus, ce qui ne saurait tarder beaucoup à l'âge où me voilà parvenu, cette somme vous aidera à pourvoir à vos besoins, c'est tout ce que je puis faire pour vous mettre à même de soutenir dignement votre rang à la cour.

— Dix mille livres! bulbutia Philippe d'Anglars, qui se crut dès lors possesseur de tous les trésors du Nouveau-Monde, dix mille livres à dépenser! Ah! mon père, que de bontés, et comment vous prouver ma reconnaissance?

— En réglant sagement l'emploi de cette somme, reprit le marquis.

— Je vous le promets, répartit vivement le jeune gentilhomme.

Sur ces entrefaites, la nuit étant venue, le marquis crut devoir congédier son fils, et il l'invita à aller faire ses préparatifs de voyage.

— Demain, ajouta-t-il, à l'aube du jour, une messe sera célébrée à l'occasion de votre départ dans l'église de la paroisse; j'y assisterai moi-même avec toute ma maison, afin d'appeler sur votre tête les bénédictions du ciel. Allez, mon fils, dormez en paix la dernière nuit qu'il vous est donné de passer sous le toit de vos ancêtres, qui vous contemplent tous ici et vous bénissent par ma voix.

En prononçant ces dernières paroles, le vieux gentilhomme s'était levé avec effort de son fauteuil; une flamme inaccoutumée était venue ranimer ses yeux ternes, sa tête se redressait majestueusement, et il montrait du doigt à son fils les portraits de famille qui tapissaient la muraille, éclairés en ce moment par le feu du foyer d'une lueur fantastique.

Philippe d'Anglars, maîtrisé par le caractère imposant répandu tout à coup sur la physionomie de son père, s'agenouilla en silence devant lui, et à cet instant, sous les sombres lambris de cette chambre, dans ce vieux château isolé, il lui sembla qu'en effet tous ses nobles aïeux, dociles à l'invocation d'un de leurs rejetons, allaient descendre de leurs cadres et imposer sur sa tête leurs mains glacées par le froid du tombeau.

Au bout de quelques instans, il se releva, baisa avec ferveur la main que lui tendait le marquis, et sortit de la chambre, en emportant sous son bras la précieuse cassette.

Comme il traversait les longs corridors du château, il trouva l'abbé et la religieuse qui, l'un et l'autre un flambeau à la main, l'attendaient pour le complimenter. Tous deux l'embrassèrent tendrement et s'extasièrent à l'envi sur le sort brillant qui l'attendait à la cour; et comme il faut toujours que l'intérêt personnel ait sa petite part dans toutes les actions humaines, l'abbé ajouta :

— J'ai une petite requête à vous adresser, monsieur le comte. Si le roi, charmé de votre esprit et de vos connaissances, venait à vous demander qui a fait votre éducation, serez-vous assez bon pour lui parler de moi un peu en détail, car il serait fort possible qu'à votre recommandation Sa Majesté voulût bien me confier l'éducation d'un des enfans de ses petits-fils... lorsque celle de MM. vos frères sera terminée, bien entendu?

— Ne doutez pas de mon zèle à vous servir, mon cher abbé, repondit le jeune comte qui ne put réprimer un sourire.

— Et moi, dit à son tour la religieuse, et moi, mon cher Philippe, je ne suis pas aussi ambitieuse que l'abbé, et je vous demande seulement de vous souvenir de moi...

Et comme Philippe d'Anglars s'apprêtait à l'interrompre en lui pressant la main pour la rassurer à ce sujet, elle ajouta avec beaucoup de vivacité :

— Oui, vous allez sans doute épouser quelque femme de haute condition, duchesse ou princesse peut-être, et vous ne manquerez pas d'avoir des enfans pour perpétuer le beau nom que vous portez. Permettez-moi d'espérer que vous voudrez bien penser à moi pour élever vos filles. Vous savez avec quel soin j'ai déjà élevé vos sœurs, et...

— Soyez parfaitement tranquilles l'un et l'autre, dit le jeune comte, et comptez toujours sur moi.

Ces paroles échangées, il se mit en devoir de continuer son chemin; mais il n'était pas encore quitte de félicitations et de requêtes. Déjà la grande nouvelle de son départ pour la cour s'était répandue à l'office et dans la cuisine; et comme la renommée s'en va toujonrs grossissant les choses qu'elle se charge de rapporter, servantes et valets en étaient à se raconter comment le roi avait écrit de sa propre main à M. le marquis, et comment M. le comte allait partir pour la cour, en qualité de général d'armée ou tout au moins d'ambassadeur. Là-dessus, chacun de briguer l'honneur de figurer au nombre des valets qu'il ne manquerait certainement pas d'emmener à la cour. C'était un bruit, un vacarme à ne plus s'entendre dans le château, car tous avaient d'égales prétentions, depuis le sommelier jusqu'au dernier marmiton, et tous paraissaient disposés à les soutenir, en véritables enfans de l'Auvergne qu'ils étaient, par la force du poignet. C'est au plus fort de la bagarre que le jeune comte, obligé pour gagner sa chambre, de traverser le théâtre de la lutte, apparut au milieu des contendans. Aussitôt il se vit environné, pressé de toutes parts; et, pour mettre un terme à toutes les requêtes dont il fut instantanément assiégé, il ne trouva pas de meilleur moyen que de déclarer hautement qu'il n'emmènerait aucun des valets du château, ne voulant pas priver son père de leurs services. Cette déclaration décontenança vivement la valetaille, et un silence de stupéfaction succéda aux cris tumultueux qui venaient de retentir avec tant de violence.

Tout à coup l'un des serviteurs du château, qui n'avait pris aucune part à toutes ces contestations, se leva du coin de l'âtre où il était demeuré occupé à attiser quelques sarmens. C'était un homme de cinquante-cinq à soixante ans, gros, court, trapu, à figure large et rubiconde, mais encore robuste pour son âge, à en juger par l'apparence, et dont les épaules carrées et l'encolure un peu épaisse offraient la personnification la plus complète de cette race industrieuse qui s'épanouit au milieu des neiges de la Haute-Auvergne. Cet homme s'écria d'une voix de Stentor :

— M. le comte a raison de ne pas vouloir s'embarrasser de rustres tels que vous. Est-ce que vous croyez par hasard, vous autres, qu'on parle dans le palais du roi le patois du pays? Et si M. le comte avait quelque billet doux à envoyer à une belle dame, pensez-vous qu'il voulût le confier à des mains telles que les vôtres? Allons, braves gens, rendez-vous justice, retournez à vos vaches et à vos moutons, et laissez en paix M. le comte.

Celui qui s'exprimait ainsi jouissait sans doute d'un grand crédit à l'office; car, bien que son allocution eût été évidemment accueillie avec peu de faveur, aucun signe d'improbation n'éclata lorsqu'elle fut terminée. Cependant Philippe d'Anglars crut de son devoir d'en atténuer l'effet; et, frappant familièrement sur l'épaule de l'orateur :

— Allons, Antoine, lui dit-il, mon vieux bourru, il faut un peu d'indulgence pour ces braves gens qui n'ont pas comme toi hanté la cour; et parce que tu es depuis longues années le valet de chambre de mon père, ce n'est pas une raison pour les rudoyer ainsi que tu le fais.

— Moi, monsieur le comte, répondit Antoine en grommelant entre ses dents, je ne les rudoie pas, je leur dis ce qui est; voilà tout. Après cela, si l'un d'eux veut me chercher querelle, j'ai de bons bras pour lui répondre.

— Tout beau, Antoine, ne te fâche pas, répartit le jeune gentilhomme, et viens m'éclairer jusqu'à ma chambre, afin de calmer ta mauvaise humeur; en revenant, tu iras demander de ma part au sommelier une bonne cruche de vin que vous viderez tous ensemble à ma santé, en l'honneur de mon départ.

Ces dernières paroles furent accueillies avec un enthousiasme difficile à décrire.

—Vive monsieur le comte ! s'écrièrent d'une voix tous les serviteurs. Quel dommage de perdre un si bon maître ! Que Dieu lui accorde tout ce qu'il pourra désirer, belle et noble épouse, grosse dot, beaux enfans, etc., etc.

Au milieu de toutes ces bénédictions et de ces souhaits, Philippe d'Anglars s'esquiva et parvint enfin, guidé par Antoine, à gagner sa chambre ; là, il se laissa tomber sur un siége et respira en liberté, ce qu'il n'avait guère eu le temps de faire depuis le matin de ce jour mémorable. Aussi se trouvait-il en proie à une sorte d'ivresse et presque de vertige. Mille bruits confus bourdonnaient à son oreille, mille images bizarres flottaient devant ses yeux, et tout cela lui parlait de la cour, de la cour qui allait en quelques jours s'ouvrir devant lui avec toutes ses splendeurs, tous ses parfums, toutes ses délices ; la cour ! pays charmant qu'il n'avait jamais vu, et où il lui semblait qu'il eût passé toute sa vie, tant ses rêves avaient pris depuis quelques instans une forme distincte et arrêtée ! La froide bise d'automne qui s'engouffrait en gémissant dans sa cheminée n'était plus pour lui que la plainte de ces lieux sauvages qu'il allait abandonner, que dis-je ? qu'il avait déjà abandonnés pour la cour, et, dans le grincement de la girouette au sommet du toit du manoir, il recueillait comme un écho prophétique annonçant à tous la venue du nouveau messie, l'aîné de la maison d'Anglars.

Antoine, debout, une lanterne à la main, le contemplait depuis quelques instans la bouche béante, se demandant si son jeune maître était bien éveillé, lorsqu'il le vit soudain tressaillir et, passant devant ses yeux comme un homme qu'un souvenir pénible arrache à une douce rêverie, se lever brusquement, entr'ouvrir le vitrail d'une fenêtre et prêter l'oreille, tout en cherchant à pénétrer la profondeur des ténèbres.

A cet instant le vent s'était apaisé, les gros nuages gris qui tout le jour avaient été suspendus en coupole au dessus de la vallée que domine le château, venaient enfin de crever, et la neige tombait à gros flocons. Au milieu du silence de la nuit, silence rendu plus solennel encore par cette sorte d'assoupissement que produit dans l'air la neige qui tombe, on pouvait recueillir distinctement quelques notes affaiblies de cette chansonnette des montagnes, qu'une voix inconnue chantait dans le lointain :

. . . .
Que la neige
Te protége,
Gentille fleur,
Ma sœur ;
La neige efface
Toute trace,
La neige glace
Le cœur.

— Mon Dieu ! qu'est-ce que cela ? dit le jeune comte.

— Cela, répondit Antoine, c'est quelque pâtre ou vacher qui s'en retourne à sa cabane ou au buron, et qui chante pour charmer les ennuis de la route. Il faut qu'il connaisse bien son chemin, celui-là, et qu'il ne craigne guère les loups, pour se mettre en voyage par une pareille nuit ; mais, j'y pense, c'est peut-être le métayer du Val Moron, qui se sera laissé attarder, en causant au cabaret, et qui s'en retourne tranquillement à sa cabane.

— Le père de Nanette ! murmura notre gentilhomme à voix basse, et il referma le vitrail en soupirant.

— Qu'est-ce donc ? s'écria le valet de chambre du vieux marquis, qu'avez-vous ? vous voilà devenu tout triste, monsieur le comte.

— Ah ! répondit le jeune homme d'un air rêveur, c'est que cette chanson me fait penser à une jolie petite fleur que j'avais aperçue ce matin en me promenant, et que j'aurais voulu cueillir pour en respirer le parfum pendant mon voyage et comme un souvenir du pays. Pauvre fleur! demain elle sera ensevelie sous la neige. C'est dommage, elle était si jolie!

Antoine hocha la tête, et dit avec un clignement d'yeux tout particulier :

— M'est avis que cette fleur pourrait bien se trouver non loin du Val Moron.

— Peut-être, répondit le comte.

— Qu'à cela ne tienne, vous en trouverez bien d'autres... sur votre chemin.

— Oh! je ne trouverai pas celle-là.

Et comme s'il se parlait à lui-même, Philippe d'Anglars ajouta :

— Pourquoi cette lettre du roi n'est-elle pas arrivée un jour plus tard? demain j'aurais été si heureux.... Et qu'on dise après cela que tout est bénéfice pour l'aîné de la famille! Demain! mon Dieu, que ne suis-je le cadet!

Ici la cloche du château qui annonçait l'heure du souper se fit entendre; le jeune comte se rendit nonchalamment à cet appel. Pendant toute la durée du repas, il se montra silencieux et triste, ce qu'on ne manqua pas d'attribuer au chagrin qu'il éprouvait de quitter sa famille.

Immédiatement après le souper, il alla se coucher; et, fatigué des émotions diverses qui étaient venues l'assaillir durant toute la journée, il ne tarda pas à s'endormir. Il eut un sommeil fort agité et rêva tour à tour de M. de Lauzun, de la cour du grand roi, d'une cassette renfermant dix mille livres en or, et un peu de Nanette, la jolie métayère du Val Moron.

III

Le Départ.

Le lendemain, il y avait une grande foule aux portes du vieux manoir féodal des d'Anglars de Rochevert. Toute la population des hameaux d'alentour, dans un rayon de plus de deux lieues, était accourue pour voir partir le jeune comte. Le matin même, une messe solennelle avait été célébrée dans l'église du village, à l'occasion de ce grand événement. M. le curé avait, à cette occasion, prononcé une magnifique homélie, laquelle ne dura pas moins de deux heures, et M. le marquis d'Anglars avait assisté à cette pieuse cérémonie avec toute sa maison.

Déjà les deux mulets chargés de bagages avaient pris les devans. On n'attendait plus maintenant que le moment où le jeune comte lui-même franchirait la poterne du château, les uns pour lui offrir leurs devoirs, les autres, il faut bien le dire, pour le charger des placets et suppliques en tout genre que le maître d'école avait passé toute la nuit à rédiger, et dont le succès ne pouvait être douteux, grâce au crédit dont notre gentilhomme ne manquerait certainement pas de jouir à la cour. Que de cœurs battirent dans la foule, que de cris ébranlèrent les vieux murs du manoir, lorsqu'il parut enfin ce mortel si envié, avec son feutre empanaché, ses grandes bottes garnies de dentelles et son bel habit de velours rouge qui dessinait merveilleusement toute l'élégance de sa taille! Sous cet accoutrement qu'il était de bonne mine, monté sur son cheval gris pommelé richement caparaçonné, qui piaffait, dressait la tête et semblait tout fier de porter l'aîné de la maison d'Anglars! A le voir ainsi traverser lentement le pont-levis du château, au milieu d'un tel concours de peuple, de tant de bonnets qui volaient en l'air, de tant d'acclamations qui y suivaient les bonnets, on eût dit quelque fils de roi partant pour aller épouser quelque impératrice. Les maris et les pères surtout ne pouvaient trouver de transports assez vifs, de cris assez triomphans pour exprimer, je ne dirai pas toute la joie que leur faisait éprouver le départ du jeune comte, mais toute l'ardeur des souhaits dont ils accompagnaient ce départ. Les jeunes filles se contentaient de soupirer tout bas, en levant les yeux au ciel, mais parmi elles on ne voyait pas Nanette. Quant à celui qui avait le privilége d'occuper en ce moment la pensée de tant de monde, il n'en paraissait nullement surpris, et, maintenant son cheval au pas, il s'en allait distribuant çà et là un sourire, des paroles d'encouragement, quelquefois même un serrement de main ; car, si haut que sa naissance l'eût placé, il n'en était pas plus fier pour cela, M. le comte Philippe d'Anglars. A sa suite marchaient modestement à pied ses dix frères et sœurs avec l'abbé et la religieuse. Les serviteurs du château fermaient la marche. Ce cortége improvisé devait accompagner le jeune gentilhomme jusqu'aux limites de la châtellenie, marquées par une croix en pierre restée longtemps debout à l'embranchement des deux routes d'Allanches et de Murat, et qu'on appelait la croix d'Anglars. Là, selon l'usage antique et solennel adopté dans la maison d'Anglars de Rochevert, qui avait ses règles d'étiquette ni plus ni moins que la maison régnante, on devait se séparer, à savoir, les hôtes du château pour en reprendre le chemin et le jeune comte pour gagner la ville prochaine où l'attendait la chaise de poste qui devait le conduire à Paris. Quant à M. le marquis d'Anglars, il avait jugé convenable de demeurer au logis ; car il pensait que l'étiquette ne permet pas qu'un père dans une maison noble aille, comme on dit vulgairement, faire la conduite à son fils.

Lorsqu'on fut arrivé à l'endroit fixé pour la séparation, Philippe d'Anglars descendit de cheval, et ses frères et ses sœurs vinrent en pleurant se précipiter dans ses bras. Quant à lui, soit qu'il eût déjà assez d'empire sur lui-même pour dissimuler ses émotions, soit qu'il se souvînt d'avoir entendu dire par son père qu'il n'était point de la bienséance qu'un gentilhomme donnât aucun signe d'attendrissement, il s'écria d'un ton qu'il voulut rendre digne :

— Adieu, mes frères, adieu mes sœurs ; puis, interpellant chacun par son nom : Allons, dit-il, Louis, ne pleure pas ainsi : je me souviendrai de toi à la cour, et je te ferai avoir un bon canonicat, si tu es bien sage. Toi, René, qui as du goût pour le métier des armes, je demanderai au roi de te faire entrer dans l'ordre de Malte. Quant à toi, mon pauvre André, qui es le dernier de tous, il faut étudier avec soin tes déclinaisons, si tu veux qu'un jour à venir je fasse de toi un évêque. Du courage, ma charmante Marie, sèche les pleurs qui obscurcissent tes beaux yeux, et ne m'oublie pas dans tes prières : je crois bien que j'en aurai grand besoin à la cour. En revanche, tu sais qu'il y a des couvens où les abbesses sont à la nomination royale ; eh bien, ma bonne sœur, c'est dans un de ces couvens-là qu'il te faut entrer. Louise, Amélie, priez aussi pour moi, et adieu tous. Si jamais quelque péril vous menace, si vous avez besoin d'aide ou de protection, souvenez-vous de moi, qui suis votre aîné et qui dois être un jour le chef de la maison d'Anglars.

Ayant ainsi parlé, le jeune comte, après avoir tendrement embrassé son vieux gouverneur, ainsi que la religieuse qui, suffoqués par leurs sanglots, ne purent trouver une parole, se tourna vers les serviteurs du château auxquels il tendit sa main à baiser ; puis, portant ses regards sur le sentier tortueux et escarpé qui serpentait devant lui de la base au sommet de la montagne, il passa la bride de son cheval autour de son bras et se disposa à gravir la côte à pied. Toutefois, avant de prendre définitivement congé de son escorte, il ne put s'empêcher de remarquer qu'au nombre des serviteurs du château qui l'avaient accompagné jusqu'à la croix d'Anglars, il en manquait un dont l'absence lui était d'autant plus sensible qu'il en avait reçu dans son enfance de nombreuses marques d'attachement. C'était Antoine, le valet de chambre de son père.

— D'où vient, s'écria-t-il avec mécontentement, qu'Antoine ne s'est pas joint à vous pour vous accompagner?

— Antoine ! monsieur le comte, répondit un des valets, nous ne l'avons pas vu ce matin.

Le jeune comte fit de la main un dernier signe d'adieu à tous ceux qui l'entouraient et se mit à gravir péniblement les flancs escarpés de la montagne, non sans se retourner de temps à autre pour donner un regard aux amis qu'il abandonnait peut-être pour toujours et qui, par un mouvement spontané, s'étaient tous agenouillés au pied de la croix d'Anglars et semblaient prier lui. Le chemin difficile qu'il suivait alors, chemin où son pied heurtait à chaque instant quelque pointe de rocher, quelque débris volcanique, où ses regards plongaient incessamment dans des précipices d'une profondeur incommensurable, ne présentait-il pas une merveilleuse analogie avec la vie, telle qu'elle allait s'ouvrir devant lui, jeune homme de vingt ans qui, du fond d'un vieux manoir d'Auvergne, l'avait rêvée si facile et si belle?

Au surplus, à part les aspérités de la route, il eût été difficile de choisir un temps plus favorable pour un départ. C'était une radieuse matinée de la fin du mois d'octobre. L'air était vif et pur; les rayons du soleil qui glissaient amoureusement sur la neige tombée la veille au soir et condensée par une légère gelée, faisaient éclore çà et là des myriades de diamans auxquels se mêlaient par intervalles ces petites marguerites des montagnes qui montrent timidement leurs tiges, dès qu'un souffle de vent soulève le blanc linceul sous lequel elles demeurent ensevelies tout l'hiver. L'écho des vallées prochaines apportait à l'oreille les mugissemens des vaches qui, du fond de leurs étables, saluaient le soleil d'automne à la fois comme un souvenir et une espérance des burons et des gras pâturages de l'été. Tout était joie et allégresse dans cette belle nature primitive de la Haute-Auvergne que la civilisation a respectée jusqu'à ce jour, et il semblait qu'à l'exemple des vassaux du domaine, la montagne eût pris son vêtement de fête, pour saluer le départ de l'aîné de la maison d'Anglars de Rochevert.

Parvenu au sommet du sentier difficile dans lequel il s'était engagé et d'où l'on aperçoit encore le clocher de la paroisse et les hautes tourelles du manoir, Philippe d'Anglars s'arrêta pour reprendre haleine, en même temps qu'il se retournait pour embrasser une dernière fois d'un regard d'adieu le paisible horizon sous lequel s'était écoulée son enfance. Alors, dans ce lieu isolé, en l'absence de témoins, tous ses rêves d'orgueil et de gloire s'évanouirent un moment, et une larme, la première qu'il eût versée depuis bien long-temps, vint glisser au bord de sa paupière. Une larme à vingt ans, en pareille situation, s'adresse à bien des choses. Pourtant il est permis de penser que, de la part du jeune gentilhomme, cette larme s'adressait moins encore aux hôtes du foyer paternel qu'à la jeune fille que ses regards avaient vainement cherchée le matin à l'église, aux portes du manoir, et qui sans doute l'attendait maintenant seulette dans la riante cabane du Val Moron. Sous l'influence de cette dernière pensée, il se demanda s'il ne retournerait point sur ses pas. Mais trois lieues de pays le séparaient du Val Moron qui était au midi, tandis qu'il se dirigeait vers le nord. De plus, il fallait repasser en vue du château. Il pouvait être rencontré, et que dirait-on de ce noble seigneur qui se compromettait ainsi pour les beaux yeux d'une fillette? Ici, l'amour-propre l'emporta sur l'amour ; et, sautant lestement en selle, Philippe d'Anglars se disposa à suivre le sentier frayé qui, descendant en pente douce dans la vallée, conduit à Massiac par une route parallèle au cours de l'Alagnon.

A peine il avait franchi l'espace d'environ cent pas que son cheval, qu'il avait lancé au grand trot, s'arrêta tout court en hennissant, à quelque distance d'un épais buisson couvert de neige qui se trouvait au bord du chemin. Le jeune comte, surpris, donna de l'éperon, tandis que sa main fouillait machinalement dans les fontes de pistolets appendues à l'arçon de sa selle. Car un homme, le bâton de pélerin à la main, un havresac sur l'épaule, les jambes emprisonnées dans des guêtres de cuir et la tête couverte du large feutre des montagnards venait de sortir de derrière le buisson et semblait vouloir lui barrer le chemin.

— Arrière, manant, lui cria de loin le jeune gentilhomme, si tu ne veux apprendre à tes dépens comment je tire le pistolet. Je suis le comte d'Anglars de Rochevert.

Pour toute réponse, le montagnard ôta son large feutre, et le soleil qui tombait d'aplomb sur sa tête éclaira le visage plein de franchise et de bonhomie du vieil Antoine, le valet de chambre du marquis.

— Que vois-je? s'écria Philippe d'Anglars avec surprise, c'est toi, Antoine; où vas-tu dans cet attirail?

— A Paris, s'il plaît à Dieu, monsieur le comte.

— Pourquoi faire?

— Pour chercher un nouveau maître.

— Eh quoi! n'es-tu plus au service de mon père?

— Je l'ai quitté d'hier soir.

— Et pour quelle raison, bon Dieu?

— Parce que j'ai envie, moi aussi, de voir la cour. Il y a si longtemps que je n'y ai été, il me semble que cela me rajeunira.

— Que ne parlais-tu plus tôt, mon vieil Antoine? Je t'aurais emmené avec moi.

— J'attendais, monsieur le comte, que vous me le proposassiez. Vous ne l'avez pas fait. J'ai pris bravement mon parti, et me voilà en route. Pardon de vous avoir arrêté, monsieur le comte, et maintenant je vous souhaite un bon voyage. Vous êtes à cheval, moi je suis à pied; vous êtes maître, moi je suis valet, nous ne pouvons guère aller du même pas. Mais tout chemin mène à Rome, comme dit le proverbe.

— Allons, Antoine, tu me boudes et tu as tort. Pouvais-je supposer qu'à ton âge, lorsque tu as besoin de repos, tu voudrais quitter ainsi le pays, ta femme, tes enfans, tout ce qui t'est cher, pour te vouer à mon service?

— Soyez tranquille, monsieur le comte, ma femme et mes enfans ne manqueront de rien, tant qu'ils auront des bras pour travailler. Quant à moi, j'ai encore, Dieu merci, bon pied, bon œil, malgré mes cinquante-huit ans, vienne la Trinité.

— Mais mon père...

— Mon fils aîné me remplacera près de lui, c'est chose convenue. Tenez, monsieur le comte, vrai, je n'aurais pas attendu cela de vous, et j'en ai le cœur fendu. Car enfin, si petit et si humble que je sois devant vous, vous n'en êtes pas moins mon élève tout aussi bien que celui de M. l'abbé. C'est moi qui vous ai appris à jeter un filet, à monter à cheval, à tuer un loup ou un sanglier et bien d'autres choses encore... Eh bien, pour tout cela, je ne demandais qu'une chose, c'était de partir avec vous, d'être témoin de vos premiers succès, de vos premiers triomphes, et vous ne l'avez pas voulu! Vous vous êtes dit: Le vieil Antoine n'est plus bon maintenant qu'à garder le logis avec le cheval fourbu et l'arquebuse rouillée. Eh bien! moi j'ai voulu vous prouver le contraire. Mais, monsieur le comte, vous ne savez donc pas que de père en fils, dans notre famille, nous sommes au service de votre maison, que jamais un seigneur d'Anglars de Rochevert n'a quitté le pays, sans emmener avec lui un des nôtres. Vous ne savez pas que c'est feu mon père qui a eu l'honneur d'accompagner, avant moi, M. le marquis à la cour, il y a quarante-cinq ans, et qu'en cessant de lui succéder aujourd'hui dans cette tâche glorieuse, je suis déshonoré, oui, déshonoré !

— Tu ne le seras pas, Antoine, s'écria le jeune gentilhomme en tendant au montagnard une main que celui-ci baisa respectueusement. Viens avec moi. A partir de cet instant, tu es à mon service.

Et le maître et le valet se remirent en marche et descendirent dans la vallée. Chemin faisant, Philippe d'Anglars avait soin de maintenir son cheval au pas, pour écouter les merveilleuses histoires qu'Antoine, avec une intempérance de langue assez commune chez les gens de sa sorte et surtout chez les vieux serviteurs, lui débitait sur la ville et la cour telles qu'il les avait vues vers 1675, le tout embelli des plus curieux commentaires.

Après avoir cheminé ainsi l'espace d'environ trois quarts d'heure, ils quittèrent la vallée et entrèrent dans une allée tortueuse tracée au milieu de gorges effrayantes. A leur gauche, les plombs du Cantal dressaient à des hauteurs incommensurables leurs crêtes chenues, tandis qu'à droite, au fond d'un abîme dont un rideau de noirs sapins cachait par intervalles la profondeur, retentissait le mugissement sourd d'un torrent qui, à quelque cent pas plus loin, se métamorphosant en cascade, tombait avec un bruit terrible dans la vallée voisine, par une chute de cinquante pieds.

Il y avait un contraste frappant entre la sauvage majesté de ce lieu qui semblait disposé pour quelque scène tragique et la pompeuse description qu'Antoine avait entreprise en ce moment des parterres et des charmilles du palais de Versailles; et, si habitué que pût être le jeune comte à passer sa vie dans un pays où les révolutions de notre globe ont laissé presque à chaque pas des traces aussi terribles, il sentait son cœur se serrer comme à l'approche de quelque événement funeste et ne prêtait déjà plus qu'une oreille distraite aux récits emphatiques du montagnard.

Il faut tout dire : c'est que le lieu où il se trouvait rappelait vaguement à son esprit les abords non moins pittoresque du Val Moron ; c'est que sans doute, par une bizarre hallucination de son cerveau, il lui avait semblé entrevoir tout à l'heure, au sommet de la route dans laquelle il venait de s'engager, je ne sais quelle forme humaine dont la taille et le costume, autant qu'on en pouvait juger de si loin, rappelaient exactement la jeune métayère du Val Moron. Cette gracieuse apparition ne s'était montrée qu'un instant, puis elle s'était évanouie sous l'ombre épaisse des sapins qui s'élevaient au bord de l'abîme. Mais comment supposer que Nanette avait pu quitter la cabane de son père, au milieu de la journée, et qu'elle était là devant le jeune comte, à cinquante pas de lui peut-être et à quatre lieues du Val Moron? Une telle conjecture était inadmissible.

Il n'y a rien de plus communicatif, on le sait, qu'un amoureux. On ne s'étonnera donc pas que, changeant brusquement de conversation et interrompant Antoine au beau milieu de la description du groupe de la pièce d'eau des Suisses, notre gentilhomme se soit écrié sans aucune espèce de transition :

— Est-ce que tu n'as rien aperçu tout à l'heure devant nous?

— Rien absolument, répondit le montagnard qui, reprenant immédiatement le fil de son discours, ajouta : — Vous saurez donc, monsieur le comte, que la donzelle dont le corps est à moitié sorti de l'eau...

— Pourtant, il ma semblé... interrompit de nouveau le comte.

— Attendez, dit Antoine, ce pourrait bien être quelque oiseau de proie, mais je ne le vois pas. Je vous disais donc, monsieur le comte, que la donzelle est une...

— Allons donc! je me serai trompé sans doute; car du point où nous sommes on distinguerait facilement... Antoine, tu ne m'as pas conté comment hier, à pareille heure, tu as découvert ma trace et comment il t'a pris fantaisie de venir me chercher au Val Moron.

Ici notre gentilhomme poussa un profond soupir. Il y a des regrets dont aucun doux souvenir ne saurait tempérer l'amertume.

Antoine répondit avec un air embarrassé et comme un homme qui a hâte de couper court à une conversation qui le gêne :

— Il n'est pas étonnant que l'idée me soit venue d'aller vous chercher là, je vous avais vu deux dimanches de suite à la messe porter assidument vos regards vers le banc où se tenait Nanette. Cela m'a guidé.

— Rien de plus?

— Rien de plus, monsieur le comte.

— Antoine, sais-tu que cette jeune fille est une des choses que je regrette le plus ici ? Je suis sûr qu'elle m'attend maintenant.

— Ah! bah ! monsieur le comte, elle sait bien que vous êtes parti. Est-ce que ce n'est pas là aujourd'hui la nouvelle de tout le pays? Est-ce que son père ne le lui a pas dit hier soir en revenant du Val Moron ?

— Et pourtant elle n'est pas venue me voir partir. Son père aura tout appris, et il l'aura retenue sans doute par la violence.

— Lui! le métayer du Val Moron chercher à contrarier sa fille en quoi que ce soit! Vous ne le connaissez pas, monsieur le comte, le pauvre cher homme!

— Tu le connais donc, toi.

— Est-ce que je ne connais pas tous les tenanciers du château ?

La physionomie du pauvre Antoine devenait de plus en plus embarrassée. Tout-à-coup le jeune comte arrêta son cheval; et, regardant fixement son fidèle acolyte :

— Antoine, lui dit-il, tu me trompes, tu veux me cacher quelque chose.

— Eh bien! répondit Antoine, puisque vous le voulez, je vous dirai tout, car je ne sais pas mentir. Ce matin, à la pointe du jour, je me suis levé pour aller voir si cette fleur dont vous parliez hier soir existait encore, malgré la neige, et puis aussi pour dire adieu au métayer du Val Moron, qui est mon cousin, et à Nanette, qui est par conséquent ma cousine.

Eh bien ?

— Eh bien ! il n'y avait plus de fleur, partant plus de cousine, il n'y avait que le métayer?

— Mon Dieu!... articula le jeune comte d'une voix strangulée, que... t'a... dit le métayer ?

— Il m'a dit...

— Achève, malheureux, je suis prêt à tout... Pauvre Nanette!

— Il m'a dit que sa fille venait de partir avec un de ses cousins qui est vacher au château de Peyrelade, et qu'elle va épouser dans huit jours. Ils sont allés trouver M. le curé de Saint-Saturnin pour les bans.

Comme Antoine parlait ainsi, une voix fraîche et pure fit entendre à peu de distance cette chansonnette :

Au plus profond de la montagne,
Cache-toi bien, gentille fleur,
Ma sœur :
Voici venir dans la campagne
Un beau seigneur
Trompeur.
Que la neige
Te protége,
Gentille fleur,
Ma sœur;
La neige efface
Toute trace;
La neige glace
Le cœur.

Aux dernières notes de la chanson, une belle jeune fille, vêtue du costume du pays et montée sur une mule, apparut sur le chemin à dix pas de distance entre les sapins et passa en rougissant devant le jeune comte, mais ce n'était pas Nanette.

IV

Un Conte de Perrault.

Un beau jour du mois de novembre 1700, une chaise de poste dont les ais mal joints et les ressorts réparés en maint endroit accusaient le long service, en même temps que par sa construction massive elle présentait un caractère de vétusté peu commune, entra dans Paris par la porte qui correspond à ce qu'on nomme aujourd'hui la barrière de Fontainebleau. Bien que la peinture qui jadis avait orné les panneaux de ce respectable véhicule eût subi de notables dégradations, il était aisé d'apercevoir encore à chaque portière les vestiges d'un large écusson féodal supporté par deux figures qui avaient dû être des anges, à en juger par les ailes dont elles étaient affublées, mais que, sans cette précaution de l'artiste, on eût été tenté bien plutôt de prendre pour des singes. Cet écusson, dont le chef d'azur et le champ de gueule étaient devenus par malheur entièrement indéchiffrables, était surmonté d'une couronne de marquis avec cette devise latine quelque peu fanfaronne : ***nusquam retrorsùm.***

Un gros laquais à cheveux gris, vêtu d'une souquenille d'un bleu problématique galonnée d'écarlate, qui pouvait avoir été portée avec quelque avantage au temps de la minorité de Louis XIV, trottait gravement devant la chaise en question. Il était monté sur une maigre haridelle qui eût témoigné suffisamment combien peu la poste aux chevaux était florissante vers l'au de grâce mil le sept cent, si les deux coursiers attelés à la chaise n'eussent attesté d'une manière plus irrécusable encore la vérité de cette assertion. A voir s'avancer un si pauvre équipage, on eût cru qu'il s'agissait tout simplement de quelque douairière surannée qui abandonnait son castel de la Saintonge ou du Limousin pour tenter fortune au lansquenet, ou de quelque gentilhomme émérite qui s'en venait consulter M. Fagon sur sa goutte ou sur sa gravelle; aussi les badauds de Paris, qui étaient au commencement du dix-huitième siècle à peu près ce qu'ils sont au dix-neuvième, commençaient-ils déjà à s'attrouper autour de la chaise de poste, lorsque leur attention fut tout-à-coup distraite par un objet qui en était à coup sûr beaucoup plus digne : c'était un magnifique carrosse resplendissant de dorures et traîné par quatre chevaux de la plus belle race normande qui, arrivant du côté justement opposé à celui par lequel entrait la chaise de poste, ne pouvait manquer de se croiser avec elle au point d'intersection de la ligne que tous deux parcouraient. Le postillon et le cocher se mettaient donc en devoir, conformément à la règle adoptée en pareille circonstance, de prendre, chacun en ce qui le concernait, la direction de droite, quand tout-à-coup un nouvel incident vint compliquer la situation : un superbe troupeau de bœufs, qui venait du marché de Sceaux, entra dans Paris avec des mugissemens sauvages, et déboucha dans l'étroit espace demeuré libre entre les deux voitures. Les chevaux de la poste, accoutumés à vivre en bonne intelligence avec toutes sortes de quadrupèdes, ne bougèrent, mais il n'en fut pas de même des chevaux normands du beau carrosse, qui, animés par un sentiment de fierté aristocratique vraiment inexcusable, se cabrèrent à qui mieux mieux, et lancèrent mille ruades aux pauvres bêtes à cornes; ces dernières pourtant, selon toute apparence, avaient également vu les pâturages de la Normandie : c'était donc à ce titre une véritable guerre civile entre compatriotes. Les bœufs effrayés ne disputèrent pas longtemps la victoire et se mirent à courir de côté et d'autre; les femmes et les enfans, qui étaient en grand nombre aux abords d'une des portes de Paris de tout temps la plus fréquentée, poussèrent de grands cris, les chiens aboyèrent. Bref, le tumulte et l'encombrement furent bientôt à leur comble dans ce petit coin de la capitale, et cocher et postillon s'arrêtèrent d'un commun accord.

Cependant ceux où celles qui occupaient l'intérieur des deux voitures n'avaient pas jusqu'alors donné signe d'existence, au grand désappointement de quelques badauds qui contemplaient en sûreté de leurs fenêtres le spectacle de la rue. Enfin la curiosité de ces honnêtes gens put être en partie satisfaite, car l'une des glaces du beau carrosse s'abaissa, et une personne pencha sa tête en dehors de la portière, comme pour voir la cause de tout le vacarme qui venait de troubler sans doute quelque douce rêverie. Cette personne était une jeune femme d'environ vingt ans et d'une merveilleuse beauté. Elle était brune avec des dents blanches comme des perles; de beaux cheveux noirs encadraient de leurs boucles ondoyantes son visage où venaient se fondre, avec les tendres couleurs de la rose, ces belles teintes orangées de la nature méridionale qui font rêver des vierges du Généralif et de l'Alhambra; enfin deux yeux pleins de feu étincelaient sous l'ombre de longs cils noirs. Il y avait dans la physionomie de cette jeune femme et dans la courbe gracieuse de son cou et de ses épaules, dont une partie seulement était dissimulée sous des barbes de dentelle, quelque chose de tendre et de fier à la fois, qui invitait à l'amour et commandait le respect. Il ne manquait à cette femme que des gardes à son carrosse, pour qu'on l'eût saluée reine; et si le peu qu'elle laissait apercevoir de son buste pouvait faire préjuger le reste, elle était digne d'être déesse.

La jeune femme jeta de côté et d'autre un regard moitié curieux, moitié distrait, sans paraître s'apercevoir en rien des hommages flatteurs que recueillait sa beauté, hommages auxquels elle était probablement beaucoup trop habituée pour cela ; puis elle recula sa tête en arrière, et elle s'apprêtait déjà à refermer sa glace, lorsque celle de la chaise de poste s'abaissa tout-à-coup avec fracas et montra aux spectateurs surpris, au lieu d'un visage maigre et ridé qu'ils s'attendaient à voir surgir de ce gothique véhicule, la plus fraîche et la plus charmante figure de jeune blondin qu'il soit possible d'imaginer. C'était un lis au calice doré qui venait de s'épanouir au milieu d'une touffe d'orties et de chardons.

Le jeune homme et la jeune femme, placés vis-à-vis l'un de l'autre, et séparés seulement par un intervalle de quelques pas, ne pouvaient manquer de se regarder réciproquement, et il y eut dans ce regard échangé ainsi entre deux personnes qui ne s'étaient jamais vues une vive et naïve admiration d'une part et de l'autre, je ne sais quelle impression qui tenait plutôt de la surprise que de tout autre sentiment. Au surplus, que ce fût surprise ou intérêt, ou même, si l'on veut, simple curiosité, toujours est-il que la belle dame au carrosse doré ne songeait plus du tout à relever la glace de son carrosse, bien que son jeune voisin tînt depuis près de cinq minutes ses grands yeux bleus attachés sur elle avec une obstination sans égale.

Sur ces entrefaites vint à passer à cheval, avec de grands airs évaporés, un seigneur d'assez bonne mine, bien qu'un peu débraillé peut-être dans ses vêtemens. Ce seigneur n'eut pas plutôt aperçu le carrosse que, piquant des deux en écartant les bœufs sur son passage à grands coups de houssine, il arriva tout droit à la portière où se tenait la jeune femme. Celle-ci lui sourit le plus agréablement du monde ; et, après qu'il eut eu baisé, avec des façons de conquérant, une jolie petite main qu'on lui tendit, sans trop se faire prier, ce semble, le dialogue suivant s'établit entre la belle brune au port de reine et le nouveau venu.

— Ah! c'est vous, chevalier!

— Moi-même, belle reine, et toujours votre valet.

— Et d'où venez-vous donc ? Il y a des siècles que je suis privée du plaisir de vous voir.

— Comment! vous avez daigné remarquer mon absence! Allons! je suis trop heureux, d'honneur! et je me ferai mettre à la Bastille encore une fois, ne fût-ce que pour m'entendre dire cela par vous une seconde fois.

— Toujours le même, chevalier. Et où allez-vous donc ainsi?

— A Sceaux, chez madame la duchesse du Maine.

— Et moi aussi.

— Cela se rencontre à merveille, je serai votre écuyer, si vous voulez bien le permettre.

Pendant cet entretien, le jeune blondin de la chaise de poste était, comme on le pense bien, tout à fait éclipsé; car le nouveau venu, qui était d'une taille élevée et d'une corpulence déjà raisonnable, attendu qu'il avait bien pour le moins trente-six ans, s'était placé immédiatement entre la portière du carrosse qu'il dérobait entièrement à la vue, et ne laissait d'autre aspect au blondin que son dos et la croupe de son cheval. Etre privé de la contemplation d'une jolie femme, c'était déjà beaucoup, mais être forcé d'accepter un tel échange, c'était bien pis encore. Il fallait mettre promptement un terme à une telle humiliation; il fallait surtout à tout prix rappeler sur soi l'attention de la belle jeune femme si scandaleusement accaparée par ce fâcheux qu'on avait baptisé du titre de chevalier. Ce fut sans doute dans cette dernière vue que le gentilhomme de la chaise de poste eut la malencontreuse idée de s'écrier, en enflant sa voix du mieux qu'il put :

— Holà, postillon ! cela finira-t-il bientôt? et suis-je condamné à passer ici la nuit? Par là mordieu, faquin ! dis à mon coureur de venir me parler. A quoi songe donc ce maraud, qu'il me laisse ainsi empêché au milieu de toutes ces bêtes, au lieu de s'occuper de me faire faire place?

A ces mots, prononcés d'une voix sonore et parfaitement accentuée, plusieurs oisifs qui contemplaient avec curiosité depuis quelques instans le spectacle assez étrange qui venait de leur être offert, commencèrent à s'entre-regarder réciproquement avec cette expression douteuse qui ne demande évidemment qu'une occasion de se transformer en raillerie. Car, s'il n'y a rien qui impose autant à la multitude qu'une certaine jactance dans le maintien et les paroles, c'est à la condition que les prétentions qu'elle annonce ne recevront aucun démenti; or, il faut bien le dire, l'individu qui venait d'être baptisé du titre pompeux de coureur avait été doué par la nature d'une obésité tout à fait antipathique avec un pareil emploi, ce que remarquant un clerc de procureur qui s'en allait au Palais porter à son patron un sac à procès, s'écria d'un ton goguenard :

— Eh ! que faites-vous donc là? Est-ce que vous ne reconnaissez pas ce gentilhomme? Chapeau bas, chapeau bas, bélitres! ne savez-vous pas que c'est M. le marquis de Carabas qui passe dans son carrosse, précédé du chat botté?

Un chorus universel d'éclats de rire accueillit cette plaisanterie, bien qu'à vrai dire la comparaison manquât un peu de justesse en ce qui touche le coureur, lequel, attendu son embonpoint, devait être un maître chat de la première espèce. Mais rien surtout ne saurait donner une idée des transports d'hilarité que cette boutade excita de la part de la belle dame au carrosse doré et du gentilhomme qui venait de se constituer son écuyer. L'un et l'autre lancèrent un regard furtif sur la chaise de poste et furent obligés de se cacher la tête entre leurs mains, tant le rire avait envahi toutes leurs facultés. Quant à celui qui se voyait ainsi salué, à son entrée dans la capitale, d'une appellation aussi ridicule, il rougit et pâlit tour-à-tour; et, portant convulsivement la main droite à la poignée de sa rapière, il essaya de la main gauche d'ouvrir la portière de sa chaise, mais ce fut en vain. Cependant, son laquais accouru à sa voix ayant murmuré quelques mots à voix basse à son oreille, il parut se calmer tout-à-coup, et dit avec assez de sang-froid :

— Tu as raison, il n'appartient point à une personne de mon rang de se commettre avec de telles gens. Informe-toi seulement quelle est la meilleure auberge de cette ville, afin que je puisse y séjourner quelque peu, avant de me rendre à Versailles où le roi m'attend.

Ayant ainsi parlé, il se tourna avec un superbe dédain du côté du carrosse doré; mais ce carrosse avait déjà disparu.

— Il est inutile, répondit le laquais du ton le plus respectueux, que je prenne des informations ; car je sais une auberge où monsieur le comte sera traité comme il convient à un gentilhomme de sa condition. C'est l'auberge du Lion-d'Or, dans la rue Saint-Honoré, tout proche le Louvre, où descendent messieurs des compagnies rouges. Si monsieur le comte veut bien ordonner au postillon de me suivre, je vais l'y conduire.

—Va donc pour le Lion-d'Or, s'écria le gentilhomme dans lequel on a reconnu, depuis long-temps sans doute, l'aîné de la maison d'Anglars, et dépêchons! car il me tarde d'être débarrassé de la vue de toute cette canaille qui ignore sans doute qui je suis.

Le jeune comte ayant ainsi parlé, l'excellent Antoine fit exécuter non sans peine à sa monture deux ou trois cabrioles qui écartèrent la foule amassée autour du carrosse, puis il reprit gravement sa place d'avant-garde en faisant signe au postillon de le suivre. Celui-ci fit claquer son fouet, et l'attelage s'étant remis en route traversa les rues populeuses du quartier Saint-Jacques aux cris mille fois répétés de : « Voilà M. le marquis de Carabas! »

Il était nuit close lorsqu'on parvint sans autre accident dans la rue Saint-Honoré, devant l'hôtel du Lion-d'Or, où la chaise de poste s'arrêta. A cet instant, le cortége qui long-temps avait poursuivi de ses clameurs la lourde machine armoriée s'était enfin dissipé, et M. le comte Philippe d'Anglars put mettre pied à terre à la porte de l'auberge, sans qu'à l'exception d'une jeune servante qui se présenta avec une lanterne pour le recevoir, et dont sa bonne mine obtint un regard, personne fît attention à lui. Aussi, je ne voudrais pas jurer que, dans ce moment, notre héros n'ait pas partagé l'opinion de je ne sais quel ancien qui déclarait qu'il aimait mieux entendre dire du mal de lui, que de ne pas en entendre parler du tout. Telle fut sans doute également l'opinion du fidèle Antoine; car, avisant sur le pas de la porte de l'hôtellerie quelques honnêtes bourgeois ou manans qui causaient entre eux et ne paraissaient nullement disposés à se déranger, il s'empressa de descendre de son bidet, et, marchant droit à eux, il se mit à crier d'une voix de Stentor et en apostrophant tout le monde :

— Place! place pour M. le comte d'Anglars! Place, entendez-vous? Hé l'hôte! où est l'hôte? la fille! les garçons! l'auberge! Holà! accourez tous pour recevoir M. le comte d'Anglars de Rochevert, et qu'on lui prépare tôt la plus belle chambre.

Un sourire de satisfaction vint errer sur les lèvres du jeune gentilhomme en entendant son laquais parler de la sorte, et il commença à lui pardonner la comparaison injurieuse à laquelle il avait servi de texte.

— Décidément, se dit-il en le regardant, cet Antoine a du bon, et je ne suis pas fâché de mon acquisition. Je conviens qu'il sera difficile d'en faire un coureur: mais pour un valet de chambre il est fort présentable, et cette livrée lui sied à merveille.

Pauvre Philippe d'Anglars! on voit bien qu'il arrivait tout frais des montagnes de la Haute-Auvergne.

Cependant, au bout d'une heure environ, notre héros était installé dans un large fauteuil, au coin d'un bon feu, devant une petite table sur laquelle était disposé un souper assez appétissant. Debout à ses côtés, Antoine, décidément métamorphosé pour le quart d'heure en sommelier et la serviette sur le bras, remplissait gravement les devoirs de son nouvel office; mais le jeune gentilhomme, en proie à une préoccupation visible, paraissait peu sensible à ce plaisir, pourtant si appréciable après un long voyage, de trouver un bon souper et un bon feu, sans compter un bon lit qui l'attendait à quelques pas de la cheminée. Il mettait entre chaque bouchée, qu'il avalait d'ailleurs le plus négligemment du monde, d'effrayans intervalles. Ce n'était pas là le compte d'Antoine, qui peut-être attendait avec impatience qu'il lui fût permis à son tour de s'arranger des restes de son maître, et qui, d'un autre côté, ainsi qu'on a pu s'en convaincre depuis le commencement de cette histoire, se livrait avec assez de plaisir aux charmes de la conversation. Il avait essayé à plusieurs reprises de rompre un silence obstiné qui finissait par lui paraître inquiétant, et, dans cette vue, il avait hasardé quelques observations comparatives sur les procédés de cuisine en usage à Paris et en Auvergne; mais, par malheur, ses observations, faute de réponse, dégénéraient en véritables soliloques. Enfin, changeant de thème, il s'écria en versant à son maître un splendide rouge bord qui, pensa-t-il, devait lui délier la langue :

— Eh bien, monsieur le comte, vous voici donc arrivé dans la grande ville. Ouf! ce n'est pas sans peine; car, sous votre respect, la chaise de poste de M. le marquis n'est plus en état de faire de si longues routes, et il faut que le bon Dieu protége bien efficacement votre noble maison, pour que vous n'ayez pas eu dix fois les côtes rompues dans le voyage. Nous serions à coup sûr arrivés huit jours plus tôt par le coche, et vous n'auriez pas, en versant, couru le risque de la vie.

Cette fois le rouge bord opéra, car notre gentilhomme répondit en fronçant le sourcil, et haussant les épaules :

— Par la sembleu! il eût fait beau voir l'aîné de la maison d'Anglars arriver en coche tout comme un cadet de Gascogne! Antoine, tu ne sais ce que tu dis.

Puis changeant subitement de ton et de conversation :

— Antoine, s'écria-t-il, tu as vu cette belle jeune femme dont le carrosse s'est croisé avec le mien aux portes de Paris. Comment la trouves-tu?

A ce moment seulement la cause de la préoccupation de M. le comte d'Anglars ne fut plus un mystère pour Antoine, et il répondit malignement :

— On ne peut plus belle, monsieur le comte. Ah! je vous le disais bien qu'à Paris vous trouveriez, on ne peut plus vite, le moyen d'oublier Nanette.

Ici une légère grimace vint s'empreindre sur les traits gracieux de M. le comte d'Anglars, qui, regardant fixement son valet, lui dit d'un ton de reproche :

— Nanette! ne prononce jamais ce nom devant moi, Antoine. Nous ne sommes plus en Auvergne, et je dois commencer à ne songer qu'à des femmes qui soient de mon rang. Mon Dieu, pourquoi faut-il que ce maudit basochien se soit permis cette sotte plaisanterie sur *ton* compte, Antoine? Déjà cette belle personne commençait à me regarder avec de certains yeux.....

Antoine, qui n'adoptait pas le moins du monde la plaisanterie purement pour son compte, ne put s'empêcher d'interrompre son maître.

— Mais, monsieur le comte, lui dit-il, il me semble que quand ce petit masque s'est mis à vous désigner sous un nom qui ne vous appartient pas, vous ne pouviez apercevoir la jeune dame en question, puisque, si je ne me trompe, le derrière du cheval...

— Tu as raison, Antoine, répartit vivement le comte, et je crois que j'en veux encore moins à ce jeune clerc qu'à ce cavalier impertinent qui est venu se mettre tout juste entre moi et la belle jeune femme. Et un cadet de famille encore! car tu as entendu que ce n'est qu'un chevalier. Je voudrais savoir son nom, à ce chevalier, ne fût-ce que pour lui faire l'honneur d'aller me couper la gorge avec lui.

— Peste! monsieur le comte, comme vous y allez! Croyez-moi, ne vous embarquez point encore dans les duels, car vous trouverez ici de bonnes lames qui vous feraient voir bien du pays, et je gagerais, rien qu'à sa taille et à sa tournure, que ce chevalier dont nous parlons est passé maître en escrime. D'abord, il faut que vous sachiez qu'à la ville comme à la cour, tout ce qui porte le titre de chevalier a pour le moins trois hommes tués et six estropiés sur la conscience : c'est l'usage. Ils ne seraient pas chevaliers sans cela.

— Et moi, je te dis, Antoine, qu'un gentilhomme n'est vraiment digne de ce titre que quand il a eu deux ou trois affaires. C'est toi qui me l'as dit dans mon enfance, je m'en souviens parfaitement.

— Oui... peut-être autrefois, mais à présent ce n'est plus ainsi.

— N'en parlons plus. Je ne veux maintenant songer qu'à la charmante rencontre que j'ai faite. Une femme de la plus haute noblesse! j'en suis sûr. As-tu vu ses armoiries? Porte-t-elle de gueule ou d'azur?

— Ma foi, monsieur le comte, j'avoue que je n'y ai pas regardé.

— C'est un tort ; quant à moi, j'ai fait des efforts inutiles pour les entrevoir : les bœufs m'en ont empêché ; mais je suis sûr, à la richesse de son équipage, qu'elle est au moins marquise ou duchesse.

— Oh! pour duchesse, elle ne l'est pas, car je n'ai pas vu l'ombre d'une frange à son carrosse.

— Alors c'est qu'elle est plus encore; qui sait si ce n'est pas une princesse? Heureusement qu'elle ne peut manquer d'aller à la cour, et je la retrouverai, ou mordieu! j'y perdrai mon nom.

Comme en prononçant ces derniers mots M. le comte d'Anglars, qui venait de terminer son souper, s'était levé de table, la conversation n'eut pas une plus longue durée ; et, la soirée commençant à s'avancer, le fidèle montagnard dut abdiquer immédiatement ses fonctions de sommelier pour celles de valet de chambre. C'était la troisième fois depuis son entrée dans Paris qu'à l'exemple du célèbre maître Jacques, il changeait de condition, et cela ne laissait pas que de promettre pour l'avenir. Il se retira, laissant l'aîné de la maison d'Anglars déjà endormi d'un profond sommeil.

Cette nuit-là fut la première depuis bien long-temps où le jeune comte ne rêva pas du tout de Nanette, la jolie métayère du Val Moron.

V

Lauzun à soixante ans.

— Holà! Antoine, va me quérir le plus élégant de tous mes habits, donne-moi mes plus riches dentelles, mes rubans les plus exquis; aie bien soin de peigner et de parfumer mes cheveux. Fais en sorte, mon bon Antoine, que rien ne manque à ma toilette, car il faut ce matin que tout le monde dise en voyant passer ton maître : « Voilà un gentilhomme de bonne mine et de bel air. » Mes gants..... mon épée, c'est bien. Ah! donne-moi ces lettres que mon père m'a remises au moment de mon départ. Il ne me manque plus rien, je pense. Maintenant, fais-moi venir une chaise.

— La chaise est en bas; mais où donc va monsieur le comte? Ah! je comprends, monsieur le comte va faire visite à cette belle dame que nous avons rencontrée hier.

— Non pas, Antoine.

— Alors, c'est que monsieur le comte se rend à la cour, auprès du roi.....

— Pas davantage.

— Pour le coup, je renonce à deviner.

— Antoine, je vais de ce pas chez M. le duc de Lauzun. J'ai rêvé cette nuit que je succédais à la faveur de cet homme célèbre.

— Et monsieur le comte va lui faire part de son rêve. C'est à merveille. Je demande pourtant à monsieur le comte la permission de lui soumettre une observation.

— Parle.

— Peut-être serait-il mieux de commencer par aller voir monseigneur de Rochemontais, évêque de...

— D'Icosie.

— Va pour Icosie; mais j'aimerais mieux tout autre nom, un nom plus facile à retenir surtout. Quoi qu'il en soit, monseigneur de Rochemontais est oncle de monsieur le comte, et si ce respectable prélat vient à apprendre qu'il n'a pas eu la première visite de son noble neveu, il pourra en être fort offensé. Or, j'ai entendu dire qu'il faut se donner bien de garde d'offenser un oncle... dont on hérite. Maintenant, monsieur le comte veut-il bien me pardonner une réflexion?...

— Dont j'apprécie toute la sagesse, Antoine, et que je vais mettre immédiatement à profit. Je commencerai par mon oncle. Adieu, Antoine.

Et voilà notre gentilhomme en route, sur les bras de ses porteurs, pour l'hôtel Rochemontais. Chemin faisant, il se disait :

—Commment vais-je me présenter à cet oncle... dont j'hérite? Y a-t-il rien de plus sot au monde qu'une telle visite? Je vais dire à mon oncle... quoi? Mon oncle, je suis votre neveu dévoué qui s'en vient voir si vous avez encore bon visage, si l'hôtel Rochemontais est vaste et bien meublé, si votre asthme vous promet de longs jours, et si je pourrai bientôt entrer en possession de tous vos beaux contrats de rentes, de vos terres, de vos fermes, de vos prés. Pardieu! voilà une chose qui me révolte, et je crois que si je n'avais pas promis à Antoine... Il est vrai que monseigneur de Rochemontais est mon oncle; mais je ne l'ai jamais vu, cet oncle; je n'ai même aucun désir de le voir. C'est un homme d'église qui n'entend rien aux choses de la cour, et moi je suis, je veux être un homme de cour. Ce n'est donc pas lui, c'est tout simplement la situation de son héritage que je viens voir. Son héritage, qu'en ai-je besoin de son héritage? Est-ce que le roi qui a écrit à mon père, le roi qui m'attend à Versailles ne s'empressera pas de pourvoir à tous mes besoins? Et puis, n'ai-je pas les dix mille livres que m'a données mon père? Puis enfin, avec mon nom, mon rang, la faveur du roi, je dois faire un riche et illustre mariage. Ma foi, décidément je ne vois pas trop à quoi cet oncle peut me servir, à moins que ce ne soit pour ma bénédiction nuptiale.

Tout en se livrant à ces réflexions d'une justesse au moins problématique, le jeune comte d'Anglars venait d'arriver sous les murs de l'hôtel de monseigneur d'Icosie. Là, il mit pied à terre, et la tête basse comme un débiteur qui va trouver un créancier qu'il paie à contre-cœur, il souleva lentement le marteau de la porte de l'hôtel. Comme on tarda à ouvrir, il ne s'impatienta nullement, bien que la patience fût loin d'être un des caractères distinctifs des d'Anglars de Rochevert, et son visage, légèrement contracté par l'ennui que lui causait la démarche qu'il accomplissait, sembla même se rasséréner, car il espérait qu'il ne trouverait personne au logis, et qu'il en serait quitte pour ce jour-là, mais enfin la porte s'ouvrit, et le suisse parut sur le seuil de sa loge.

— Monseigneur de Rochemontais est-il *visible?* demanda Philippe d'Anglars, se servant à dessein d'une formule tant soit peu jésuitique.

— Non, monsieur, fut-il répondu.

M. le comte d'Anglars n'en demanda pas davantage; et, tirant de sa poche la lettre adressée par son père au digne évêque, il s'empressa d'ajouter :

— Veuillez remettre ce message à monseigneur, et lui dire que c'est moi, le comte d'Anglars de Rochevert, son neveu, qui suis venu le lui apporter, et que je regrette bien vivement...

Sans même achever sa phrase, il s'élança dehors et remonta dans sa chaise en criant aux porteurs :

— Maintenant, à l'hôtel Lauzun!

A peine il était assis, que le suisse de son oncle était déjà à la portière de sa chaise, le dos respectueusement incliné et balbutiant avec une vélocité remarquable :

— Puisque monsieur le comte est le neveu de monseigneur, la consigne ne saurait être pour lui. C'est que, voyez-vous, monsieur le comte, monseigneur est arrivé cette nuit de son château de Brie, et monseigneur est un peu fatigué; mais je ne doute pas que pour son neveu... et je vais...

— Arrêtez, s'écria notre gentilhomme avec une remarquable expression d'angoisse, arrêtez, je ne souffrirai pas qu'on dérange mon oncle pour moi, qu'on attente à son repos.

— Mais, monsieur le comte...

— Je ne le souffrirai pas, vous dis-je. Porteurs, vous m'avez entendu.

Et la chaise se mit en mouvement. Le malheureux suisse, qui tenait à honneur de ne rien négliger des devoirs de la civilité la plus empressée vis-à-vis du neveu de son maître, se ravisa tout à coup; et, courant après la chaise :

— Si monsieur le comte, s'écria-t-il en se cramponnant à la portière, si monsieur le comte voulait au moins me laisser son adresse...

— C'est inutile, mon ami, répondit Philippe d'Anglars, c'est parfaitement inutile. Je reviendrai.

Figurez-vous un homme qu'on vient de décharger du plus lourd fardeau, un patient qui s'en allait tristement subir sa peine et auquel on apporte sa grâce, et vous n'aurez encore qu'une faible idée de la joie de notre gentilhomme, après qu'il se fut débarrassé des instances du suisse avunculaire, et qu'il lui fut permis de se rendre là où il se sentait appelé par une sorte d'influence magnétique. Avec quel sentiment d'ineffable allégresse il s'abandonna alors au balancement régulier de sa chaise! Comme sa poitrine se dilata! Ses joues étaient animées, il portait maintenant la tête haute et semblait défier du regard tous les passans en leur disant : « Je vais chez Lauzun. »

Lauzun! que d'illusions, que de souvenirs, que d'espérances dans ce seul nom! Il allait donc le voir enfin, cet homme célèbre qui, comme lui, s'était élancé à vingt ans du fond d'un vieux château à la cour du grand roi, et qui, par la seule puissance de sa grâce, de son esprit, de sa bonne mine, s'était élevé en peu de temps au dessus des têtes les plus hautes de la monarchie, cet homme qui s'était moqué de Louvois, de Louvois qui osait braver Louis XIV, cet homme qui avait vu à ses pieds toutes les beautés de la cour, sans en excepter même les maîtresses du roi, et qui, pour couronner tous ses triomphes, était devenu l'époux d'une princesse du sang royal, de la petite-fille de Henri IV.

Oh! sous l'influence de tous ces souvenirs, comme le cœur lui battit, à Philippe d'Anglars, lorsque après avoir franchi le Pont-Neuf et salué en passant le collége construit par Mazarin, il sentit ses porteurs s'arrêter tout à coup, tout près de l'emplacement où se trouve aujourd'hui le palais des Beaux-Arts, et lorsqu'une voix lui dit :

— Mon gentilhomme, voici l'hôtel Lauzun.

Alors, et pour la première fois peut-être de sa vie, lui l'aîné de la maison d'Anglars et qui en était si fier, lui qui s'estimait appelé par ce seul nom aux plus brillantes destinées, il éprouva ce sentiment d'abaissement et presque de confusion qui s'empare de nous quand nous entrons dans quelque immense cathédrale. A travers le prisme trompeur peut-être de son imagination, l'hôtel Lauzun lui apparut comme une sorte de sanctuaire habité, non plus par un homme, mais par un héros, presque par un demi-Dieu, et il se demanda si lui, profane, il oserait bien en franchir le seuil. La portière de sa chaise était ouverte, et ses porteurs ébahis le regardaient déjà depuis long-temps sans qu'il semblât disposé à quitter la place à laquelle il était comme cloué, l'œil fixe, la bouche béante, et murmurant tout bas : « C'est ici. »

C'est ici que comme lui s'étaient arrêtés tant de beaux seigneurs, la fleur du bel air et de la galanterie qui venaient encenser le favori et se modeler sur lui. C'est ici que tant de beautés des meilleures maisons de France étaient entrées pures encore peut-être, sinon de cœur, du moins de corps, pour perdre dans un joyeux souper ce qu'aucune femme n'avait jamais refusé à ce grand vainqueur qu'on nommait Lauzun. Tous ces charmans fantômes n'allaient-ils pas apparaître sur le seuil de l'hôtel, comme autant de satellites pour en défendre l'entrée, et s'écrier : « Lauzun est à nous ou plutôt encore nous sommes toutes à Lauzun, nul ne doit approcher de lui; car chacune de ses minutes doit nous être consacrée, chaque mot de sa bouche nous appartient, c'est notre roi, c'est notre Dieu; et si Louis XIV a dit : l'Etat c'est moi, nous pouvons dire à notre tour, Lauzun c'est nous. »

A la fin, s'apercevant de la stupéfaction qu'il causait, Philippe d'Anglars releva vivement la tête, comme un homme qui s'éveille d'un songe, il passa ses doigts dans les boucles de sa blonde chevelure, secoua ses manchettes et son jabot de dentelle et sortit triomphalement de sa chaise. La porte de l'hôtel était entr'ouverte : sans s'arrêter devant le suisse, il franchit hardiment le seuil, comme s'il eût été l'un des habitués du logis; et, après avoir traversé une cour d'honneur dont l'herbe commençait à désunir en maint endroit les pavés, ce qu'il ne remarqua même pas, tant était puissant le prestige qu'il subissait, il arriva dans l'antichambre. Il y trouva quelques laquais assis dans l'embrasure d'une fenêtre et qui causaient entre eux à voix basse. Tous étaient uniformément vêtus de noir de la tête aux pieds, tous se levèrent avec étonnement en le voyant paraître; et, s'interrogeant entre eux du regard, ils semblèrent se demander comment ce gentilhomme avait pu pénétrer dans l'hôtel.

— Mon Dieu! se dit le jeune comte, que se passe-t-il donc ici?

L'un des valets s'approcha de lui et lui demanda, toujours à voix basse, ce qu'il désirait.

— Pardieu! répondit notre gentilhomme, je veux voir M. le duc de Lauzun.

— C'est impossible, répartit le valet, M. le duc ne reçoit personne aujourd'hui.

D'Anglars demeura atterré quelques instans, puis il s'écria :

— Ah! vous m'effrayez! lui serait-il arrivé quelque événement funeste! Serait-il indisposé?

— M. le duc se porte on ne peut mieux.

— Je comprends... ces vêtemens de deuil... il a perdu quelqu'un de sa famille.

— Toute la famille de M. le duc est en bonne santé.

— Alors il s'agit sans doute d'une personne qui lui était chère à un autre titre.

— Encore moins.

— Oh! pour le coup!

Ici un autre valet prit à son tour la parole, et s'adressant à Philippe d'Anglars d'une façon presque mystérieuse :

— Est-ce que, lui dit-il ; est-ce que monsieur le...

— Comte, s'empressa d'ajouter notre gentilhomme, comte d'Anglars de Rochevert.

— Est-ce que monsieur le comte n'est pas de la cour ?

— Si fait. Si je n'en suis pas, du moins je dois en être bientôt.

— La réponse qui précède fut faite avec beaucoup d'aplomb. Quant à l'espèce de capitulation de conscience qui suit, il est bien entendu qu'elle fut toute mentale.

— Alors, reprit le valet, monsieur le comte oublie sans doute que c'est aujourd'hui le 25 du mois de novembre.

— Ah !... c'est... aujourd'hui le... 25 du mois de novembre ? balbutia notre gentilhomme, puis il passa les yeux à droite et à gauche, en hochant la tête de la façon la plus plaisante du monde, ainsi qu'un homme qui veut paraître au fait d'une chose qu'il ignore totalement, puis il reprit bientôt d'un air déterminé :

— Pardieu ! je suis un grand sot d'oublier que c'est aujourd'hui le 25 novembre, et j'aurais dû me rappeler que... ce jour-là...

Il espérait que quelque autre valet viendrait à son secours en le mettant au fait d'une particularité qu'un homme de cour paraissait ne pas devoir ignorer ; mais messieurs de la livrée restèrent impitoyablement muets, et il jugea alers qu'il n'avait rien de mieux à faire que de se retirer, en annonçant toutefois qu'il reviendrait le lendemain.

— Demain ! reprit assez vivement, mais toujours à voix basse, le premier laquais qui avait parlé, demain ni les jours suivans, M. le duc ne pourra avoir l'honneur de recevoir monsieur le comte ; sa seigneurie part au point du jour pour sa baronnie de Thiers, où elle compte passer une partie de l'hiver.

A cette nouvelle, le jeune comte ne put retenir un énergique juron de désappointement ; et, comme il se retournait pour sortir, il se trouva face à face avec un homme en perruque blonde, dont la physionomie assez régulière présentait l'amalgame bizarre de la froideur et de la fierté, avec je ne sais quoi de souriant et de moqueur. Ce gentilhomme, car il avait un maintien plein de noblesse et d'élégance qui le faisait reconnaîre aisément pour un des membres de cette caste privilégiée, était d'une stature un peu au dessous de la moyenne ; il pouvait bien avoir soixante ans, mais sa taille encore élégante et bien prise, son visage encore dénué de rides, seulement un peu pâle, accusaient tout au plus la cinquantaine. Il était vêtu d'un justaucorps bleu galonné d'argent, assez semblable à ceux que portaient alors les capitaines des gardes du roi, et avait au bras un grand crêpe.

Philippe d'Anglars se découvrit instinctivement et ne put que murmurer quelques mots d'excuse et de regrets. Dans ce seigneur au maintien si fier, aux yeux si moqueurs et si spirituels, il avait deviné le duc de Lauzun.

Ce dernier (car c'était lui en effet qui venait, en compagnie d'un intendant, de visiter son hôtel) parut contrarié d'une visite à laquelle il s'attendait d'autant moins que le suisse avait ordre de ne laisser entrer personne. Toutefois, habitué par un long usage des cours à dissimuler sous les dehors d'une froide politesse tout ce qu'il ressentait dans son cœur, il salua le jeune comte avec une politesse au moins exagérée ; et, lui désignant de la main une porte dont un laquais venait d'ouvrir les deux battans :

— Monsieur, lui dit-il avec ce ton moitié sérieux, moitié goguenard qui lui était habituel et qui l'avait rendu si redoutable à la cour, veuillez me faire l'honneur d'entrer, je suis tout à votre service ; car je ne doute pas qu'ayant forcé la consigne de l'hôtel Lauzun, un 25 novembre, vous n'ayez quelque importante communication à me faire.

Le jeune d'Anglars se mordit les lèvres, balbutia, mais il était trop tard pour reculer. L'impitoyable Lauzun attachait sur lui son regard moqueur, ce regard assez semblable en ce moment à celui du vautour qui fascine un pauvre oiseau qu'il va dévorer. D'Anglars entra.

Il traversa ainsi une longue suite d'appartemens dont un valet qui le précédait ouvrait les portes, et à chaque porte, le duc s'arrêtait, invitant toujours du geste et du regard, un regard poli, flamboyant et inexorable, son jeune hôte à passer le premier.

Ils parvinrent ainsi dans un cabinet dont les murs étaient couverts de médaillons et de tableaux, et où de grands rideaux de damas ne laissaient pénétrer qu'un faible jour. Ce cabinet, dont les portes étaient masquées sous de lourdes courtines ouatées de même étoffe, où d'épais tapis empêchaient le bruit des pas de retentir, et où, de distance en distance, n'apparaissaient d'autres meubles que quelques sofas, rappelait à ne s'y pouvoir méprendre une destination profane; c'était sans doute un de ces asiles mystérieux consacrés à la paresse, plus souvent à la volupté, et qu'à une autre époque on baptisa du nom de boudoirs.

Si Philippe d'Anglars eût conservé à cet égard la moindre incertitude, il eût pu être aisément fixé sur ce qu'il convenait de penser, en entendant trois légers coups, bien discrets, frappés à une porte située dans un angle obscur du cabinet, et qui comme les autres était masquée sous une courtine de soie.

— Vous permettez? dit le duc en faisant signe au jeune comte de s'asseoir au coin d'une cheminée, qu'à l'époque où se passe cette histoire on pouvait trouver petite, et il alla soulever la courtine et ouvrir la porte.

Alors, en prêtant l'oreille, le jeune comte put recueillir assez distinctement comme le frôlement d'une robe, et quelques paroles furent échangées bien bas entre une voix grave, qui était celle du duc, et une petite voix fraîche et d'un timbre tout féminin, puis le duc revint; et, s'asseyant lui-même au coin de la cheminée, vis-à-vis de son hôte, dans la pénombre, de manière à ne point perdre un seul des mouvemens de sa physionomie et à lui cacher en même temps tous les siens, il s'exprima ainsi:

— Vous disiez donc, monsieur, que l'objet de votre visite?...

— Veuillez me la pardonner, monsieur le duc, reprit timidement notre gentilhomme, car je vois bien qu'elle vous est aussi importune qu'elle est en même temps inopportune.

Lauzun fit un mouvement.

— Au surplus, ajouta vivement le jeune comte, je saurai du moins l'abréger; daignez, monsieur le duc, prendre connaissance d'une lettre dont je suis porteur pour vous de la part de mon père, le marquis d'Anglars de Rochevert.

— Le marquis d'Anglars! dit Lauzun, un gentilhomme d'Auvergne; attendez donc... oui, je m'en souviens; donnez, monsieur, donnez-moi cette lettre.

Et, s'étant levé, il s'approcha d'une fenêtre, pour lire plus à son aise le message que Philippe d'Anglars venait de remettre en ses mains. Pendant ce temps-là, le jeune comte cherchait, d'un œil curieux, à distinguer le sujet des tableaux et des médaillons qui se trouvaient le plus à sa portée, et qui, selon toute apparence, contenaient les portraits si vantés des nombreuses maîtresses de Lauzun. Mais la faible clarté qui régnait dans le cabinet, par une brumeuse matinée de novembre, ne lui permit pas de satisfaire sa curiosité.

Lorsque Lauzun eut achevé sa lecture, il revint à sa place et s'écria cette fois avec un ton où la bienveillance commençait à faire place à cette politesse railleuse avec laquelle il avait accueilli notre gentilhomme:

— J'ai beaucoup connu votre père, monsieur le comte d'Anglars, et je suis fort aise que vous m'apportiez de ses nouvelles. Il fut fait mestre-de-camp le jour où moi-même je reçus le brevet de lieutenant-général. C'était un vaillant homme de guerre, avant tout, que le marquis, mais pas assez courtisan, et il aurait pu se retirer avec le bâton, s'il fût venu plus souvent au grand lever. Vous m'êtes tout recommandé, monsieur le comte d'Anglars; aussi bien. il y a des alliances entre nos deux familles.

— Et les d'Anglars s'en honorent, monsieur le duc.

Ce compliment acheva de changer l'humeur de Lauzun, qui ajouta :

— Vous êtes l'aîné de votre maison, monsieur; voyons, parlez, en quoi puis-je vous être utile? que désirez-vous de moi?

Philippe d'Anglars, tout à fait enhardi par le ton affectueux du duc, répondit :

— Je viens, monsieur le duc, implorer votre appui et votre protection auprès du roi, dans l'intention où je suis de me consacrer entièrement comme vous au service de Sa Majesté, et de marcher, s'il est possible, sur vos traces.

Ici la physionomie de Lauzun reprit cette expression railleuse qui l'abandonnait bien rarement, et peut-être même un observateur y eût découvert plus que de la raillerie, un grand fonds d'amertume.

— Ah! vous voulez faire votre chemin à la cour! s'écria-t-il d'une voix pleine d'étranges vibrations; le but est grand, très grand, mon gentilhomme; voyons donc quels sont vos appuis; connaissez-vous Godet?

Philippe d'Anglars ouvrit de grands yeux; Lauzun répéta sa question en l'accompagnant d'un commentaire explicatif.

— Oui, Godet, M. Godet, l'ancien curé de Saint-Sulpice, un homme dont je fais le plus grand état.

Le jeune d'Anglars fit un signe de tête négatif.

— Alors, reprit Lauzun, vous avez des aboutissans auprès de Nanon.

— Nanon? balbutia le jeune comte; qu'est-ce que Nanon?

— Comment! vous ne connaissez pas encore Nanon, autrement dite mademoiselle Balbien, l'ancienne servante de madame la marquise de Maintenon. J'ai le malheur de n'être pas de ses amis; mais comme Nanon veut du bien à madame la duchesse de Bourgogne, vous pourriez de ce côté...

Le jeune comte regarda son interlocuteur d'un air ébahi.

— Monsieur le duc, lui dit-il, je ne connais personne à la cour, et mon père, retiré du service depuis longues années, a pensé que votre appui et mon nom suffiraient pour me recommander au roi.

— A merveille; mais n'avez-vous point quelque parent ici?

— Ah! permettez, monsieur le duc, j'ai un oncle, un oncle évêque; mais un évêque ne peut guère me servir dans une cour galante comme celle de notre grand roi; qu'en pensez-vous, monsieur le duc?

— Un oncle évêque! Eh! eh! cela n'est déjà pas mal; pourtant, je l'aimerais mieux curé.

— Curé! pensa le jeune d'Anglars, il veut dire cardinal.

— Ah ça, ajouta Lauzun, je présume que voulant faire votre chemin à la cour, vous n'y arrivez pas sans posséder toutes les notions, toutes les connaissances requises en pareil cas.

— Oh! certainement, monsieur le duc.

— A la bonne heure! pourtant vous me paraissez bien jeune pour posséder déjà des connaissances que moi-même... Enfin, c'est votre affaire. Ainsi vous êtes en état de raisonner sur les doctrines de Port-Royal; vous avez une opinion arrêté sur le molinisme, sur les constitutions de l'Eglise, sur la Bulle, sur la mère Angélique...

A toutes ces questions, le jeune d'Anglars écarquillait les yeux tout comme si M. de Lauzun lui eût parlé grec ou chinois, et il finit par s'écrier le plus naïvement du monde :

— Je ne connais rien de tout cela.

Puis il pensa intérieurement que la cervelle du grand homme commençait à se détraquer quelque peu.

— Et que diable savez-vous donc? s'écria le vieux favori.

— Je sais monter à cheval, tirer l'épée, j'entends assez bien la fauconnerie, et je commence à danser passablement la courante... Ah! je sais tourner un madrigal.

Lauzun se leva, tendit la main au jeune comte ; et, le contemplant fixement, il lui dit après une pause et avec le plus grand sérieux :

— Et vous voulez devenir le favori du roi! Pourquoi pas? vous êtes de bonne maison, vous avez de la tournure, de l'esprit sans doute, vous êtes à peu près de ma taille, blond comme moi, et je suis sûr que vous dansez convenablement une courante. Avec tout cela, pourquoi n'êtes-vous pas venu il y a quarante ans? On dirait aujourd'hui d'Anglars comme on dit Lauzun.

A cet instant, le soleil perçant le voile de brume sous lequel il était resté enseveli toute la matinée pénétra à travers les rideaux de damas et illumina la chambre de ses joyeux rayons. Un moment ébloui par cette clarté soudaine, d'Anglars baissa les yeux, puis, en les relevant, il les porta sur Lauzun. Il y avait sur le visage et dans le sourire profondément sardonique de cet homme célèbre quelque chose de vraiment infernal. On eût dit l'ange des ténèbres en perruque blonde et en justaucorps bleu galonné d'argent, et il n'était pas jusqu'au vaste crêpe qu'il portait au bras qui n'ajoutât encore au caractère fantastique tout-à-coup répandu sur tout le personnage de Lauzun. Une flamme surnaturelle brillait dans son regard; le jeune d'Anglars ne put en supporter l'éclat, et il détourna involontairement la tête. Alors ses yeux tombèrent sur tous ces tableaux, sur tous ces médaillons dont il avait cherché en vain jusque-là à deviner les sujets, et, à sa grande surprise, il aperçut un mélange bizarre de scènes de piété et de mythologiques souvenirs où la Vénus impudique ne jouait pas le moindre rôle; des portraits de belles jeunes femmes et des effigies de saints et de martyrs. Bien plus, comme si tous ses sens à la fois eussent dû passer de surprise en surprise, ainsi que dans une fantasmagorie, la même voix féminine qu'il avait surprise en entrant dans le cabinet, se fit entendre sous la courtine de damas, et dit :

— Monsieur le duc, venez-vous?

— Vous pouvez commencer sans moi, cria Lauzun.

Aussitôt le prélude d'une musique retentit à peu de distance, et des voix de basse-taille entonnèrent en chœur le premier des sept psaumes de la Pénitence.

— Où suis-je? s'écria Philippe d'Anglars éperdu et comme pris d'un vertige.

— Au couvent des Augustins, lui dit le duc en ricanant.

Et en même temps, soulevant la courtine de damas qui recouvrait la petite porte mystérieuse du cabinet et qui était celle d'une tribune donnant sur la chapelle du couvent, il lui moutra du doigt, pâles sous leurs capuces noires, quarante têtes vénérables de pères augustins agenouillés dans les stalles du chœur, de chaque côté de l'autel. La voix féminine était celle d'un charmant petit enfant de chœur qui se tenait à l'entrée de la tribune. Quand il eut joui quelques instans de la stupéfaction de son hôte, il referma la porte, laissa retomber l'épaisse courtine qui la recouvrait, puis il attendit en silence que le jeune comte l'interrogeât.

— Vous êtes pourtant bien monsieur le duc de Lauzun? lui dit notre gentilhomme en soupirant.

— Oui, mon jeune ami, répondit le vieux favori, je suis Lauzun, mais non point le Lauzun de vos rêves; je suis Lauzun à soixante ans, Lauzun veuf de la petite-fille de Henri IV, Lauzun qui a passé six ans dans les cachots, Lauzun déshérité du bougeoir et des privances du roi et qui vient célébrer chaque année, dans le deuil et la pénitence, l'anniversaire du jour néfaste où le grand roi, le soleil des soleils, ayant jeté sa canne par la fenêtre, pour ne pas en frapper un gentilhomme, fit conduire son favori disgracié au château de Pignerol.

Ayant ainsi parlé, il demeura quelques instans rêveur, puis tout-à-coup son front s'éclaircit, et il reprit avec gaîté :

— Pourtant mon crédit n'est pas tout à fait éteint. On me craint, si l'on ne m'aime plus, et j'ai toujours les entrées. Monsieur le comte d'Anglars, vous m'intéressez, le temps est beau aujourd'hui, je vais ordonner qu'on mette les chevaux à mon carrosse. Nous allons partir pour Versailles, je veux vous présenter moi-même au grand roi.

VI

Présentation à la Cour.

Ce fut un fait mémorable à la cour de Louis XIV et qui se trouve consigné avec soin dans le journal de Dangeau, que l'apparition de M. le duc de Lauzun, un 25 novembre, dans le grand salon des glaces, au palais de Versailles. Chacun, en le voyant venir avec son justaucorps bleu galonné d'argent, et son large crêpe au bras, se demanda avec étonnement quelle puissante considération le déterminait à faire ainsi infraction à ses habitudes bien connues de retraite et de deuil dans un pareil jour. En un clin d'œil, il se vit entouré d'une foule de courtisans qui, en l'accablant de politesses et de protestations de dévoûment, se flattaient ainsi d'échapper à ses sarcasmes; et, en voyant combien il était l'objet de toutes les attentions, de toutes les prévenances, Philippe d'Anglars qui l'accompagnait put apprécier toute l'étendue de la considération dont le vieux favori jouissait encore à la cour.

Cependant on ne tarda pas à remarquer que Lauzun n'était pas venu seul, et en le voyant échanger quelques paroles à voix basse avec ce jeune blondin qu'on ne connaissait pas et qui se tenait constamment à ses côtés, on ne douta pas que le duc ne fût venu ce jour-là pour accomplir quelque grand projet. Qui pouvait savoir ce qui se passait dans le cœur de l'ancien amant de Mademoiselle, et qui eût été assez hardi pour l'interroger? Peut-être, las de la froideur du roi à son égard depuis sa rentrée en grâce, le duc de Lauzun voulait-il, à l'exemple de feu madame de Montespan, se choisir à lui-même un successeur, et le jeune blondin pouvait bien être appelé dans cette circonstance à jouer le rôle que vingt ans auparavant avait rempli la belle mademoiselle de Fontanges. Un pareil projet était digne d'être éclos dans le cerveau de Lauzun.

Mais quel était-il, ce jeune homme qui l'accompagnait et dont le front rayonnant de jeunesse et d'espoir venait de s'épanouir au milieu de toutes les rides et de tous les ennuis de la cour? En vain tous interrogeaient leurs souvenirs, il était inconnu à tous, et l'huissier de service ne se rappelait même plus son nom.

Sur ces entrefaites, vint à passer un beau seigneur de haute taille, d'une physionomie martiale, bien que peut-être un peu fanfaronne, et revêtu de l'uniforme de sous-lieutenant des gardes de la Porte. Ce seigneur, en apercevant le duc de Lauzun, s'approcha de lui avec empressement, et Lauzun, qui le reconnut, lui tendit amicalement la main, en lui disant :

— Bonjour, Barbançon; d'où vient qu'on ne vous voit plus au Palais-Royal, chez M. le duc de Chartres?

Barbançon sourit et répondit :

— Ne le savez-vous pas ?

Le duc fit un signe de tête négatif.

— Eh bien! reprit Barbançon, écoutez donc ; je ne puis vous dire cela, à Versailles, qu'à l'oreille.

En entendant ces quelques mots, le jeune d'Anglars, qui avait en ce moment la tête tournée du côté de la perspective, tressaillit ainsi qu'un cheval de bataille, lorsque retentit la trompette. Cette voix qui venait de frapper son oreille, cette voix lui était connue. Il se retourna vivement ; mais l'interlocuteur de M. de Lauzun, obligé de se baisser pour parler à l'oreille du vieux duc, ne laissait voir que son menton et une partie de sa large moustache. Il attendit avec impatience qu'il se redressât, ce que celui-ci ne tarda pas à faire, et alors il put envisager dans toute la richesse de ses proportions athlétiques M. le chevalier de Barbançon, sous-lieutenant des gardes de la Porte, celui-là même qui, la veille, était venu lui ravir la vue de la belle dame au carrosse doré, et l'avait si impertinemment remplacée par celle de son dos et de la croupe de son cheval. Il frémit, ses narines se gonflèrent, et, se rapprochant du duc de manière à bien montrer au chevalier en quelle compagnie il se trouvait, il lui lança un regard plein du plus superbe dédain. Barbançon à son tour se mit à le contempler avec assez d'attention : car, dans le premier moment, il ne l'avait point reconnu ; puis, se frappant la tête dont jaillit sur-le-champ je ne sais quelle idée grotesque, il salua le duc et poursuivit son chemin, en riant comme un fou.

Lauzun, tout surpris de cette boutade, se tourna vers le jeune comte d'Anglars, comme pour lui en demander l'explication.

— Ah! ça, lui dit-il, mon jeune ami, vous connaissez donc Barbançon ?

Notre gentilhomme était pourpre de colère et de dépit ; mais, pensant bien que l'histoire de sa rencontre de la veille était de nature à lui nuire auprès d'un esprit railleur, comme il avait pu se convaincre que l'était celui de Lauzun, il se donna bien de garde d'en souffler mot, et répondit fièrement :

— Moi! monsieur le duc, je ne sais ce que c'est que M. Barbançon.

— Eh bien! dit Lauzun, je vais vous l'apprendre, car il est bon de vous mettre un peu au fait des personnages que vous rencontrerez le plus fréquemment à la cour. Le chevalier de Barbançon est un homme à ménager ; car, tel que vous le voyez, et tout cadet de famille qu'il est, il a su se mettre en fort bonne position auprès de tout ce qui tient au roi et même de ce qui n'y tient pas. C'est un de ces hommes rares qui trouvent toujours moyen de plaire à tout le monde.

— Excepté à moi, murmura d'Anglars.

— Un convive qui est de tous les écots, ou, si vous l'aimez mieux, un cheval qui mange à tous les râteliers, et qui est le bien-venu à tous, car il a de l'esprit et pas la moindre ambition. Le roi, qu'il amuse quelquefois de ses récits, l'a fait sous-lieutenant des gardes de la Porte ; M. le duc de Chartres l'a admis à ses petits soupers au Palais-Royal et veut en faire un roué, et madame du Maine ne s'amuse qu'à demi quand elle ne l'a pas à son château de Sceaux. A cette heure, il vient de m'apprendre qu'il sortait de la Bastille, où on l'avait mis pour je ne sais quelle sotte affaire d'honneur, dans laquelle il a eu la maladresse de tuer son adversaire, et devinez qui l'en a tiré... Madame de Maintenon. En un mot comme en cent, si je n'eusse été Lauzun, je voudrais être Barbançon.

Pendant que d'Anglars écoutait d'une oreille distraite cet importun panégyrique, voici ce qui se passait dans une autre partie du grand salon. Plusieurs courtisans venaient d'entourer M. de Barbançon, et l'un d'eux surtout se faisait remarquer par son empressement. Ce seigneur, qui pouvait bien avoir soixante ans et qui était remarquable par la quantité de croix dont il était chamarré, n'était autre que le célèbre marquis de Dangeau, premier menin de monseigneur, grand-maître de l'ordre de Saint-Lazare, chevalier des ordres du roi, et de plus auteur d'un journal, alors encore inédit, des faits et gestes de Louis-le-Grand. Il s'en allait depuis tantôt vingt ans demandant à un chacun des documens pour cette œuvre importante et offrant en échange une place dans son journal dont on ne se souciait guère, et la croix de Saint-Lazare dont nul ne voulait.

— Que viens-je d'apprendre, monsieur le chevalier? s'écria-t-il en se faisant jour jusqu'à Barbançon; on dit que vous connaissez ce jeune gentilhomme qui vient d'arriver avec Lauzun. Pourriez-vous me faire l'amitié de me dire qui il est? Je désire en parler dans mon journal.

— Oh! c'est un gentilhomme d'une illustre famille, répondit le chevalier avec un grand sérieux, et qui ira loin, je vous jure.

— Mais son nom? De grâce, son nom?

— Il en fait mystère.

— Oh! apprenez-le-moi, je vous en supplie.

— C'est à une condition, monsieur le marquis; vous n'en parlerez à âme qui vive!

— Je vous le promets, il n'y aura que mon journal, et comme il ne paraîtra qu'après moi...

— Eh bien! écoutez donc.... Surtout le plus grand secret! je vais vous le dire à l'oreille : ce gentilhomme s'appelle.... le marquis de Carabas.

— Hein! plaît-il? Je n'ai pas bien entendu.

— Le... marquis... de... Carabas; entendez-vous maintenant?

— Parfaitement.

Et là-dessus, Dangeau de rire à gorge déployée, pendant que Barbançon, toujours impassible, lui représentait qu'il était assez pénible pour le jeune gentilhomme en question de porter un nom rendu ridicule par un méchant faiseur de contes des fêtes, et qu'il ne devait pas, lui, homme grave et déjà d'un certain âge, ajouter par un accès d'hilarité immodérée au chagrin que devait éprouver ce pauvre jeune homme. Au surplus, le moment approchait où un pareil état de choses aurait un terme, car le gentilhomme en question ne venait à Versailles que pour supplier Sa Majesté de vouloir bien changer son nom.

Toutes ces sottises, débitées par M. de Barbançon avec le plus grand flegme, ne pouvaient manquer de trouver un auditeur bénévole, en même temps que des plus crédules, dans la personne de cet excellent marquis de Dangeau qui, bien que Boileau lui ai fait l'honneur de lui dédier une de ses épîtres, n'en doit pas moins être regardé comme un des types les plus achevés d'importance bouffonne et de courtisanerie grotesque qu'ait produits le grand siècle. Aussi, dès qu'il eut reçu tout au long la confidence de Barbançon, s'écria-t-il en reprenant tout son sérieux :

— Mon cher chevalier, je vous suis on ne peut plus reconnaissant de la nouvelle que vous venez de m'apprendre, et que je ne manquerai pas de rapporter dans mon journal, à la date du 25 novembre 1700, en indiquant que je la tiens de vous. Considérez-moi comme votre obligé, et si jamais je puis... A propos, vous n'êtes pas encore décoré de l'ordre de Saint-Lazare. Vous plairait-il que?...

Ici le chevalier de Barbançon saisit un prétexte honnête pour s'esquiver; et, comme il est assez vraisemblable que Dangeau ne fut pas le seul à qui il jugea convenable de communiquer, toujours sous le sceau du secret, le prétendu nom du nouveau venu, il arriva qu'en moins d'un quart d'heure, le grand salon des glaces changea tout à fait de physionomie, et qu'au murmure accoutumé des conversations mystiques et des commentaires dévots sur le dernier sermon de M. Godet ou de tout autre sulpicien, succéda la plus franche hilarité.

Philippe d'Anglars était, comme on le pense bien, devenu le point de mire de tous les regards ; on se le montrait de loin, on s'étonnait que Lauzun eût consenti à se faire le patron d'un gentilhomme ayant nom le marquis de Carabas; d'autres ne voyaient là qu'une nouvelle mystification entreprise par le vieux favori qui était assez sujet à caution sous ce rapport. Le roi ne riait plus depuis long-temps; Lauzun avait trouvé ce moyen de le dérider. Pourquoi pas? Enfin il y avait des personnes qui s'apitoyaient bonnement sur la destinée de ce jeune gentilhomme d'une figure si intéressante, et que son nom vouait ainsi au ridicule.

Ce fut au milieu de tous ces commentaires et de l'agitation inaccoutumée répandue dans le grand salon des glaces, que les portes du fond s'étant ouvertes avec fracas, l'huissier du cabinet annonça le roi. Aussitôt le bruit des conversations particulières cessa comme par enchantement, les visages les plus épanouis par le rire devinrent mornes et glacés, les plus grands seigneurs prirent une attitude humble et modeste, et un silence à entendre marcher une fourmi, selon la pittoresque expression de Saint-Simon, s'établit dans le salon, tant était grand le respect mêlé de crainte que Louis XIV avait su inspirer aux premiers comme aux derniers de ses sujets.

Ce n'était plus alors le jeune roi si amoureux de fêtes et de plaisirs, qui devait, le soir, remplir le rôle d'Apollon dans le nouvel opéra de Quinault, ou représenter un jeune berger dans un divertissement de Molière. A sa suite on ne voyait ni M. le Prince, ni Turenne, ni Louvois, ni Colbert, et sur sa physionomie froide et sévère, il semblait porter le deuil de toutes ces gloires contemporaines qui l'avaient devancé dans la tombe.

A ses côtés, mais pourtant un peu en arrière de lui, marchaient MM. de Barbezieux et de Torcy, secrétaires d'état de la guerre et des affaires étrangères; derrière, M. de Villeroi, capitaine des gardes de quartier, puis tous les familiers du palais, Cavoye, d'Antin, Du Lude, etc.

Il s'avança d'abord avec assez de lenteur, examinant avec beaucoup d'attention, comme c'était son habitude, tous ceux qui se trouvaient sur son passage, saluant quelques uns du geste, quelques autres du geste et de la voix, jusqu'au moment où ayant aperçu dans un coin M. le duc de Lauzun, il pressa le pas et marcha droit à lui. Philippe d'Anglars, qui n'avait pas perdu de vue un seul mouvement du monarque, sentit alors son cœur battre dans sa poitrine comme s'il eût été sur le point de se briser; car cet instant était solennel pour lui, il allait décider de sa destinée. Lauzun le vit pâlir, et lui dit à voix basse en lui pressant la main :

— Du courage!

Déjà le roi se trouvait en face de son ancien favori, et il s'était arrêté.

— Bonjour, Lauzun, dit-il avec un peu de brusquerie, on vous voit rarement à Versailles maintenant. Il paraît que le Palais-Royal vous absorbe complétement; mon neveu est bien heureux.

— Diable! pensa intérieurement Lauzun, le moment est mal choisi pour me faire protecteur, lorsque j'aurais besoin moi-même d'en trouver un. Le grand roi daigne être jaloux de M. de Chartres.

Puis il s'écria tout haut :

— Sire, que Votre Majesté daigne me pardonner, j'avais cru m'apercevoir que ma présence avait cessé d'être aussi agréable à Votre Majesté que par le passé, et dans cet état de choses, j'ai dû me borner à m'informer respectueusement de ses nouvelles.

Nul autre que Lauzun n'eût osé faire une pareille réponse au roi, mais cet illustre courtisan avait acquis le droit de tout dire à Louis XIV, grâce au soin qu'il avait d'envelopper toujours sa pensée des formules du respect et du dévoûment le plus absolu. Aussi le roi, pénétré de l'air de profonde tristesse avec lequel cette réponse avait été faite, ne jugea pas à propos de la relever; seulement, remarquant le crêpe que Lauzun portait à son bras, il s'empressa d'ajouter :

— Vous êtes en deuil, Lauzun?

— Oui, sire, répliqua l'habile vieillard, depuis trente ans.

— Que voulez-vous dire? s'écria Louis XIV, qui avait deviné d'avance la réponse de son ancien favori, et qui souriait déjà.

— Sire, n'y a-t-il pas aujourd'hui trente années, jour pour jour, que je me suis vu tout-à-coup privé de vos bonnes grâces, trente années sans recevoir un rayon du soleil, sire?

— Alors, dit gaîment Louis XIV, il y a prescription, comme disent MM. du Parlement. Lauzun, vous serez du prochain Marly.

— Sire, je prie Votre Majesté de daigner agréer mes excuses et mes regrets. Je suis forcé de partir demain pour ma terre de Thiers.

Louis XIV fronça le sourcil.

— Pourquoi donc êtes-vous venu aujourd'hui à Versailles? s'écria-t-il.

— Sire, répondit Lauzun, jamais je n'aurais entrepris un tel voyage sans prendre congé de Votre Majesté. On ne part pas sans se réconcilier avec Dieu.

Le front du grand roi se rasséréna, en entendant cette flatterie, et, se retournant vers M. de Villeroi, il lui dit à mi-voix :

— Ne trouvez-vous pas, Villeroi, que ce Lauzun a des pensées et des tours de mots qui n'appartiennent qu'à lui? Ah! qu'est la jeunesse actuelle auprès de lui, auprès de ce que nous étions il y a quarante ans? L'esprit s'en va, Villeroi.

M. de Villeroi s'inclina en faisant un signe de tête affirmatif.

A cet instant, les regards de Louis XIV, qui connaissait parfaitement tous les seigneurs de sa cour depuis le premier jusqu'au dernier, tombèrent sur le jeune comte d'Anglars, lequel, pendant tout le dialogue précédent, avait passé par toutes les phases de la crainte et de l'espérance.

— Quel est ce jeune gentilhomme? dit-il assez haut pour que chacun des assistans se haussant sur la pointe des pieds, devînt tout yeux et tout oreilles.

— Sire, répondit Lauzun, c'est un de mes parens, et de plus le fils d'un de vos plus anciens serviteurs qui implore aujourd'hui, par ma voix, pour ce jeune rejeton d'une noble famille les bontés de Votre Majesté. Permettez-moi, sire, de vous présenter M. le comte d'Anglars de Rochevert.

Il y eut un moment bien marqué dans les rangs des courtisans; les plus proches murmuraient :

— Ah çà! que dit-il donc? est-ce que ce n'est pas le marquis de Carabas?

Les plus éloignés, auxquelles il n'arrivait qu'un écho affaibli de cette conversation, étudiaient avec soin le visage du roi, se disposant, s'il riait, à faire entendre un homérique éclat de rire; mais leur attente fut trompée; car le roi, qui n'avait aucune raison de ne pas garder son sérieux, répondit avec bonté :

— M. d'Anglars m'était déjà suffisamment recommandé par le souvenir des services de son père; mais, présenté par vous, Lauzun, il a maintenant un double titre à ma faveur.

Lauzun s'inclina avec respect; quant au jeune comte, il était trop ému pour pouvoir prononcer une parole, et il se contenta de fixer sur le roi deux beaux yeux bleus remplis d'une touchante expression d'amour et de reconnaissance. Louis XIV, qui l'avait considéré avec attention, s'écria :

— Allons! je vois avec satisfaction que tout ne dégénère pas dans mon royaume. Savez-vous, Lauzun, que ce jeune gentilhomme, votre protégé, a une charmante figure; il me semble vous voir encore à son âge, lorsque vous me fûtes présenté par le maréchal de Grammont, il y a de cela quelque quarante ans. Si, en partant pour vos terres de Guyenne, votre intention a été de me laisser quelqu'un qui me rappelât votre souvenir, vous ne pouviez à coup sûr faire un meilleur choix.

— Sire, répartit vivement Philippe d'Anglars, encouragé par l'intérêt que le roi semblait lui témoigner, je veux du moins rappeler toujours à Votre Majesté M. le duc de Lauzun par mon dévoûment à votre personne.

— Ah! Lauzun, s'écria Louis XIV charmé, vous avez donné des leçons à M. d'Anglars.

— Le fait est, pensa Lauzun, que le petit masque ne va vraiment pas mal; serait-il donc mon successeur?

— Que désirez-vous de moi? dit le roi en s'adressant à notre gentilhomme, est-ce un emploi dans la chambre ou dans l'armée?

Si Philippe d'Anglars avait pu lire dans les regards de Lauzun et de tous ceux qui l'entouraient, il eût bien vite choisi la chambre, qui était alors le seul moyen d'arriver à tout, et il eût préféré à cette vaine auréole qui, de tout temps, s'est attachée au front de l'homme de guerre, l'occupation beaucoup plus douce et, à coup sûr, beaucoup plus lucrative de donner à manger aux carpes du grand bassin, en compagnie de messieurs des grandes entrées et des ducs à brevet. Mais, ignorant comme il l'était des choses de la cour, il répondit étourdiment :

— Sire, mes pères ont versé leur sang sur les champs de bataille, pour le service des aïeux de Votre Majesté, je désire les imiter en tout.

— Eh bien, dit le roi, dont un pli imperceptible vint sillonner le front, je vais donner ordre à Barbezieux...

Comme Louis XIV cherchait des yeux le secrétaire d'état de la guerre, arrêté sans doute par quelque solliciteur, l'attention générale fut concentrée tout-à-coup sur un nouvel objet par l'arrivée d'une femme vêtue d'une robe de soie de couleur sombre avec une écharpe noire et de longues coiffes pendantes qui cachaient entièrement ses traits. Cette femme, qui tenait à la main un missel armorié, traversa lentement un côté du salon, au milieu de tous les signes extérieurs du plus profond respect de la part de ceux qui se trouvaient sur son passage. Dans ce moment, la cloche de la chapelle du palais commença à sonner vêpres, et le roi se détournant assez brusquement, marcha à la rencontre de la personne qui excitait ainsi l'attention générale.

Alors chacun quitta sa place et parut se disposer à suivre le roi. Vivement désappointé du brusque dénouement d'un drame si bien commencé pour lui, d'Anglars demeura quelques instans cloué à sa place et dans un état de stupéfaction et d'embarras difficile à décrire; car, au milieu du deplacement occasionné par cet accident, il avait perdu de vue l'habile pilote dont l'expérience consommée l'avait guidé jusque-là entre tous les écueils de cette mer difficile sur laquelle il venait de s'embarquer. A la fin, s'adressant à un de ses voisins :

— Monsieur, lui demanda-t-il ingénument, pourriez-vous me faire l'honneur de me dire quelle est cette femme qui ose paraître si singulièrement vêtue à la cour la plus magnifique de toute l'Europe?

Le courtisan auquel il s'adressait lui répondit en détournant les yeux avec effroi, comme s'il eût craint un colloque avec un réprouvé.

— C'est madame la marquise de Maintenon!

A ce même instant, et à l'extrémité opposée du grand salon, apparaissait une autre femme, mais dans un costume tout différent de celui de la favorite, avec laquelle sa jeunesse et sa rare beauté, non moins que la fraîcheur et l'élégance de sa toilette présentaient le plus frappant contraste. Elle tenait à la main, au lieu de missel, un éventail garni de plumes et était suivie d'un groupe de seigneurs qui semblaient se disputer un de ses regards. A la vue de cette belle jeune femme, nombre de ceux qui se disposaient à aller à vêpres firent volte-face et se dirigèrent du côté opposé, si bien que la cour se trouva partagée en deux camps: d'un côté l'ennui et les rides, de l'autre les grâces et la jeunesse. Mais quelle ne fut pas la surprise de Philippe d'Anglars lorsque, dans la nouvelle venue, il eut reconnu sa charmante vision de la veille. La voir, s'écrier et s'élancer à sa rencontre en heurtant vingt personnes sur son passage fut pour lui l'affaire d'un moment, et déjà il était sur le point de l'atteindre, lorsqu'un seigneur, l'arrêtant brusquement par la manche, s'écria :

— Ah! monsieur, ne vous sauvez pas ainsi sans recevoir mon compliment de l'accueil que vous a fait notre grand roi; je ne manquerai pas d'en parler dans mon journal : je vous prie de me croire à vous dès à présent de toutes les manières; et si l'offre de la croix de Saint-Lazare pouvait vous être agréable...

— Mais, monsieur, répondit d'Anglars en cherchant à se débarrasser de l'étreinte de ce fâcheux, je ne sais en vérité... Veuillez m'excuser..... je suis fort pressé.

— Je suis, répartit ce seigneur, je suis le marquis de Dangeau; puis, se penchant à l'oreille du jeune gentilhomme :

— Ah ça, lui dit-il, quel nom dois-je vous donner dans mon journal?

— Mais le mien, monsieur le marquis, je suppose...

— Et quoi, vraiment, le marquis de Carabas?

Pour toute réponse, d'Anglars lança à Dangeau le plus foudroyant regard et, par un mouvement rapide, se dégagea d'entre ses mains; mais déjà depuis long-temps la belle jeune femme avait disparu, et il n'y avait plus personne dans le grand salon des glaces qu'un factionnaire qui regarda notre gentilhomme d'un air ébahi, en l'entendant demander ce que pouvait être devenue une belle jeune femme avec un éventail garni de plumes.

— Monsieur, répondit ce factionnaire, je ne sais ce que vous voulez dire : je viens de relever à l'instant un de mes camarades; au surplus, il ne passe point de dames dans le salon des glaces pendant le jour.

VII

Le Brevet.

— A la fin je vous retrouve, mon jeune ami, c'est bien heureux! Que diable êtes-vous devenu depuis tantôt deux heures que je vous fais chercher dans tout le palais de Versailles?

Ainsi parlait le duc de Lauzun au jeune comte d'Anglars en remontant avec lui, le 25 novembre 1700, vers cinq heures du soir, dans le carrosse qui les avait amenés l'un et l'autre à Versailles et qui allait maintenant les ramener à Paris. Philippe d'Anglars s'excusa de son mieux sur la difficulté pour un novice tel que lui de retrouver son chemin au milieu de l'inextricable labyrinthe d'appartemens et de galeries que présentait à cette époque la résidence ordinaire du roi; mais il se donna bien de garde d'ajouter que ses explorations avaient eu pour but une recherche poursuivie avec une rare opiniâtreté, mais malheureusement restée sans résultat.

— Maintenant, dit Lauzun, il faut que je vous félicite de l'heureuse issue de notre commune démarche. Pardieu! j'étais loin de me soupçonner autant de crédit auprès de Sa Majesté, et je suis heureux que vous en ayez tiré quelque profit. Votre bonne mine et l'à-propos de vos réponses ont fait le reste. Savez-vous que le roi vous veut beaucoup de bien? Je l'ai revu après vêpres, et il m'a encore reparlé de vous. Je gage qu'il ne se passera pas un mois sans que vous ayez les honneurs du Marly et peut-être même du bougeoir.

— Ah! monsieur le duc, c'est à vous que je suis redevable du bon accueil de Sa Majesté. Comment reconnaître tant de bontés?

— Ne parlez donc pas de cela, monsieur d'Anglars, vous me feriez croire que je vous ai demandé des remerciemens. Aussi bien, j'ai un reproche à vous faire : pourquoi, puisque vous aviez le choix, n'avoir pas sollicité de préférence un emploi dans la chambre? c'était un moyen bien plus sûr de faire votre chemin auprès de Louis-le-Grand. Ici, souvenez-vous-en bien, il faut être toujours près du soleil. Mais vous avez préféré l'armée, vous pourrez vous en repentir; n'en parlons plus. Avez-vous vu Barbezieux?

— Pas encore.

— Ne manquez pas de le voir demain. Ce sera déjà même un peu tard. A la cour plus que partout ailleurs, prenez toujours l'occasion aux cheveux. C'est parce qu'il m'est arrivé une fois d'oublier cette sage maxime que j'ai passé six années de ma vie dans les cachots de Pignerol.

Tout en devisant ainsi, les deux gentilshommes étaient arrivés à Paris, et l'on approchait de l'hôtel du Lion-d'Or. Là le carrosse s'arrêta, et le vieux duc tendant les bras à son jeune élève, lui dit :

— Adieu, mon cher comte, vous avez le pied dans l'étrier maintenant, Allons!... ferme, et donnez de l'éperon. Servez bien le roi, moquez-vous des courtisans, faites-vous chérir des belles dames. Je veux, à mon retour de Thiers, vous retrouver fièrement en selle avec quelque bon bâton de commandement dans la main et un manteau de duc et pair pour vous couvrir les épaules. Embrassons-nous, mon successeur.

C'est ainsi que le duc de Lauzun et le comte d'Anglars se séparèrent à la fin de la mémorable journée du 25 novembre 1700.

Ému, transporté de joie, notre gentilhomme rentra triomphalement dans l'hôtel du Lion-d'Or, le front rayonnant, la tête haute, ainsi qu'un général qui vient de gagner une bataille.

— Eh bien, Antoine, dit-il à son valet en se laissant tomber dans un fauteuil et s'éventant avec son feutre empanaché, tout comme si l'on se fût trouvé alors au cœur de l'été, quelle belle journée!

— Oui, pour une journée d'automne. Sombre matinée, beau midi, pluvieuse soirée, comme on dit au pays. Est-ce que vous n'entendez pas, monsieur le comte, la pluie tomber à torrens? Et voilà une heure que que cela dure.

Il est bien question de pluie, de soleil ou de vent. Apprends, Antoine, que je suis le plus heureux des hommes : je viens de voir Lauzun, je viens de voir le roi, j'arrive de la cour, partout le plus charmant accueil. Tel que tu me vois, j'ai été présenté à Louis XIV, et présenté par M. de Lauzun encore! Si tu savais comme cet homme célèbre a été plein de bonté pour moi, et le roi donc! Antoine, le roi m'a parlé pendant cinq grandes minutes; et, sans l'apparition maudite de cette... Enfin apprends que je suis à la veille de jouir à la cour de la plus grande faveur. Je ne sais encore ce qu'on me destine, mais je ne serais pas étonné que ce fût quelque chose de mieux encore qu'un régiment.

— Ah! monsieur le comte, quel bonheur!

— Antoine, fais-moi donner des plumes, de l'encre... il faut que j'écrive à mon père, à l'abbé, à la religieuse, à tout le monde, que je leur donne de mes nouvelles. Quelle joie pour tous, mon bon Antoine! Dépêche-toi.

Et le jeune comte se levait de son fauteuil, parcourait la chambre à pas précipités, respirant à grand bruit, souriant, commençant vingt phrases qui restaient inachevées, se heurtant à tous les meubles; c'était une sorte d'ivresse.

— Ah! je l'ai revue aussi, elle!

— Elle? qui elle?

— Elle, cette belle jeune femme que nous avons rencontrée hier dans son carrosse, en entrant dans Paris. Antoine, elle est bien plus charmante encore que je ne le pensais. Quelle taille de nymphe! quel port de reine!

— Mais est-ce en effet une duchesse? Cela ne peut être; je l'ai dit à monsieur le comte, elle n'a pas de franges.

— Je n'en sais rien encore; mais ce doit être une très grande dame. Qui sait si ce n'est pas une altesse royale? Elle est au moins de la maison de Bourbon ou de la maison d'Orléans.

— Tant mieux, monsieur le comte, si vous parvenez à lui plaire.

— Ah! j'ai revu aussi ce chevalier, ce grand fat que tu sais, Antoine, car on voit tout le monde à la cour, c'est un certain... Barbançon. Il faudra décidément que je me coupe la gorge avec ce... croquant, car je le soupçonne fort d'être l'auteur de certaine mystification qu'il n'emportera pas en paradis.

— Voici les plumes, le papier, l'encre que M. le comte a demandés.

— C'est bien, j'écris incontinent. A propos, Antoine, il faudra demain matin que tu te mettes en quête d'un logis convenable. Tu sens que, dans ma nouvelle position, je ne saurais demeurer à l'auberge. Il me faut un hôtel, des gens; je m'en rapporte à toi pour tout cela, et, dès ce soir, je te fais mon intendant. Adieu, bon Antoine.

Et le jeune comte d'Anglars prit la plume, et il écrivit deux grandes pages à son père, six à l'abbé, tout autant à la religieuse. Sa plume courait sur le papier avec une merveilleuse rapidité, comme si elle eût été conduite par la main de cette bonne fée dont la baguette magique avait durant tout le jour aplani sur ses pas tous les obstacles, et semé sur sa tête du bonheur et de la joie.

Il était deux heures du matin lorsqu'il se coucha; mais on dort peu dans la situation où se trouvait Philippe d'Anglars. Dès que le jour parut, il s'habilla sans l'aide de son valet de chambre, désormais, on le sait, promu aux fonctions d'intendant; et, se souvenant des avis de Lauzun, il se rendit à Versailles, au pavillon occupé par le ministre Barbezieux.

Abordant avec fierté le premier laquais qu'il rencontra, il lui dit:

— Annoncez à votre maître le comte d'Anglars de Rochevert dont le roi lui a parlé hier.

Pour toute réponse, le laquais introduisit notre gentilhomme dans une salle d'attente déjà encombrée de solliciteurs dont le plus grand nombre, il faut bien le dire, appartenaient à la cour, et n'en attendaient pas moins avec une patience angélique qu'il plût au secrétaire d'état de la guerre de les recevoir.

Ce jour-là le jeune ministre, que les Mémoires contemporains nous représentent comme consacrant à la débauche le temps qu'il ne donnait point aux affaires, avait sans doute prolongé fort avant dans la nuit les plaisirs de sa dernière orgie; car, bien que la matinée fût déjà fort avancée, on assurait qu'il n'était pas encore visible. Le jeune d'Anglars, infatué de tous les priviléges de cette partie de la noblesse qui n'avait pas encore échangé le séjour de ses manoirs féodaux contre la faveur d'un petit appartement dans le palais de Versailles avec autorisation de venir se ruiner au jeu du roi, ne vit pas sans une pénible surprise tant de grands seigneurs entassés pêle-mêle dans l'antichambre de celui qui n'était à ses yeux qu'un premier commis. Néanmoins, il se résigna à attendre son tour, et, après avoir préalablement donné son nom à l'huissier de service, il alla s'asseoir non loin de la porte du cabinet.

Cependant les minutes, les quarts d'heure, l'heure même, s'écoulèrent, et rien n'annonçait que M. de Barbezieux se disposât à donner audience. La patience n'était pas une des qualités distinctives du sang des d'Anglars, et notre gentilhomme commença à murmurer tout haut, ce qui étonna fort l'illustre assemblée, mieux habituée probablement à faire antichambre. Tout à coup, au milieu du bourdonnement confus de la foule, il crut, en prêtant l'oreille à travers la cloison qui le séparait du cabinet du ministre, distinguer un bruit dont l'étrangeté le frappa; à ce bruit se mariaient par intervalles les éclats d'une voix forte qui semblait appeler quelqu'un. Il se leva; et, s'approchant de l'huissier toujours impassible à la porte:

— Eh l'ami! s'écria-t-il, vous êtes sourd? N'entendez-vous pas que votre maître est dans son cabinet et qu'il vous appelle?

— J'entends parfaitement, répondit l'homme noir; mais je vous répète que monseigneur n'est pas visible.

— Par la mordieu! reprit vivement d'Anglars, tu en as menti, drôle, et il le sera pour moi sur l'heure.

En disant ces mots, il saisit la clé de la porte, qu'il enfonça plutôt qu'il ne l'ouvrit, et s'élança d'un bond dans le cabinet de Barbezieux, laissant tous les assistans scandalisés et le pauvre huissier ébahi.

Or, savez-vous quel aspect s'offrit aux regards de l'impatient gentilhomme?... Sur un superbe tapis des Gobelins, entre deux épagneuls d'une rare beauté, se tenait accroupi, vêtu d'une simple robe de chambre, un jeune gentilhomme de haute taille, d'une physionomie pleine de noblesse et de grâce, mais dont une nuit de débauche paraissait avoir pâli les traits. Il avait en main une corbeille de porcelaine de Sèvres remplie de gâteaux, et paraissait s'amuser beaucoup de l'attitude des deux épagneuls couchés à ses pieds, et auxquels il avait probablement commandé de ne se saisir de leur proie qu'à un signal convenu. Ce signal parut être l'entrée du jeune comte d'Anglars; car, à sa vue, leur maître s'étant vivement relevé et ayant laissé tomber la corbeille, peu s'en fallut que le contenu et le contenant ne fussent dévorés dans le même instant.

Barbezieux, car c'était lui, devint pourpre de colère, et, la menace à la bouche, il s'avança à la rencontre du comte d'Anglars, qui était resté muet de stupéfaction; puis, l'ayant considéré un instant, il partit d'un grand éclat de rire: il venait de reconnaître en lui le jeune gentilhomme qui, la veille, lui avait été désigné par Dangeau comme ayant nom le marquis de Carabas. Toutefois, sentant bien vite le besoin de réparer sa double faute:

— Veuillez m'excuser, monsieur, s'écria-t-il avec un peu d'embarras. Je vous remets parfaitement maintenant; vous êtes le gentilhomme présenté hier au roi par M. de Lauzun. Sa Majesté m'a parlé de vous, et je vais donner ordre d'expédier votre brevet.

D'Anglars, interdit, ne trouvait pas un mot pour répondre; il se voyait encore dans la salle d'attente, attendant avec la fleur de la noblesse française que monseigneur eût donné à manger à ses chiens: il avait besoin d'air, il étouffait.

Soudain les deux battans de la porte s'ouvrent avec fracas; l'huissier se précipite tout effaré dans le cabinet en murmurant d'une voix à peine intelligible:

— Monseigneur, de la part de madame la marquise de Maintenon!

A ce nom d'Anglars tressaillit, et il grommela entre ses dents:

— Mais c'est donc mon mauvais génie que cette femme!...

Barbezieux s'était déjà précipité au devant de celui qui lui apportait l'expression des volontés de la favorite.

C'était une façon de maître-d'hôtel, peut-être l'ancien valet de Scarron ou le frère de cette vieille Nanon dont Lauzun avait parlé la veille, une physionomie basse et cafarde qu'un gentilhomme en belle humeur eût souffletée dans la rue, mais devant laquelle tout Versailles s'inclinait avec respect, comme si la livrée de madame de Maintenon y eût imprimé une auréole de dignité et de commandement.

— Monsieur le marquis de Barbezieux, dit cet homme avec l'arrogance d'un valet qui voit plier la cour et la ville devant celle qu'il sert, madame de Maintenon vous attend avec le brevet de lieutenant des gardes de la Porte que le roi vient de lui accorder pour un de ses protégés.

— Son nom? demanda Barbezieux en saisissant une plume avec un empressement peu digne du fils du grand Louvois.

— Son nom! répéta machinalement d'Anglars en portant la main à sa rapière, car dans une faveur de madame de Maintenon une sorte de pressentiment lui faisait déjà deviner un outrage pour lui.

— C'est, reprit le maître-d'hôtel, le sous-lieutenant actuel de la compagnie. M. le chevalier de Barbançon.

D'Anglars n'en voulut pas entendre davantage: il s'enfuit du cabinet encore plus vite qu'il n'y était entré, renversant dans sa course précipitée plus d'un malheureux solliciteur qui se consolait, en répétant avec compassion :

— Ce gentilhomme est fou. Quel dommage! il a la physionomie la plus intéressante.

Du pavillon de Barbezieux, d'Anglars courut sans s'arrêter jusqu'à l'entrée des appartemens du roi. Il voulait se plaindre à Louis XIV de son ministre, de Barbançon, de la favorite. « Il n'y a personne ici, pensait-il, d'assez hardi pour dire la vérité au roi: moi, j'aurai ce courage. Je veux démasquer toutes ces infamies. » Mais lorsqu'il arriva à la porte de ce qu'on appelait alors les privés du roi, on lui signifia assez impoliment qu'il eût à se retirer, attendu qu'il n'avait pas les entrées.

La rage dans le cœur, il se promenait comme une âme en peine sous les vestibules du palais, se demandant s'il n'irait pas sur l'heure provoquer Barbezieux ou Barbançon à un duel à mort, lorsqu'il fut abordé par le marquis de Dangeau. Celui-ci, du plus loin qu'il l'aperçut, courut se jeter dans ses bras, et lui dit avec beaucoup de volubilité:

— Ah! c'est vous, monsieur le comte d'Anglars, car je sais votre nom maintenant, et je viens justement de faire votre article dans mon journal. Recevez mes excuses du sot compliment que je vous ai fait hier; c'était une mystification bien innocente imaginée par un de nos plaisans de la cour, pour divertir le roi et madame de Maintenon qui en ont beaucoup ri l'un et l'autre, je vous jure.

— Monsieur de Dangeau...

— Allons! ne vous fâchez pas, il n'y a pas grand mal à cela, et d'ailleurs le roi est content, tout est dit. Il a été parlé de vous au petit lever, et Sa Majesté, en changeant de chevaux, a eu des paroles très flatteuses sur votre compte; je ne manquerai pas de les rapporter dans mon journal à la date du 26 novembre. Ah ça! il y a spectacle à la cour, ce soir. Vous êtes des nôtres?

— Mais je n'ai point reçu d'invitation.

— J'en fais mon affaire, je vais chez le roi.

— Vous avez donc les entrées, monsieur le marquis? En ce cas, veuillez me rendre un grand service, c'est de dire au roi que son ministre, M. le marquis de Barbezieux, est un mal appris qui s'amuse avec des chiens, pendant que les gens de condition font antichambre chez lui, et qui préfère aux protégés de Sa Majesté les protégés des valets de madame de Maintenon.

En entendant un tel discours, Dangeau ouvrait de grands yeux et regardait avec inquiétude de côté et d'autre, cherchant dans sa tête quelque honnête prétexte de rompre la conversation avec un personnage aussi compromettant que Philippe d'Angars. Quelle ne fut donc pas sa terreur lorsqu'une petite porte latérale s'étant ouverte donna passage au grand roi, en personne, qui s'en allait, escorté seulement de Bontems, passer bourgeoisement l'après-dîner chez madame de Maintenon! Dangeau pensa en tomber à la renverse, et c'est là un des grands événemens de sa vie qu'il s'est bien donné de garde de relater dans son journal. Heureusement Louis XIV, qui n'avait rien entendu de la conversation qui précède, passa rapidement, en jetant toutefois d'une façon assez amicale ces mots à notre jeune gentilhomme.

— Bonjour, monsieur d'Anglars, je viens de signer votre brevet. Vous pouvez l'aller demander de ma part dans les bureaux de la guerre.

Le comte ne se le fit pas dire deux fois, et, sans même prendre congé de Dangeau, il courut au lieu indiqué. Là, il ne tarda pas à être mis en possession du précieux message qui allait enfin décider de son sort. Avec quel empressement fébrile il s'en saisit! comme sa main tremblait en brisant le sceau fleurdelisé de cire rouge apposé sur l'enveloppe! C'était sa fortune, sa gloire, son avenir qu'il tenait entre ses mains. La nuit était venue, une nuit sombre et sans étoiles, une véritable nuit de la fin de novembre, il s'approcha d'une lanterne, déplia le parchemin et se mit à en dévorer le contenu...

Bon Dieu! qu'a donc ce gentilhomme? Ses yeux se troublent, une sueur froide baigne son front; d'où vient qu'il chancelle? C'est pourtant bien un brevet qu'il tient à la main : ce brevet est signé *Louis*, et il y a bien pour suscription : M. le comte d'Anglars de Rochevert. Oui, mais ce n'est point un régiment qu'on lui donne, ce n'est pas même une compagnie. Honte et dérision! M. le comte d'Anglars de Rochevert, l'aîné de la famille, est nommé... gendarme de la garde du roi.

Une heure après, un carrosse de louage descendait avec rapidité la grande avenue de Paris qui fait face à la cour d'honneur du palais de Versailles. A mi-côté, le maître du carrosse commanda au cocher d'arrêter; et, mettant la tête à la portière, les yeux fixés sur cet océan de croisées illuminées par la clarté intérieure de dix mille bougies qui dessinaient à chaque instant la silhouette fugitive des courtisans se rendant au spectacle de la cour, il débita d'une voix emphatique l'apostrophe suivante :

« Adieu, Versailles, ville de poussière, d'hypocrisie et de bassesse, où le plus pur sang du royaume se corrompt à la journée, où les nobles se sont faits courtisans et les courtisans valets! Que dis-je? Plus bas encore que les valets, car ceux-ci du moins n'ont qu'un maître, et ceux-là en ont trois, le roi, le ministre et la favorite! Versailles, tu es une ville bien bâtie, et j'admire la magnificence de ton château royal; mais tu es comme les prostituées, belle au dehors, du fard sur les joues, la boue au cœur; c'est pourquoi je te hais, je te méprise et je te dis adieu pour jamais!... »

Le carrosse reprit sa course et arriva à dix heure du soir dans Paris, où il s'arrêta rue Saint-Honoré, devant l'hôtel du Lion-d'Or.

VIII

L'Église Saint-Roch.

Lorsque Philippe d'Anglars descendit devant la porte de l'auberge du Lion-d'Or, ayant en poche son brevet de gendarme de la garde qu'il eût à coup sûr déchiré en mille morceaux, n'eût été l'excellente qualité du parchemin, il trouva Antoine qui l'attendait sur le pas de la porte, et qui avait déjà quitté la livrée pour endosser un habit conforme à ses nouvelles fonctions.

— Que vient faire ici monsieur le comte? s'écria le digne majordome en se découvrant avec respect. Est-ce que monsieur le comte ne va pas coucher à son hôtel?

Le jeune d'Anglars, qui avait totalement oublié, au milieu des cruelles préoccupations de la journée, l'ordre qu'il avait donné, la veille au soir, à son fidèle serviteur, le regarda fixement d'un air de fort mauvaise humeur, et, le repoussant assez brusquement, lui dit :

— Allons, ôte-toi de mon passage; qu'est-ce que cela signifie?

M. Antoine, entêté comme un franc montagnard qu'il était, ne se rebutait pas pour si peu, et, se plaçant résolument en travers de la porte de l'auberge :

— Il n'appartient point, reprit-il, à un seigneur du rang de monsieur le comte de loger à l'auberge, alors surtout qu'il a un hôtel à lui.

En même temps, saisissant un petit sifflet qu'il avait à la ceinture, il fit entendre un son fort aigu. A cet appel, deux laquais, revêtus de la livrée de la maison d'Anglars et portant chacun un flambeau à la main, apparurent.

— Allons, marauds, leur cria Antoine, faites votre office, et aidez M. le comte à remonter dans son carrosse... C'est bien... Maintenant, cocher, île Saint-Louis, à l'hôtel d'Anglars.

Les deux laquais montèrent derrière le carrosse qui se remit en mouvement. Alors, tout fier de la réussite de son plan, et jouissant de la surprise de son jeune maître qui, dans l'état d'abattement où il se trouvait, se serait laissé conduire à Rome si on l'eût voulu, Antoine s'enveloppa de son mieux dans les plis de son manteau, car il commençait à pleuvoir, et il se disposa courageusement à franchir à pied la distance assez raisonnable qui sépare la rue Saint-Honoré de l'île Saint-Louis.

Tout en cheminant à travers les rues fangeuses et en recevant la pluie sur ses épaules, il s'en allait aussi satisfait que s'il eût marché, comme l'évêque de Saint-Flour les jours de procession, sous un dais et sur des tapis jonchés de fleurs, car il avait la conscience d'avoir dignement et promptement rempli les désirs de M. le comte d'Anglars. Aussi, lorsqu'il arriva à l'hôtel, trempé jusqu'aux os, nonobstant le secours de son manteau, à la vérité tant soit peu râpé, vu son long service, sa première question aux valets fut celle-ci :

— M. le comte a-t-il paru satisfait?

— M. le comte, fut-il répondu, s'est couché sans mot dire, et il a refusé l'aide de son valet de chambre.

— Ah! diable! se dit Antoine, est-ce qu'il n'aurait pas trouvé l'hôtel de son goût? Peste! un logis comme celui-ci, ni trop grand ni trop petit, bien meublé, bien décoré, dans un magnique quartier, l'île Saint-Louis! Ce serait être bien difficile, après avoir habité pendant vingt ans le vieux château d'Anglars. Au surplus, si cet hôtel ne lui convient pas, il ne sera pas malaisé d'en trouver un autre, puisque celui-ci n'est que loué, et qu'il n'a été arrêté d'ailleurs qu'à la condition expresse qu'il plairait à M. le comte.

Il est bien entendu que toutes ces réflexions n'étaient que de simples a-partés. Car, à la différence des valets d'aujourd'hui, Antoine respectait trop profondément son jeune maître pour se permettre de critiquer ses goûts et ses idées, surtout en présence d'étrangers; et, afin que les nouveau-venus apprissent à l'imiter en cela, il s'empressa d'ajouter à haute voix :

— Au fait, pour un seigneur du rang de M. le comte, cet hôtel-ci est bien modeste, et j'ai peur d'être réprimandé demain pour n'en avoir pas choisi un plus convenable à sa position à la cour ainsi qu'à sa fortune.

Les choses en demeurèrent là pour la soirée; mais le lendemain Antoine apprit de la bouche même de son jeune maître combien les cartes avaient tourné dans l'espace de quelques heures, et combien il avait eu tort d'apporter une telle précipitation dans l'exécution des ordres qu'il avait reçus. Maintenant que les choses étaient faites, le jeune comte avait trop d'orgueil pour consentir à ce qu'elles fussent défaites. C'eût été proclamer sa honte à tous les yeux; car notre gentilhomme, à l'exemple de bien des gens, s'imaginait que tous les yeux étaient fixés sur lui, et que, le soir même du jour où il aurait congédié ses laquais et quitté son hôtel d'emprunt, cette importante nouvelle ne manquerait pas de faire l'objet de toutes les conversations de la ville et de la cour.

Sous l'influence de cette conviction, il passa huit jours entiers enfermé dans son appartement, sans vouloir mettre le pied dehors, se disant malade et ayant même fait appeler un médecin, pour mieux donner le change. Dieu sait quelles sombres et folles pensées vinrent, pendant ces huit jours, bouleverser sa pauvre cervelle, que de terribles combats vinrent déchirer son âme. Quel parti prendre dans ce naufrage de toutes ses illusions? A une époque où le despotime du grand roi avait tout concentré autour de lui, toutes les grâces, tous les talens, comme aussi toutes les richesses; où hors de cette cour, atmosphère lumineuse et parfumée dans laquelle chaque illustration venait puiser la vie, le reste de la France végétait sous cette brume épaisse où Racine, rejeté un jour, languit quelques instans et mourut. Pauvre d'Anglars! si jeune, si noble, si beau, si bien fait pour briller dans le monde, et le quitter et retourner dans le fond de sa province, en son vieux château d'Auvergne, mener la vie de gentillâtre, et quelque beau jour devenir grand louvetier de la sénéchaussée! Quel avenir pour l'aîné d'une illustre famille! Non, jamais M. de Vardes partant pour l'exil, jamais M. de Lauzun renfermé dans les cachots de Pignerol ne durent éprouver un plus amer désespoir; car eux, du moins, ils emportaient dans leur chute le souvenir de leurs triomphes, leur ambition avait ceint la couronne qu'ils avaient rêvée, non point cette couronne d'or et de diamans qui pèse au front des rois, mais cette fantastique auréole devant laquelle s'inclinent les courtisans empressés à modeler leurs paroles, leurs vêtemens, leurs moindres gestes sur l'idole du jour; et on pouvait mourir, après tout, quand on emportait au cercueil l'empreinte encore brûlante des baisers et des pleurs d'Olympe Mancini ou de mademoiselle de Montpensier.

Mais d'Anglars! lui, quels souvenirs laissait-il à la cour? Quand sa famille, dont il était l'orgueil et l'espoir, quand ses envieux voisins viendraient saluer son retour dans les montagnes et lui demander quel accueil il avait reçu à Versailles, quelle distinction flatteuse il en rapportait, à combien de Marlys il avait été admis, qu'aurait-il à répondre? A cette pensée, des pleurs de rage s'échappaient de ses yeux, et il maudissait tour à tour et le roi qui, sur sa bonne mine, ne lui avait pas donné sur l'heure les grandes entrées, et le ministre et ses épagneuls, et madame de Maintenon, surtout, à qui il attribuait son avenir brisé et toutes ses humiliations. Que ne vivait-il à notre époque? Il n'est pas douteux qu'il n'eût trouvé dans un bel et bon suicide le moyen de se débarrasser de tous ses maux. Mais en 1700, cette triste manie étant peu en honneur, il se borna tout simplement à concevoir mille projets plus extravagans les uns que les autres.

Tantôt il ourdissait dans sa tête le plan de quelque bonne conspiration, et n'ayant pu être Lauzun, il voulait être Cinq-Mars; tantôt, rêvant une vengeance digne de celle du prince Eugène, auquel Louis XIV avait, comme à lui, refusé un régiment, il voulait, ainsi que le fils d'Olympe Mancini, aller offrir son épée à quelque souverain étranger. On ne manquerait pas de le nommer général d'armée, et alors il ferait à son tour trembler le grand roi, la favorite et le ministre.

En vain Antoine, avec ce gros bon sens naturel aux montagnards non moins que l'entêtement, lui représentait-il toutes les difficultés d'exécution attachées à une pareille détermination, son ignorance absolue de la langue des nations étrangères, la possibilité d'un refus, l'opprobre même qui s'attacherait au nom d'un d'Anglars servant contre son roi et son pays, le jeune comte semblait incliner de plus en plus vers cette résolution, et il crut même avoir détruit toutes les objections de son major-dome, un certain jour où il lui apprit que l'empereur d'Autriche étant en guerre avec les Ottomans, il ferait au contraire œuvre pie en allant offrir à ce monarque le service de son bras.

Lorsque la violence du premier paroxisme fut un peu affaiblie, Antoine se hasarda à faire observer à son jeune maître qu'il n'y avait rien que de très honorable dans le métier de gendarme de la garde; que les plus grands seigneurs ne commençaient pas autrement leur carrière militaire, à moins que plus jeune on les mît aux pages; que l'uniforme rouge des gendarmes de la garde était d'une couleur beaucoup plus séduisante que celui des mousquetaires; que leur service était au moins aussi agréable, puisqu'ils étaient constamment auprès du roi; enfin, ce qui prouvait la prééminence des gendarmes sur tous les autres corps de la maison du roi, c'est qu'il n'y en avait qu'une seule compagnie, tandis que l'on comptait jusqu'à trois compagnies de mousquetaires, d'où il résultait qu'un gendarme de la garde devait avoir à lui seul autant de considération que trois mousquetaires ensemble. Bien plus, Antoine se souvenait parfaitement d'avoir entendu dire à M. le marquis d'Anglars qu'il y avait eu de tout temps des gendarmes pour garder le roi, tandis qu'il n'y avait des mousquetaires que depuis le feu roi Louis XIII. Ces derniers étaient donc des intrus; et, pour peu qu'on l'eût pressé, Antoine eût infailliblement démontré qu'ils étaient faits pour servir d'écuyers aux gendarmes de la garde, leurs maîtres et seigneurs.

Tous ces beaux raisonnemens ne purent malheureusement persuader notre gentilhomme, qui finit pourtant par confesser qu'il était bien pénible pour lui de n'avoir à la cour ou à la ville, en l'absence de Lauzun, ni parent ni ami dont il pût consulter les lumières dans une circonstance aussi pénible pour lui. Quant au marquis, indépendamment de la confusion qu'il éprouvait à lui rendre compte du naufrage de toutes ses espérances, on sait qu'il n'y avait jamais eu entre le père et le fils d'épanchemens bien intimes.

— N'est-ce que cela? dit Antoine; n'avez-vous pas votre oncle, monseigneur l'évêque d'I...... enfin de ce diocèse dont le nom m'échappe toujours? Si vous alliez lui rendre visite, comme c'est au surplus votre devoir, monsieur le comte, il nous tirerait peut-être d'embarras. Aussi bien, je dois vous dire qu'avec les dix milles livres que vous a données M. le marquis, nous ne saurions aller bien loin, surtout en gardant une maison montée comme celle-ci. Ainsi, si vous m'en croyez, vous ne tarderez pas davantage votre visite.

— Pardieu! s'écria d'Anglars qui, dans l'état d'accablement où il se trouvait, était merveilleusement disposé à suivre toutes les suggestions, tu m'ouvres un avis salutaire, et j'en veux profiter aujourd'hui même : habille-moi.

— Je vais, répondit Antoine avec dignité, appeler le valet de chambre de monsieur le comte.

— Ah! c'est juste, j'oubliais... dit le jeune gentilhomme dont pour la première fois, depuis la fatale soirée du 26 novembre, un sourire vint effleurer les lèvres.

Environ une heure après, Philippe d'Anglars était en présence de monseigneur de Rochemontais, évêque d'Icosie.

Monseigneur d'Icosie *in partibus infidelium* n'était point tel que son neveu se l'était figuré; ce n'était point un de ces prélats au visage pâle, austère et amaigri par le jeûne et les austérités comme on en voit dans les tableaux de l'école espagnole, et dont le regard constamment baissé vers le sol ou élancé vers la voûte éthérée semble ne point connaître d'intermédiaires entre la terre et le ciel, entre la prière et la tombe. C'était tout au contraire un joyeux prélat, aux joues pleines, au ventre rebondi, le nez tant soit peu vermeil, les yeux brillans, le menton double, et pour employer un type non moins célèbre en France que de l'autre côté du détroit, une sorte de Falstaff en soutane et en rabat avec des gants violets. On le disait avare, mais ce n'était point cette avarice hideuse et repoussante, au teint hâve et plombé, qui se refuse tout à soi-même et qui meurt de faim à côté d'une tonne d'or; c'était l'avarice au teint frais et fleuri, à la face épanouie et luxuriante de santé, qui, peu sensible aux besoins d'autrui, veut, comme dit Sganarelle, que, quand elle a bien bu et bien mangé, tout le monde soit soûl dans la maison. C'était, si vous voulez, l'avarice au premier degré, la plus commune de toutes, même en dehors des gens d'église, une de ces passions anodines qui viennent se fondre dans ce grand mobile de toutes les actions humaines, que La Rochefoucauld a nommé d'une manière à la fois si juste et si comique l'amour de soi ou intérêt bien entendu.

Le comte d'Anglars chercha d'abord à s'excuser d'être demeuré si long-temps sans venir voir son oncle; il parla de sa prétendue maladie; mais c'était là un soin superflu. Monseigneur de Rochemontais n'était pas homme à se mettre le sang en mouvement pour si peu, dès lors qu'il n'en était résulté aucun trouble dans ses digestions, et il eût pardonné beaucoup plus volontiers à son neveu d'avoir commis un manquement grave à ses devoirs envers lui, que de l'avoir fait attendre un quart d'heure pour dîner. Par une conséquence de cette manière de voir, monseigneur n'allait que fort rarement à la cour, où il ne pouvait pas s'asseoir, moucher, tousser, cracher à sa fantaisie; au demeurant, c'était un assez bon homme que monseigneur de Rochemontais, évêque d'Icosie, *in partibus infidelium.*

Il fit le meilleur accueil à son beau neveu, dans lequel il reconnut avec une larme d'attendrissement tout le portrait de sa défunte sœur, madame la marquise d'Anglars, et il le retint même à dîner.

Tout en savourant les délices d'un succulent repas épiscopal, Philippe d'Anglars, qui n'avait pas perdu de vue l'objet de sa visite, et dont les caresses avenculaires avaient gagné le cœur, se mit en devoir de raconter au digne prélat le détail de sa réception à la cour, et du triste dénouement qui était venu ruiner tant de légitimes espérances. A ce récit, monseigneur de Rochemontais eut un imperceptible froncement de sourcil; car il prévit bien que tôt ou tard son beau neveu le prierait de délier les cordons de sa bourse. Soit que tel fût en effet son appréhension, soit par tout autre motif, lorsqu'on eut apporté le dessert, il se renversa pontificalement dans son fauteuil, se recueillit quelques instans, puis s'écria :

— Voulez-vous, mon neveu, que je vous dise ma façon de penser sur tout cela? D'abord vous avez eu un tort, en choisissant pour introducteur un impie et un débauché comme M. le duc de Lauzun. On prétend qu'il se range un peu maintenant; comme dit le proverbe, quand le diable se fait vieux, il se fait ermite; mais il n'en est pas moins toujours le diable; souvenez-vous-en bien. Il valait cent fois mieux vous présenter tout seul. Maintenant vous me demandez mon avis sur ce qui vous reste à faire : eh bien! si vous m'en croyez, vous renonceriez à Satan, à ses pompes et à ses œuvres, et prendriez tout bonnement l'habit ecclésiastique. Vous avez une jolie figure, vous feriez un charmant petit abbé, et si vous avez de l'ambition, qui vous empêche de devenir cardinal? Nous avons des cardinaux de Rohan et de Bouillon, pourquoi n'aurions-nous pas un cardinal d'Anglars?

A cette conclusion tout à fait inattendue, le jeune comte ne put réprimer une légère grimace. Bien des résolutions désespérées s'étaient présentées à son esprit, depuis le jour néfaste où il avait jeté à la ville de Versailles un si foudroyant adieu; mais il est juste de dire que jamais il n'avait songé à celle-là. Elle ne l'effraya pourtant pas autant qu'on pourrait se l'imaginer; et, comme il gardait le silence, monseigneur de Rochemontais ajouta, en orateur qui a réservé pour sa péroraison quelque mystérieux et puissant argument :

— Ecoutez! mon neveu, je dois ce soir donner le salut à Saint-Roch; à cette occasion, j'ai promis une de mes homélies; il se fait tard, je vais vous emmener avec moi. Je veux, à votre intention, faire choix pour aujourd'hui de l'homélie que j'ai composée sur le bonheur de la vie religieuse. Je ne doute pas qu'après l'avoir entendue, vous ne soyez pris d'un violent désir d'embrasser l'état ecclésiastique.

— Mon oncle, répondit en souriant le jeune d'Anglars, je suis prêt à vous accompagner partout où il vous plaira ; mais, en conscience, l'aîné de la famille ne saurait aller sur les brisées de ses cadets.

Neuf heures du soir ! La rue Saint-Honoré est déjà sombre et déserte, car nous sommes au mois de décembre, il vous en souvient. Pourtant, dans la partie qui avoisine le château des Tuileries et principalement aux alentours de l'église Saint-Roch, bon nombre de carrosses et de chaises à porteurs stationnent en attendant leurs maîtres, qui sans doute sont entrés dans l'église. Voyez-vous en effet la lumière des cierges flamboyer à travers les vitraux ? Entendez-vous les solennelles harmonies de l'orgue ? c'est monseigneur d'Icosie qui donne le salut. Entrons à Saint-Roch. Aussi bien monseigneur vient de terminer son homélie, et nous arriverons assez à temps pour ne recueillir que sa bénédiction.

La foule est silencieuse et recueillie, tous les fronts sont inclinés dans l'attitude de l'adoration et de la prière. A la faible clarté que projettent les lampes appendues de distance en distance aux voûtes de la nef, entre toutes ces têtes pleines de ferveur et de foi, n'en reconnaissez-vous pas une pleine d'une grâce rêveuse et touchante sous sa blonde chevelure, une jeune et charmante tête de vingt ans qu'on dirait détachée de quelque *Adoration de la croix* des grands maîtres du seizième siècle, et dont les traits délicats, le teint blanc et à peine nuancé d'un léger incarnat semblent une sorte de compromis entre la nature de la femme et celle de l'ange ?

Où vont donc s'égarer ces grands yeux bleus pleins de langueur et d'une douce mélancolie, au lieu de se tourner vers l'autel ? Serait-ce que l'éclat des cierges les fatigue, ou bien faut-il penser que quelque pieuse image suspendue dans une chapelle des bas-côtés de la nef exerce sur eux une sorte de fascination ? Pour peu que vous désiriez pénétrer ce mystère, venez derrière ce pilier au pied duquel se tient agenouillée une jeune femme enveloppée dans les plis d'une large mante de satin noir. Elle a ôté, pour prier, son masque de velours ; et, malgré le soin qu'elle prend de mettre son missel devant son visage, ses mains se lassent par intervalles et laissent apercevoir des traits qu'il suffit d'avoir vus une fois pour se les rappeler toute sa vie. Oh ! n'est-ce pas une erreur ? n'est-ce pas là la jeune femme au carrosse doré, la jeune femme du grand salon des glaces ? Maintenant, pas n'est besoin de dire quel est l'ange à tête blonde, placé à quelques pas d'elle, qui se tourne si souvent de son côté.

Mais vous-même, madame, vous dont par momens les yeux s'arrêtent comme à la dérobée sur ce jeune homme, avec un sentiment que je serais assez embarrassé de qualifier, vous qui l'avez vu rougir et se troubler à votre vue, d'où vient que vous n'avez pas encore cherché un refuge contre la flamme indiscrète de ses regards sous l'abri de vos longues coiffes ? Et si, ce soir, vos noires prunelles sont si humides, s'il y a tant de volupté dans le mouvement de vos cils et dans le jeu de vos sourcils, est-ce bien à Dieu que s'adressent ces tendres œillades.

Enfin, le salut est terminé ; pourquoi si tôt ? pourquoi la longue homélie de monseigneur d'Icosie n'a-t-elle pas duré deux heures de plus ? Chacun se lève et se dispose à quitter l'église. Un profond soupir s'exhale de la poitrine du jeune comte d'Anglars, et peut-être ce soupir a-t-il un écho dans le cœur de la jolie dévote qui, par excès de ferveur ou par distraction peut-être, est demeurée agenouillée au pied du troisième pilier, au côté gauche de la nef. Que ne donnerait pas dans ce moment notre gentilhomme pour pouvoir s'approcher d'elle, pour sentir le frôlement de sa mante de satin, pour respirer le parfum de ses cheveux ! Mais entre elle et lui il y a la foule, la foule compacte et serrée, la foule odieuse qui, maintenant même, lui dérobe la vue de celle qui déjà n'est plus pour lui une étrangère, bien qu'il n'ait fait que l'entrevoir trois fois, bien qu'il ne sache même pas son nom. Palpitant, éperdu, il se dresse sur la pointe des pieds pour repaître une dernière fois sa vue de l'objet de son idolâtrie; mais c'est en vain. Alors, il regrette de n'avoir pas la taille de Goliath, et, sans respect pour la majesté du saint lieu, il monte sur une chaise. Cette fois, il a pu distinguer la belle jeune femme qui s'est enfin levée et qui, passant par le bas-côté de la nef, se dispose à gagner une des portes latérales. Sûr de la direction qu'il doit prendre, il s'élance à la poursuite de son inconnue, fend les flots de la foule et arrive bientôt au seuil de la porte, ayant devancé celle qu'il cherche, tant sa course a été rapide, mais aussi sans l'avoir rencontrée. Inquiet, il se retourne une dernière fois. A cet instant, les assistans qui se trouvent arrêtés s'indignent et l'invitent à laisser le passage libre. Mais lui, sans se déconcerter, met une pistole dans la main du pauvre chargé de distribuer l'eau bénite, lui arrache son goupillon, le pousse dehors et s'installe à sa place. « Cette fois, se dit-il, elle ne m'échappera pas ! »

Qui fut bien étonné, ce furent les paroissiens de l'église Saint-Roch, en trouvant à la place du vieux mendiant qui d'ordinaire leur offrait l'eau lustrale, ce joli gentilhomme si fringant, si pimpant, qui accomplissait sans doute une pénitence de l'invention de M. le curé. Aussi quelques jeunes dévotes qui passèrent par cette issue de l'église eurent-elles à s'accuser dans leur confession d'avoir fait, ce jour-là, le signe de la croix avec un peu de distraction. Cependant celle pour qui notre gentilhomme avait entrepris une pareille tâche n'arrivait point : était-elle donc sortie par une autre issue? Déjà la foule ne passait plus que clair-semée, déjà on commençait à éteindre les lampes et les cierges de l'église, et de l'espèce d'observatoire où Philippe d'Anglars se trouvait placé dans sa stalle de chêne, il commençait à interroger d'un regard inquiet et presque désolé les sombres profondeurs du temple. Enfin, il découvrit la jeune femme qui, soit qu'elle eût été arrêtée par quelque obstacle, soit qu'elle eût senti le besoin de se raffermir par la prière contre les émotions qui venaient de l'assaillir, était restée des dernières et arrivait à pas lents, pensive et recueillie. Elle avait rabattu l'une de ses coiffes sur son visage; mais lorsqu'elle fut parvenue auprès de notre gentilhomme, elle la releva sans doute pour saluer une dernière fois l'autel, et ce fut alors seulement qu'à son tour elle reconnut le stratagème auquel d'Anglars avait eu recours dans un but déjà trop évident pour elle. Une vive rougeur vint colorer ses joues, et elle resta un moment indécise si elle ne sortirait pas par une autre porte; mais il faut croire que le diable ne perd jamais ses droits, même dans l'enceinte consacrée au Seigneur, car elle tendit bientôt sa jolie petite main au charmant donneur d'eau bénite; celui-ci lui fit un grand salut et lui présenta le goupillon; mais à peine, après s'être signée, eut-elle franchi le seuil de la porte, que notre gentilhomme, s'élançant hors de la stalle, laissa tomber par terre l'instrument bénit, au grand scandale de quelques vieilles dévotes demeurées encore en arrière, et sortit précipitamment sur les pas de sa belle.

IX

Les deux Fées.

Deux heures de la nuit viennent de sonner à l'église Saint-Louis-en-l'île. Le ciel est noir, la pluie tombe à flots, une bise aigre du nord-ouest souffle avec violence. Qui peut frapper à l'hôtel d'Anglars à une pareille heure et par une pareille nuit?

— Ouvrez! dit une grosse voix de l'intérieur. C'est M. le comte, j'ai reconnu son pas. Enfin vous voici de retour, mon noble jeune maître! Dieu soit loué! D'où arrivez-vous à pied, crotté et mouillé comme vous voilà? Je suis, depuis ce soir, dans des transes mortelles sur votre compte. Quel événement a pu...

— Rassure-toi, mon bon Antoine, et laisse-moi me chauffer à mon aise et sécher un peu mes vêtemens. Tu vas tout savoir...

— Ah ça! je suppose que ce n'est pas de chez monseigneur votre oncle que vous venez à cette heure de la nuit?

— Pas tout à fait. Je viens de Saint-Roch.

— De l'église Saint-Roch, à deux heures du matin? Allons donc! monsieur le comte, bien que nous soyons en décembre, nous ne sommes pas encore à Noël, que je sache, pour aller à la messe de minuit.

— Il est vrai, mais ce que je te dis est pourtant de la dernière exactitude; seulement, quand j'annonce que je viens de Saint-Roch, je devrais ajouter que j'ai mis environ cinq heures à faire le chemin.

— Cinq heures, monsieur le comte! Miséricorde! qu'avez-vous fait pendant tout ce temps-là?

— Ah! ne m'en parle pas, Antoine, je suis à la fois le plus heureux et le plus malheureux des hommes. Oui, il y a sur moi comme une fatalité.

— Ah! mon Dieu, est-ce que monseigneur votre oncle aurait fait choix d'un autre héritier que vous?

— Il s'agit bien de mon oncle, Antoine; c'est d'*elle*, d'*elle*, entends-tu bien?

— Que ne le disiez-vous plus tôt? Je commence à comprendre pourquoi vous rentrez si tard.

Et ces mots furent accompagnés d'un sourire narquois.

— Laisse-moi tranquille avec tes suppositions, et écoute-moi. Sache d'abord, Antoine, que j'ai décidément une bonne et une mauvaise fée.

— Vous voulez dire un bon et un mauvais ange : nous en avons tous; moi, tout le premier, qui ne suis ni de condition, ni même aîné de famille.

— Oui, mais ils sont invisibles pour nous, tandis que les deux fées dont je te parle existent en chair et en os.

— Ah! c'est différent; et la bonne fée de monsieur le comte est...

— Cette charmante jeune femme dont je ne sais pas le nom.

— La mauvaise?

— La mauvaise fée, Antoine. Oh! je sais son nom à celle-là; elle s'appelle Maintenon ou la veuve Scarron, si tu l'aimes mieux.

— Oh! monsieur le comte, y songez-vous? L'amie intime du roi, quelques uns disent même son épouse.

— Que m'importe! qu'elle soit l'épouse ou la maîtresse de Louis XIV, je ne l'en hais pas moins sous l'un ou l'autre titre. Figure-toi, Antoine, que je ne saurais rencontrer ma bonne fée, sans qu'aussitôt la mauvaise vienne m'apparaître et détruire par son hideux aspect tout l'effet de la présence de l'autre. C'est le diable en personne acharné à ma poursuite sous les traits d'une vieille femme.

— Oh! monsieur le comte.

— Tu vas en juger. Ce soir, à Saint-Roch, j'avais passé les plus délicieux instans. Je voyais ma bonne fée, Antoine; je la regardais tendrement, et je crois, à te vrai dire, qu'elle ne me regardait pas, de son côté, d'un œil trop sévère. Bref, après le salut terminé, je m'attache à ses pas, je la vois monter dans une chaise auprès de laquelle se tenaient plusieurs valets en riche livrée, portant des flambeaux à la main. Moi-même, aussitôt, je m'élance dans une autre, après avoir donné l'ordre à mes porteurs de suivre pas à pas la chaise de l'inconnue et de s'arrêter là où elle s'arrêterait.

— Quel était donc le projet de monsieur le comte ?

— Eh ! le sais-je, Antoine ! Je voulais découvrir enfin quelle est cette mystérieuse beauté que je rencontre partout, me jeter à ses pieds peut-être, la supplier de me recevoir chez elle. Elle aurait eu pitié de moi, Antoine, j'en suis sûr.

— Mais si elle est mariée ?

— Mariée ! c'est impossible ; elle est fille ou veuve. Je la vois toujours seule. Je m'en allais donc bercé par le mouvement régulier de mes porteurs, et m'abandonnant aux plus douces espérances, lorsque tout à coup il se fait un grand bruit dans la rue, et je sens que mes porteurs ne marchent plus. Étonné, j'abaisse une glace de ma chaise, et j'aperçois... Antoine, est-il besoin de t'apprendre que j'aperçois encore la Maintenon, l'exécrable Maintenon qui s'en revenait je ne sais d'où ?

— Eh bien ! monsieur le comte, vous vous êtes arrêté, pour lui laisser le passage libre, et voilà tout.

— Arrêté ! mais songe donc que l'autre chaise, la chaise de ma belle inconnue, avait pris les devans, que je ne la voyais déjà plus, qu'elle allait être perdue pour moi. M'arrêter dans un pareil moment ! Antoine, tu ne me connais pas. — « Marauds, » ai-je crié à mes porteurs en mettant ma tête à la portière, « par la mordieu ! si vous n'avancez tout de » suite, je vous passe ma rapière à travers le corps. Un homme de con- » dition comme moi ne se dérange pas pour la veuve Scarron. »

— Vous avez fait cela, monsieur le comte ! mais si madame de Maintenon vous avait entendu, si elle vous avait vu !

— Elle m'a entendu, Antoine ; elle m'a vu, et j'en suis ravi, car j'ai enfin trouvé ma vengeance.

— Grand Dieu ! et qu'a-t-elle dit ?

— Elle a dit que j'avais raison.

— Est-il possible ? Vous ne me trompez pas, monsieur le comte ?

— Non, pardieu pas, je te le répète. Je l'ai vue, comme je te vois, avancer en dehors de sa chaise ce visage hypocrite sur lequel il semble que toute injure doive glisser, et elle a commandé à ses porteurs de s'arrêter ; puis, me regardant passer d'un air tranquille, elle a ajouté : — « Il faut croire que ce jeune homme est de condition, puisqu'il le dit, » mais je ne le connais pas. »

— Elle vous a regardé, monsieur le comte ! Ah ! malheur à vous ! craignez que ce regard-là ne soit pour vous comme celui du serpent dont parlent les saintes Écritures et qui donne la mort.

— Que m'importe la haine de madame de Maintenon ! elle ne sera jamais aussi forte que la mienne. Sais-tu bien, Antoine, quelle a été la suite de tout ceci ? A peine mes porteurs avaient fait quelques pas que les valets de la favorite, se ravisant tout à coup, sont venus fondre sur eux. Les lâches ont pris la fuite, et je me suis vu obligé, par une pluie battante qui commençait à tomber, de mettre pied à terre pour essayer de rejoindre la chaise de ma belle inconnue ; mais, malgré tous mes efforts, il m'a été impossible de retrouver sa trace, et seul, la nuit, perdu dans les rues désertes de cette vaste capitale, c'est par un miracle que je suis parvenu à atteindre ma demeure.

— Mon pauvre jeune maître !

— Eh bien ! Antoine, le croirais-tu ? malgré tout cela, j'ai de la joie au cœur. D'abord, cette femme dont le nom s'attache à tout ce qui m'est arrivé de malheureux depuis que j'ai quitté l'Auvergne, cette femme devant laquelle toute la noblesse française est sottement agenouillée, je l'ai humiliée, moi, en pleine rue, au nom de la noblesse française.

— Oui ; mais l'autre vous échappe.

— Pour aujourd'hui peut-être, mais non pas pour long-temps. Je sais maintenant qu'elle est de la paroisse Saint-Roch, je ne veux plus bouger de cette église, j'y veux suivre tous les offices, j'y veux écouter tous les sermons, toutes les homélies, même celles de mon oncle, jusqu'à ce que j'aie retrouvé ma belle, ma noble inconnue.

— A la bonne heure ! Ainsi, monsieur le comte, vous renoncez à passer à l'étranger.

— Dieu m'en préserve ! Cruellement déçu dans mes rêves d'ambition, il me reste au moins l'amour. Qu'il me console, Antoine, et j'ai quelque chose qui me dit là qu'il me consolera.

— Monsieur le comte est trop bien tourné pour qu'il n'en soit pas ainsi. Mais si cette belle dame est en même temps une grande dame, une dame de la cour, comme on n'en peut plus douter, comment voulez-vous, monsieur le comte, qu'elle aime un gentilhomme qui veut renoncer à la cour à tout jamais?

Et le jeune comte d'Anglars devint rêveur, et il se mit à tisonner machinalement dans la cheminée.

— Tenez, ajouta avec intention le malin majordome, pendant votre absence j'ai été me promener, j'ai été au Louvre, aux Tuileries. Car vous saurez que le roi est à Paris pour quelques jours.

— Eh bien ?

— Eh bien ! j'ai vu messieurs les gendarmes de la garde du roi. Ah ! monsieur le comte, quels superbes habits, quels beaux chevaux ils ont! comme ils ont l'air noble et fier! comme toutes les dames les regardaient! On a fait l'appel devant moi : les plus beaux noms de France, monsieur le comte : ils sont tous vicomtes ou barons, dans cette compagnie-là ; il y en a même un qui est duc, je l'ai entendu appeler bien distinctemen.

— Vraiment ?...

Et d'Anglars s'absorba de plus en plus dans sa rêverie, tisonnant son feu avec un redoublement d'activité, comme si chacune de ces légions d'étincelles qui s'échappaient en pétillant du foyer embrasé lui eût révélé tout un monde d'idées nouvelles. A la fin, après un long silence, il s'écria :

— Antoine, dès que le jour paraîtra, tu iras à l'hôtel de messieurs les gendarmes de la garde du roi, et tu leur diras que le comte d'Anglars de Rochevert, ton maître et... leur nouveau camarade, leur présente ses devoirs.

— Ah ! monsieur le comte, voilà une belle résolution dont je vous félicite.

— Qu'il leur présente ses devoirs, entends-tu bien, et qu'il les prie de lui faire l'honneur de venir souper avec lui, ce soir, dans son hôtel de l'île Saint-Louis.

— Miséricorde ! vous voulez traiter tout ce monde-là ; mais songez donc, monsieur le comte, qu'il s'en présentera peut-être cinquante ; cinquante gendarmes de la garde ! Quand il n'y aurait que les pots cassés, c'est effrayant.

— Et moi je te dis, Antoine, que cela fera fort bon effet, et que l'aîné de la maison d'Anglars ne saurait débuter autrement.

— Comme il vous plaira ; mais je dois vous prévenir que les 10,000 livres sont déjà fort entamées, et que...

— C'est mon affaire, la tienne est d'exécuter l'ordre que je te donne. Je te charge en outre de veiller aux apprêts de ce repas. Il faut qu'il me fasse honneur et que le bruit en vienne jusqu'aux oreilles de ma belle inconnue. A cette occasion, tout bien examiné, je crois que le ministère d'un intendant m'est complétement inutile pour le moment, et je te fais mon maître-d'hôtel.

Antoine reçut d'un air respectueux, mais sans pouvoir réprimer un profond soupir, l'investiture de son nouveau titre. Depuis douze jours environ qu'il était arrivé à Paris, c'était la quatrième fois qu'il en changeait.

Ici, je demande au lecteur la permission de faire un entr'acte de quelques heures, bien nécessaire au surplus pour les préparatifs de ce souper vraiment digne des noces de Gamache, qui allait avoir lieu à l'hôtel d'Anglars. En revanche, je m'abstiendrai d'en détailler le splendide menu, et de mettre en opposition la science des Véry de 1700 avec celle des Véry de 1839. Car je pense que, vu le progrès des lumières, en matière culinaire du moins, ce qui pouvait paraître fort recherché, même pour des palais raffinés comme ceux de messieurs les gendarmes de la garde, serait tout au plus digne d'être offert aujourd'hui à leurs homonymes départementaux par un brigadier voulant payer sa bienvenue.

Cela posé, si jamais dans votre vie il vous est arrivé de mettre le pied dans ce quartier silencieux et désert qu'on nomme l'île Saint-Louis, de pénétrer dans un de ces hôtels mornes et sombres qui n'ont conservé du grand siècle qui les vit naître que je ne sais quel parfum de jansénisme et des doctrines de Port-Royal, figurez-vous, par quelque nuit bien noire de décembre, l'un de ces hôtels secouant la poudre séculaire sous laquelle il est enseveli, s'illuminant tout à coup intérieurement de mille clartés, retentissant d'éclats de rire et de bruits joyeux, le tout au grand effroi des rats et des araignées qui y ont fait élection de domicile. Choisissez de préférence cette habitation devers la pointe occidentale de l'île, celle sur laquelle la métropole projette en tout temps, du bord opposé, son ombre gigantesque; car c'est dans cette partie du quartier qu'étaient situés, l'histoire nous l'atteste, ces logis mystérieux, précurseurs des petites maisons du règne suivant, où, loin de l'œil du maître, les grands seigneurs, voire même quelques belles dames dépouillant le masque bigot dont on se couvrait à Versailles, venaient inaugurer les saturnales de la Régence. Maintenant vous pouvez inscrire au fronton du portail : ***Hôtel d'Anglars.***

Entrons dans la salle du banquet, une magnifique salle octogone jadis éclatante de dorures qui ont disparu sous une couche épaisse de couleur grisâtre que l'humidité verdit par intervalles; sous ces lambris, entre ces murs crevassés et lézardés en maint endroit, peut-être nous arrivera-t-il de rencontrer quelques douairières édentées attablées à la lueur problématique de deux chandelles, devant une table crasseuse et vermoulue, où grimace tout l'attirail d'un jeu de boston. Alors, que quelque bonne fée nous soit en aide, et que sa baguette magique, ressuscitant un passé dont près d'un siècle et demi nous sépare, nous rende les lustres, les girandoles enflammées dont les feux vont se répercuter à la fois dans le cristal des glaces et dans la vaisselle d'or et d'argent, la table où s'épanouissent les mets les plus appétissans et les plus somptueux. Qu'à la nature morte elle joigne la nature vivante, les beaux seigneurs vêtus de soie et de velours et dont le plus âgé n'a pas atteint son cinquième lustre; qu'elle n'oublie pas surtout le cliquetis des verres, le parfum des fleurs, le bourdonnement confus de vingt conversations diverses, puis, au milieu de tout cela, le véritable roi de la fête, Philippe d'Anglars faisant avec une familiarité pleine de grâce et de noblesse les honneurs de sa table à ses nouveaux camarades, Philippe d'Anglars, plus vif, plus charmant, plus candide que jamais, comme s'il avait à cœur de prouver à messieurs les gendarmes de la garde que les belles manières pas plus que la bonne mine ne sont le privilége exclusif des gens de cour, et qu'on peut trouver tout cela au fond d'un vieux manoir d'Auvergne.

Heureux d'Anglars! En ce moment, il a secoué l'importun souvenir de toutes les tribulations dont il s'est vu assailli depuis son arrivée à Paris; un doux sourire erre sans cesse au bord de ses lèvres; et le moyen d'ailleurs qu'il en soit autrement? il n'a autour de lui que des visages amis, son oreille charmée ne recueille que le murmure flatteur des propos échangés de toutes parts à la louange de l'amphytrion.

— Sais-tu, dit l'un, que ce jeune gentilhomme fera honneur à la compagnie?

— Je le crois pardieu bien, dit un autre, avec une si jolie figure.

— De l'esprit...
— Comme un démon.
— Une table...
— Digne d'un roi.
— Quel luxe! quelle magnificence! quels vins délicieux! Holà! monsieur le maître-d'hôtel, deux mots seulement tout bas : votre maître est donc bien riche?
— Ah! monsieur, ne m'en parlez pas!
— Antoine, que fais-tu donc? Les verres sont vides de ce côté, aie soin qu'on donne à boire à M. le comte de Noailles: je te recommande aussi M. le marquis de Givry. Messieurs, je vous demande grâce pour mon vieux maître-d'hôtel. Il était plus alerte, il y a vingt ans; mais il a présidé à tant de repas depuis lors que ses jambes se sont lassées.
— Que dites-vous là, cher comte? M. Antoine est le prince des maîtres d'hôtel. Vive M. Antoine!

Voici l'heure où les fumées du vin commencent à tourbillonner autour du cerveau et à délier les langues les plus paresseuses, où la bouche indiscrète trahit l'amour comme la haine; ce n'est pas encore l'orgie, mais c'en est à coup sûr le prélude.

L'un des voisins du comte d'Anglars, le jeune Mirepoix, le neveu de celui dont parle Saint-Simon, et qui s'en allait évoquer le diable dans les carrières de Vanves, en compagnie de M. le duc d'Orléans, frappe gaîment dans la main de l'amphitryon; et, avec cette familiarité qu'engendrent si vite entre jeunes gens les vapeurs d'un gai repas :

— Par la sambleu, cher comte, s'écrie-t-il d'une voix de Stentor, tu fais fort bien les choses, et je te proclame un gentilhomme accompli! Or ça, le moment est venu de boire à tes maîtresses; combien en as-tu?

D'Anglars le regarde quelques instans d'un air ébahi, et il se fait un demi-silence pour entendre sa réponse.

— Eh! mais, dit-il, je vous avouerai, sans détour, que je n'en ai pour le quart d'heure pas une.
— Et il y a douze jours que tu es à Paris! Allons, tu veux faire le mystérieux.
— Non, sur ma parole: et, puisque vous voulez tout savoir, apprenez, messieurs, que j'ai un amour au cœur.
— Ah! ah! Est-il permis de demander quel est le tendre objet?
— Il me serait difficile de vous le nommer, car je ne sais pas son nom.
— C'est donc quelque aventurière?...
— Gardez-vous de le penser. C'est une grande dame, une très grande dame.
— Qu'en sais-tu?

Là dessus d'Anglars de raconter à ses nouveaux camarades comment il a rencontré sa belle en arrivant à Paris, qui s'en allait à quatre chevaux dans un beau carrosse doré, chez la duchesse du Maine, comment il l'a retrouvée le lendemain à Versailles dans le grand salon des glaces, et comment enfin elle lui est apparue une dernière fois à l'église Saint-Roch, où elle l'a regardé le plus tendrement du monde.

— Pardieu, voilà qui est étrange, et cela ressemble presque à un conte des fées... Et tu n'as pu voir le blason de cette dame?
— Il y a toujours eu quelque obstacle.
— Ne serait-ce pas la duchesse de Guiche? Est-elle blonde?
— C'est une brune adorable.
— La duchesse a les cheveux châtains; ce n'est pas elle, mais ce pourrait bien être la jolie maréchale de Boufflers, à moins que ce ne soit pourtant la princesse de Conti. Quel dommage que mon oncle soit mort l'an passé! C'était un fameux sorcier, tout sous-lieutenant de mousquetaires noirs qu'il était, et il eût été capable de découvrir le nom de ta belle dans un verre d'eau. Au fait, que ce soit qui il plaira à Dieu, je n'en propose

pas moins une santé. Messieurs, aux amours de notre nouveau camarade, le beau comte d'Anglars!

En parlant ainsi, Mirepoix s'est levé en étendant son verre : tous l'ont imité et répètent en chœur :

— D'Anglars! à vos amours!

Après avoir porté cette santé et avalé un splendide rouge bord, chacun se rassied, d'Anglars seul reste debout.

— Messieurs, s'écrie-t-il gaîment, il faut que tout le monde vive. A vos maîtresses maintenant! Après l'espérance, le souvenir.

— C'est cela, à nos maîtresses!

Et chacun se lève de nouveau et consacre par une ample libation la santé portée par le jeune comte.

— Messieurs, ajoute alors un troisième, le jeune Noailles, d'Anglars a raison, il ne faut pas être égoïste, mais il ne faut pas non plus être exclusif, et c'est pour cela que je vous propose une triple santé qui les résume toutes. Buvons donc aux maîtresses des rois, des princes et des gentilhommes, et, comme ce serait trop de trois santés à la fois, commençons par boire aux maîtresses des rois.

— Aux maîtresses des rois!

A peine ce toast est-il porté que le bruit d'un verre brisé avec violence sur le parquet retentit dans la salle, et le jeune comte d'Anglars, se laissant retomber sur son siége, s'écrie d'une voix émue :

— Messieurs, dispensez-moi, je ne bois pas à la veuve de Scarron.

A cette brusque protestation, un silence presque funèbre s'établit dans la salle du festin, et chacun se rassied, terrifié, comme s'il s'attendait à voir apparaître sur le seuil de la porte l'écharpe noire et les grandes coiffes pendantes de la favorite.

Mais d'Anglars se levant alors, et promenant sur l'assemblée des yeux hagards et déjà troublés par l'ivresse qui commence à s'emparer de lui :

— Qu'est-ce donc, mes gentilshommes? Ce que j'ai dit vous fait peur! Quoi! ici même, à l'hôtel d'Anglars, on tremble devant cette femme! Écoutez, voulez-vous que je vous porte une santé, moi? C'est celle de M. le duc de Lauzun que j'aurais appelé à l'honneur de présider ce banquet, s'il n'était à cette heure dans sa baronnie de Thiers, de M. Lauzun qui, lorsque le roi lui refusa la charge de grand-maître de l'artillerie dont il était digne, brisa son épée à ses yeux, et qui, lorsque la Montespan trônait à Versailles, lui cracha un jour au visage le mépris de toute la noblesse française. Voilà la santé que je porte ; qui me fera raison?

— Eh! eh! peut-être l'un des geôliers de Pignerol ou des porte-clés de la Bastille, murmure en ricanant le jeune Noailles.

Mais cette fois aucun écho ne répond à cette plaisanterie. C'en est fait de la gaîté de tous ces jeunes fous. Il a suffi d'un seul nom pour glacer le sourire sur leurs lèvres et pour dissiper les vapeurs qui commençaient à exalter leurs cerveaux. Le vin seul rit dans les verres, car on ne boit plus. On dirait qu'à côté de chacun des convives est assis un spectre invisible qui se révèle à lui seul, et lui dit en le saisissant de sa main glacée, comme la statue à don Juan : « Vous m'avez appelé à votre repas, me voici! »

Mais cette statue est bien autrement terrible que celle du commandeur, à laquelle on ne croit plus en 1700. Ce n'est pas un convive de pierre, c'est un convive en chair et en os; c'est une femme qui tient dans sa main l'existence et la fortune de tous les sujets du roi, depuis le premier jusqu'au dernier, qui a des espions dans tous les hôtels pour lui rendre un compte sévère de tout ce qui s'y dit, de tout ce qui s'y passe; c'est une femme plus puissante encore que le feu cardinal de Richelieu et plus que lui inexorable, qui a droit de vie et de mort sur toute cette pâle noblesse tremblante à ses genoux, une femme dont les arrêts sont d'autant plus terribles qu'ils s'exécutent dans l'ombre et le mystère, et que la victime tombe frappée par une main cachée, avant même qu'on ait pu se douter qu'elle a encouru la vengeance de la favorite.

Toujours le châtiment est proportionné à l'offense; tel en est quitte pour l'insuccès de toutes ses démarches, tel pour une disgrâce, tel autre pour la prison ou pour l'exil; mais il y va de la vie du coupable quand il a gravement offensé son juge. Muette et effrayante juridiction à laquelle les têtes les plus hautes de la monarchie n'ont pu se soustraire! Qui sait si à cet instant même l'un des valets de d'Anglars n'est pas déjà gagné et si quelque disciple occulte de la Voisin ou de la Brinvilliers ne s'est pas glissé dans cet hôtel? Car, si la Voisin et la Brinvilliers ont été exécutées en Grève par arrêt de la chambre ardente, elles ont à coup sûr laissé des disciples, et il n'y a plus de chambre ardente.

Pauvre d'Anglars! il est là au milieu de son banquet comme un réprouvé, comme un homme qui, dans une joyeuse veillée d'hiver, s'est plu sottement à évoquer un fantôme. Il est beau, mais qu'importe sa beauté maintenant? d'Anglars n'obtiendra plus les faveurs d'une seule femme. Il est jeune, mais au condamné à mort qu'importe la jeunesse? Il est riche, du moins ses camarades le croient. Il est plein de vie et de santé, mais Louvois aussi était riche, mais Louvois aussi était plein de vie et de santé; et de plus, il avait le pouvoir, lorsqu'un jour, on ne sait comment, il eut le malheur d'offenser madame de Maintenon, et le lendemain, Louvois était frappé de mort subite. Ah! je vous le dis en vérité, cet hôtel dont je vous parlais tout à l'heure, où je vous montrais de vieilles femmes édentées sous des lambris noirs et humides, cet hôtel est d'un aspect cent fois moins triste et moins funèbre qu'il ne le devint instantanément, il y a cent trente-huit ans, malgré toutes ses girandoles, toutes ses clartés, toutes ses splendeurs bachiques, à l'heure où le jeune d'Anglars s'écria : Je ne bois pas à la veuve Scarron. »

Peu d'instans auparavant, la foudre eût éclaté au milieu de la table, qu'à peine l'eût-on entendue, et voilà qu'à tout ce bruit, à tout ce tumulte d'un banquet de gendarmes de la garde, a succédé un tel silence qu'on entend distinctement le timbre grave et mélancolique de l'horloge de Notre-Dame de Paris qui sonne dix heures.

A cet instant, Mirepoix eut sans doute pitié de d'Anglars, car il s'écria vivement :

— Dix heures! messieurs; déjà dix heures! L'Opéra touche à sa fin. Qui vient chez la Hernandez? nous lui présenterons d'Anglars; car aussi bien que faisons-nous ici? nous sommes comme des corps sans âme. Pas l'ombre d'une femme; nous n'avons d'autre ressource que de nous enivrer, ce qui devient d'une monotomie désespérante à force de se répéter. Allons! qui m'aime me suive chez la Hernandez!

— Qu'est-ce que la Hernandez? répartit le jeune comte en remerciant intérieurement Mirepoix du bon service qu'il lui rendait, en offrant enfin un aliment à la conversation.

— Eh quoi! dit Noailles, vous ne connaissez pas encore la Hernandez? mais, mon cher, vous n'avez donc pas encore été à l'Opéra? Maria Hernandez est la plus jolie fille d'Opéra qui, de mémoire de gendarme de la garde, ait sauté et roucoulé sur les planches, car c'est une justice qu'il faut que je lui rende, bien qu'elle désole toute la cour de ses rigueurs, et moi tout le premier. Elle chante comme un rossignol et danse comme une vraie Terpsichore.

— Ah! reprit d'Anglars, vous voulez rire à mes dépens, monsieur de Noailles, parce que je suis un provincial; mais vous ne me ferez jamais croire aux rigueurs d'une fille d'Opéra.

— Eh! eh! mon cher d'Anglars, s'écria Mirepoix, tu en parles bien à ton aise; mais c'est que, vois-tu, la Hernandez n'est pas une fille d'Opéra ordinaire. Sache qu'elle a refusé les offres les plus brillantes de deux ducs et pairs et d'un chevalier de l'ordre. Ils en ont été malades tous les trois pendant quinze jours. Il y a plus, on assure que monseigneur lui avait fait proposer secrètement la survivance de mademoiselle Choin, et qu'elle a repoussé cette proposition.

— Peste! Et monseigneur en a-t-il été malade aussi, lui?

— Non : seulement, Son Altesse royale voulait tout bonnement la faire mettre au For-l'Évêque; mais le roi, devant qui la Hernandez a eu l'honneur de jouer plusieurs fois sur le théâtre de la cour, s'y est formellement opposé.

— Voilà qui est étrange.

— Mirepoix ne vous dit pas tout, mon cher comte, reprit Noailles, c'est que la petite est fort au dessus de son état, et qu'elle était née pour briller autre part que sur les planches de notre grand Opéra.

— De mieux en mieux. Vous verrez qu'elle va se trouver la fille de quelque empereur.

— Pas tout à tout fait, son père était hidalgo d'une assez bonne maison d'Espagne qui vint s'établir en France, au temps de la feue reine, croyant trouver dans sa protection le moyen de réparer sa fortune qu'il avait quelque peu compromise au brelan et au lansquenet. C'était un certain Juan Hernandez, marquis de Siete Yglesias y Hermosa y Andres, que sais-je? ces Espagnols ont toujours une douzaine de noms; le malheur voulut pour lui qu'il eût presque autant de filles, et qu'il mourût avant d'en avoir établi une seule. Comme il laissait quelques dettes, il se trouva, le fisc aidant, que sa succession fut réduite à fort peu de chose. Ses filles, qui n'avaient plus ni père ni mère, n'eurent donc d'autre ressource que d'entrer dans un cloître; mais la petite Maria, la dernière de toutes, s'y refusa obstinément, prétendant qu'elle n'avait nulle vocation pour la vie contemplative, et qu'en vertu des édits du roi et des canons de l'Église, ce n'était ni déroger dans cette vie, ni se damner dans l'autre, que d'entrer à l'Opéra. Elle avait une voix charmante, et dansait merveilleusement le fandango. Francine, le directeur de l'Opéra, le gendre et le secrétaire de notre illustre Lulli, fut enchanté de cette bonne fortune, et la fit débuter dans le ballet-opéra de *Psyché*, où elle ravit tous les suffrages. Peu de temps après, l'un de nos traitans s'en est amouraché si bel et si bien, qu'il a mis à ses pieds son hôtel, deux terres superbes, et une fortune qu'on évalue à près d'un million de livres, le tout accompagné de l'offre de sa main.

— Et la petite a tout accepté, à l'exception de sa main.

— Erreur, mon cher, erreur, elle a tout refusé, car il faut que vous sachiez qu'elle est très fière de sa noblesse. Oh! c'est une véritable Espagnole, allez!

— Et le traitant est devenu malade absolument comme les ducs et pairs?

— Il a mieux fait, il est mort.

— Mort! pauvre sot!

— Oui, mort, en laissant tout son bien à Maria Hernandez. On s'attendait alors à ce qu'elle quitterait l'Opéra pour épouser quelque jeune seigneur ruiné, dont elle eût ainsi réparé la fortune. Mais qui peut sonder les abîmes profonds que recèle le cœur d'une jeune et jolie fille? La Hernandez a mieux aimé reprendre *Armide* où elle a fait oublier mademoiselle Le Rochois. Bref, à l'heure qu'il est, Maria Hernandez est la divinité de la ville et de la cour. Simple fille d'Opéra, elle est ce qu'on nous dit que fut, il y a vingt ans, la belle duchesse de Fontanges : c'est elle qui donne les modes. Maintenant qu'on ne rencontre plus que des visages ridés à Versailles et que les gais propos en sont exilés, c'est chez Maria Hernandez qu'il faut aller pour retrouver le rire, le bel esprit, les conversations joyeuses, et comme un parfum affaibli de l'hôtel Rambouillet. On y voit tous nos auteurs en renom qui viennent puiser des inspirations auprès d'elle et s'enivrer des douces langueurs qu'inspire le feu de ses beaux yeux. Quel dommage que la Hernandez soit aussi sage que belle! Heureux celui qui, le premier, fera battre le cœur de la Hernandez!

Quand ce long panégyrique fut terminé, le jeune d'Anglars partit d'un grand éclat de rire.

— Mordieu! messieurs, s'écria-t-il, excusez-moi; mais, en vérité, je ne sais où j'en suis, et, depuis mon arrivée à Paris, je ne fais que marcher de surprise en surprise. Voulez-vous que je vous dise tout franc ma façon de penser? Vos ducs et pairs, vos chevaliers de l'ordre, vos traitans et monseigneur lui-même, malgré tout mon respect pour une altesse royale, ont agi comme des niais, et ce n'est point ainsi que faisaient nos pères qui valaient mieux que nous, messieurs, si j'en crois tout ce que je vois depuis quelques jours.

Cela dit, le jeune comte se fit verser une superbe rasade qu'il avala d'un trait.

Cette algarade de Philippe d'Anglars commença à ramener la gaîté dans son auditoire, et il n'est pas un de messieurs les gendarmes de la garde qui, en l'écoutant, n'échangeât un sourire avec ses voisins.

— Et que ferais-tu donc, toi, qui parles? dit Mirepoix.

— Moi! je me comporterais comme il convient à un homme de qualité vis-à-vis d'une comédienne, comme l'a fait Lauzun avec la Béjart, Vardes avec la Debrie, Jules-César avec je ne sais plus qui, s'il faut en croire mon gouverneur. Venir, voir et vaincre, voilà quelle doit être la devise d'un gentilhomme avec ces péronnelles; et si vous voulez à toute force pousser des tendresses et des soupirs, corbleu! réservez-les pour les duchesses: à la guerre comme à la guerre.

— Il est charmant, ma parole d'honneur, s'écria Mirepoix en éclatant de rire à son tour.

— Ma foi, dit Noailles, je serais curieux de voir comment M. le comte d'Anglars s'y prendrait pour mener à bien une entreprise où tant d'autres ont échoué.

— C'est donc un défi? reprit le comte avec un sourire plein de fierté.

— Comme il vous plaira, cher comte.

— Halte-là! interrompit vivement Mirepoix, je m'oppose. Il faut d'abord que d'Anglars mène à bien l'autre entreprise dont il nous a parlé. Car il n'y a rien de dangereux comme de courir deux lièvres à la fois.

— Oh! de grâce, messieurs, répartit d'Anglars, ne confondons pas l'esprit et la matière, le feu qui brûle et l'eau qui éteint; de ces deux femmes, l'une a mon cœur, l'autre n'aura jamais que mes sens. Je veux m'acharner à la poursuite de la première et mériter, un jour, le nom de son époux. Celle-là c'est pour la vie. L'autre sera ma maîtresse pour huit jours, si vous voulez. Rien ne nous retient plus ici, messieurs, partons donc! Holà, laquais, nos chapeaux, nos épées, et, vive Dieu! je veux qu'il soit parlé avant peu, à la cour et dans la ville, des amours du comte d'Anglars et de la Hernandez.

Après cette belle tirade, une douzaine de messieurs les gendarmes de la garde sortit en tumulte et avec de grands éclats de rire sur les pas de Philippe d'Anglars. Le reste, soit paresse, soit préférence pour les vins délicieux de l'amphitryon dont la dégustation avait été si malencontreusement interrompue, crut devoir demeurer au logis.

Il pouvait être environ onze heures et demie du soir, lorsque la folle escouade arriva, qui en carrosse, qui en chaise à porteurs, à l'hôtel de la senora Maria Hernandez.

C'était un splendide séjour élevé à grands frais par le célèbre architecte Mansard pour le défunt émule de Samuel Bernard, et qui présentait intérieurement toutes les magnificences des hôtels des plus grands seigneurs. Car on était à une époque où commençait déjà à poindre dans le monde financier cette manie si bien épanouie de nos jours de rivaliser de luxe avec la noblesse. Ce n'était partout que dorures, vases, statues, peintures précieuses ; on marchait sur des tapis de Perse et de Turquie du goût le plus exquis ; on respirait le parfum des fleurs les plus rares ; de momens en momens, des musiciens cachés derrière des panneaux de boiserie faisaient entendre de douces symphonies. On eût dit que tout eût été calculé pour charmer à la fois tous les sens, dans ce prestigieux séjour digne en tous points de l'enchanteresse qui y avait établi sa résidence.

Et ce n'est point ici une de ces descriptions de fantaisie qui coulent si aisément de la plume du romancier. Il ne faut point oublier qu'à l'époque où se passe cette histoire, et où l'on ne comptait guère que deux théâtres, cette auréole attachée au front des belles comédiennes, auréole qui, dans notre siècle prosaïque, s'efface et disparaît tous les jours, était alors dans tout son éclat et qu'elle se reflétait sur tout leur entourage et en quelque sorte sur toute leur existence. Il ne faut point oublier que Maria Hernandez était riche de toute la fortune qui lui avait été léguée et de toute celle que son talent et la munificence des grands devant lesquels elle était appelée à le produire y ajoutaient tous les jours.

Que si l'on veut pénétrer jusqu'à la souveraine de ce palais magique, il faut traverser une longue suite d'appartemens tous merveilleusement ornés et éclairés où se pressent en foule les grands seigneurs, les traitans et les beaux esprits en tout genre. On arrive alors devant un réduit mystérieux, une sorte de sanctuaire séparé du reste des appartemens par des rideaux de velours bleu à franges d'or et où l'on n'entre pas sans être annoncé. C'est là que se tient la divinité en compagnie seulement de ceux qu'on pourrait appeler les pontifes et les sacrificateurs d'élite du temple. C'est là que d'Anglars fut introduit avec MM. de Noailles et de Mirepoix.

Dans cette pièce éclairée par une douce lumière, il n'y a ni vases ni statues, et l'on ne distingue qu'un seul tableau : c'est un portrait en pied, peint par le célèbre Murillo et qui représente un seigneur espagnol en costume de cour du temps de Charles II, avec son carreau d'armoiries dans un coin du tableau ; ce portrait est celui de don Juan Hernandez, marquis de Siete Yglesias y Hermosa y Andres, et il semble placé là, comme pour servir de porte-respect à la fille d'Opéra ; on dit même que toutes les fois que, dans le feu de la conversation, un mot ou une simple allusion excédant tant soit peu les bornes de la bienséance échappent à l'un des interlocuteurs, la fille du noble hidalgo porte les yeux sur l'effigie paternelle et que son regard s'empreint alors d'un tel sentiment de fierté et de dignité blessée que les plus hardis n'osent en soutenir l'éclat.

Lorsque d'Anglars entra, Maria Hernandez était à demi couchée sur un sopha, au coin de la cheminée. Elle n'avait point encore quitté son costume d'Armide, rôle qu'elle venait de jouer dans l'opéra de ce nom. Dans cette attitude et avec ce vêtement plein de richesse et d'une grâce voluptueuse, on eût dit une déesse recevant l'encens des faibles mortels. Elle avait la tête tournée de l'autre côté de la cheminée, occupée qu'elle était à écouter des vers à sa louange qu'un jeune poète lui récitait timidement et presque à voix basse, tant il était ému. Plusieurs personnages des plus notables de la cour étaient les uns assis sur des plians, les autres debout tout autour du sopha. Mirepoix s'avança vers elle en conduisant le comte d'Anglars par la main, et dit :

— Senora (la Hernandez avait la faiblesse de préférer cette appellation à celle de mademoiselle), permettez-moi de vous présenter l'un de mes nouveaux camarades de la garde du roi, le comte d'Anglars de Rochevert qui brûle du plus vif désir de se ranger au nombre de vos adorateurs.

La Hernandez se retourna négligemment ; mais quelles ne furent pas la surprise et presque la consternation de d'Anglars, lorsqu'en attachant un œil avide sur cette tête charmante, il eut reconnu la belle jeune femme du salon des glaces et de l'église Saint-Roch, le dernier débris de ses espérances et de ses rêves. Sa bonne fée était une fille d'Opéra.

A cet instant, un valet annonça M. le chevalier de Barbançon.

X

La Demande et la Réponse.

— Bonjour, messieurs, bonjour, car il ne se passera pas long-temps avant que le soleil se lève. Peste! encore à table! allons, chacun prend son bien où il le trouve, et je suis pardieu bien aise que l'hôtel d'Anglars vous ait paru, pour cette nuit, un séjour digne de vous. C'est un grand honneur que je reçois. J'ai des gardes dans mes appartemens, ni plus ni moins que le roi. Allons, je vous rends grâce et vous prie en même temps de recevoir mes excuses, si je ne vous ai point fait compagnie; nous nous reverrons une autre fois. Ah ça, comment avez-vous trouvé les vins? Mon maître-d'hôtel a-t-il eu bien soin de vous, et les laquais ont-ils consciencieusement rempli les verres?

Ainsi parlait, en rentrant chez lui, le jeune comte d'Anglars, à la fin de la nuit où il donna son célèbre souper à messieurs les gendarmes de la garde. En effet, comme on l'a vu précédemment, nombre de ces gentilshommes, épicuriens consommés, préférèrent les plaisirs solides de la table aux idéales délices que pouvaient leur promettre quelques heures passées sous le toit de la Hernandez. Mais à la douteuse clarté que projetaient encore çà et là dans la salle du festin quelques bougies achevant de se consumer dans les candelabres et les girandoles, notre héros s'aperçut bientôt qu'aucun de ses convives n'était en état de lui répondre; les uns, étendus sur la table, d'autres même, il faut le dire à leur honte, sur le parquet, étaient plongés dans ce sommeil profond qui suit l'ivresse; et, n'était l'état de préoccupation où d'Anglars paraissait être lui-même en entant dans la salle, il eût pu se convaincre, en entendant certains ronflemens d'une nature particulière et en foulant aux pieds les débris jonchés sur le parquet, que messieurs de la garde du roi n'avaient rien épargné, pour se consoler de l'absence de leur amphitryon.

Sur ces entrefaites, parut le vénérable Antoine, l'épée au côté et encore revêtu du superbe costume de maître-d'hôtel qu'il avait trouvé à acheter de rencontre; il s'avança vers le jeune comte, un flambeau à la main :

— Eh bien! monsieur, s'écria-t-il en montrant du doigt à son maître de l'air le plus profondément piteux qu'il soit possible d'imaginer les tristes résultats du banquet, vous l'avez voulu, je vous le disais bien...

Le jeune d'Anglars regarda fixement son majordome, puis il partit d'un grand éclat de rire, ce qui prouve déjà suffisamment que sa visite chez Maria Hernandez n'avait pas eu les conséquences funestes qu'on pouvait en redouter; puis, frappant gaîment sur l'épaule du digne homme :

— Mon pauvre Antoine, répondit-il, n'as-tu donc jamais vu souper de jeunes seigneurs, pendant que tu accompagnais mon père? Car je ne pense pas qu'on fît autrement il y a vingt-cinq ans; et moi-même, si je n'avais été passer la nuit ailleurs, j'eusse fait en tout point comme mes nobles camarades. Cela est du bel air, Antoine.

— Ce n'est pas de cela qu'il s'agit, dit le maître-d'hôtel, en se penchant presque mystérieusement à l'oreille du jeune comte; est-ce que vous ne voyez pas tout le dégât que ces messieurs ont fait? Oh! cela vous coûtera gros!

— N'est-ce que cela ? Allons ! mon brave Antoine, appelle les laquais ; ces drôles sont allés se coucher, selon toute apparence. Il faut qu'ils nous aident à remettre ces messieurs dans leurs carrosses ou dans leurs chaises.

— Hélas ! monsieur le comte, n'espérez rien d'eux. Les laquais ont cru devoir imiter les maîtres. Ils sont à l'office où ils dorment d'un profond sommeil après avoir tout mis au pillage. Si vous étiez revenu il y a seulement deux heures, c'était un vacarme à croire que Satan en personne avec toute sa bande avait fait élection de domicile à l'hôtel d'Anglars. Au premier étage les maîtres, au rez-de-chaussée les valets, semblaient lutter à qui crierait le plus fort. J'avais beau aller des uns aux autres, en les priant en votre nom de se modérer un peu et de ne pas vous attirer quelque réprimande de la part de monseigneur d'Argenson, le lieutenant de police, ah ! bast ! ils ne m'écoutaient pas plus que si j'eusse eu affaire à des bornes, sinon que les bornes restent tranquilles, au moins.

— Allons, console-toi, Antoine, et va te coucher, car tu dois en avoir besoin, je vais en faire autant de mon côté. J'aurai à te parler à mon réveil.

— Permettez alors, monsieur le comte, que j'aille remplir auprès de vous l'office de votre de valet de chambre qui, sous votre respect, est soûl comme un porc. Je vais seulement ôter mon épée et mon habit ; car il ne serait pas convenable, eu égard aux fonctions dont vous m'avez investi...

— Va, va, je t'en dispense.

— Ah ! monsieur le comte, je sais à quoi l'honneur m'oblige.

En parlant ainsi, Antoine, qui lui-même, bien qu'il se donnât de garde d'en convenir, avait fêté dame bouteille, se mit en devoir d'accompagner son jeune maître, et le suivit avec obstination jusqu'à la porte de sa chambre à coucher ; mais là le comte, pour se débarrasser de ses instances, lui prit vivement le flambeau qu'il tenait à la main, et ferma la porte au nez de son digne maître-d'hôtel, qui prit alors le parti d'aller se coucher.

Dès qu'il se trouva seul, notre héros, jugeant sans doute qu'il valait mieux attendre pour dormir, qu'il fît grand jour, ranima de son mieux le feu de sa cheminée, et, se plaçant devant une table, il se mit à écrire. Voici ce qu'il écrivit :

« Mademoiselle,

« Il est six heures du matin ; je sors de votre hôtel, j'en sors plein d'enthousiasme et de ravissement, car je viens de passer toute une nuit sous le même toit que vous, une nuit pendant laquelle mes yeux ne vous ont pas quittée d'une minute, une nuit pendant laquelle je me suis enivré du doux son de votre voix, et de la contemplation de toutes ces beautés, dont nulle autre que vous n'offre un si, merveilleux assemblage. Vous m'excuserez donc, mademoiselle, si maintenant que tant de bonheur m'échappe, je cherche à en ressaisir au moins une ombre, en osant vous exprimer tout ce que j'ai éprouvé à votre vue. Vous m'excuserez surtout, si vous voulez bien songer à la position toute particulière où je me trouve placé vis-à-vis de vous. Oui, mademoiselle, tant que j'ai été en votre présence, j'ai dû me rappeler que nous n'étions pas *seuls*, et je me suis interdit avec le plus grand soin toute allusion à des rencontres dont le souvenir ne s'effacera jamais de mon cœur..... Puissent-elles aussi avoir laissé quelque trace dans le vôtre ! C'est ce dont j'ose vous prier de me permettre d'aller m'assurer auprès de vous. Ah ! mademoiselle, laissez-moi espérer que ces doux regards qui, avant-hier encore, dans l'enceinte consacrée au Seigneur, m'ont pénétré l'âme, ne seront pas les derniers que j'aurai reçus de vous, et que votre bouche adorée voudra bien confirmer le langage de vos beaux yeux. Maria, charmante Maria, vous portez le nom de la mère de Dieu, vous serez bonne et compatissante comme elle, vous m'accorderez la faveur que je réclame aujourd'hui de vous, celle d'un entretien particulier où j'oserai me dire passionnément, comme maintenant et comme toujours, votre très humble serviteur,

« Le comte d'ANGLARS DE ROCHEVERT. »

— Vivat! s'écria d'Anglars quand il eut terminé ce beau morceau de rhétorique qu'il relut à haute voix, en l'accompagnant des gestes les plus passionnés. Si elle résiste à une pareille lettre, j'y veux perdre mon nom.

Puis, s'enveloppant dans son manteau, il se coucha sur son lit tout habillé, afin de reposer quelques heures. Il y avait peu de temps qu'il était endormi, lorsqu'il fut réveillé en sursaut par un grand bruit, et Antoine entra tout effaré dans sa chambre.

— Qu'est-ce donc? dit-il avec humeur.

— Ce sont, répondit Antoine, messieurs les gendarmes de la garde qui se réveillent et qui demandent à déjeûner maintenant.

— Eh bien! donne-leur à déjeûner et me laisse dormir en paix, traître que tu es! Je faisais le rêve le plus délicieux.

— Mais, monsieur le comte, c'est bien aisé à dire; vous ne savez pas une chose?

— Quoi donc?

— Il ne reste plus rien du souper.

— Eh bien! n'as-tu pas ma bourse?

— Votre bourse! Pensez-vous donc qu'elle soit inépuisable? Le souper n'est seulement pas payé.

— Eh bien, il en sera de même du déjeûner, voilà tout. Ne me romps pas la tête davantage de pareilles misères. Va-t'en, et viens me réveiller dans deux heures.

Cela dit, le jeune comte se rendormit.

Au bout de deux heures, le ponctuel Antoine arriva, tenant à la main une quantité de papiers de toutes les dimensions.

— Que m'apportes-tu là? s'écria d'Anglars en se levant sur son séant. Tu as l'air, avec ta face d'enterrement, d'un notaire qui s'en vient trouver un moribond pour recevoir son testament.

— Oh! quant à cela, monsieur le comte, reprit vivement Antoine, permettez; la comparaison n'est pas juste, car, pour faire un testament, il faut avoir quelque chose à donner, et je vous garantis que si vous veniez à tomber en danger de mort, votre testament ne vous coûterait pas grand'peine à faire.

— Que veux-tu dire?

— Je veux dire que voilà les mémoires de vos fournisseurs, et que, tout acquitté, il vous restera sur les dix mille livres que vous aviez emportées d'Auvergne, le mois passé, huit cent trente-trois livres trois sous six deniers.

— Diable! il n'y a pas là de quoi rouler carrosse.

— Je le crois parbleu bien. C'est tout au plus de quoi payer les gages de vos gens, sans la nourriture, bien entendu. Mais aussi vous voulez donner à souper à toute la compagnie des gendarmes de la garde! et vous les conviez à déjeûner par dessus le marché.

— Allons! mon pauvre Antoine, prends courage; j'irai voir mon oncle l'évêque d'Icosie, je lui parlerai de son homélie, et je suis sûr qu'il me donnera de l'argent.

— Vous ferez bien de le voir aujourd'hui même, monsieur le comte.

— Aujourd'hui! Oh! non pas, cela m'est impossible, mais demain..... Ah! si tu savais, Antoine, quel honneur il m'a fait ce souper que tu ne peux digérer! Il n'était bruit que de cela, cette nuit, chez la Hernandez. On disait : « Voilà un jeune seigneur qui fait magnifiquement les choses! » Et crois-moi, Antoine, c'est un excellent moyen de parvenir auprès des dames que d'être magnifique. Je me souviens toujours d'avoir entendu dire à ma pauvre bonne mère, dans mon enfance, que M. de Lauzun avait gagné le cœur d'une des plus jolies femmes de la cour, en envoyant à Rouen un courrier qui creva deux chevaux, pour chercher je ne sais quelle friandise qu'elle avait paru désirer. Et voilà comme on fait son chemin auprès des belles !

— Et comme on dépense dix mille livres en quinze jours.

— Qu'importe, si je parviens à triompher de la Hernandez ! Quelle gloire pour moi, Antoine ! Une fille d'Opéra qui a refusé les offres de monseigneur le dauphin ! Et quelle fille d'Opéra encore ! Antoine, je ne crois pas qu'il existe dans le monde entier de beauté plus accomplie que Maria Hernandez : une taille de nymphe, un port de reine, une gorge de déesse, un....

— Peste, monsieur le comte, comme votre cœur prend feu ! Heureusement que cela ne dure pas long-temps, et depuis tantôt six semaines je vous ai vu successivement amoureux fou de la petite Nanette, d'une grande dame, princesse ou duchesse, on ne sait encore lequel des deux titres ; maintenant c'est d'une comédienne. Quand nous serons à la douzaine, nous ferons une croix.

— Antoine, il faut que je te confie un grand secret, un secret que tu ne révéleras à qui que ce soit, sur ton âme, entends-tu bien ? La grande dame et la comédienne c'est tout un.

— Est-il bien possible ? s'écria Antoine qui fut pour le moins aussi stupéfait que l'avait été son maître quelques heures auparavant.

— Oui, mon cher majordome, cela est ainsi. J'en ai été un peu consterné comme toi dans le premier moment, surtout quand j'ai vu le Barbançon venir se jeter encore à la traverse ; mais, ma foi, j'ai bien vite pris mon parti, et en gentilhomme qui sait son monde, je n'ai rien laissé voir de ma surprise. Au surplus, je retrouverai bien, tôt ou tard, une duchesse ou une princesse, tandis qu'on ne rencontre pas tous les jours des filles d'Opéra comme la Hernandez. Il faut à toute force que j'entre dans ses bonnes grâces, et, à te vrai dire, j'ai quelque sujet de penser que je n'en suis pas trop éloigné. La belle m'a regardé avec de certains yeux... Et il n'est pas jusqu'à ce Barbançon, ce chevalier, ce cadet de famille qui n'ait été avec moi d'une politesse !... Il enrageait au fond du cœur, j'en suis sûr, car je crois qu'il se permet d'en vouloir aussi à la belle Maria. Ces cadets ne doutent de rien ! ce qui ne l'a pas empêché de me gagner quelques pistoles à la bassette.

Ici deux heures sonnèrent à une grande horloge de Boule, placée dans l'un des angles de la chambre.

— Deux heures déjà ! s'écria notre gentilhomme. Il doit faire jour maintenant chez la Hernandez. Tiens, prends ce billet que tu trouveras sur ma table, et fais-le porter sur-le-champ à ma belle par le mieux tourné de mes laquais. Tu auras soin que le drôle mette sa plus belle livrée.

— Vos laquais ! monsieur le comte, vous ne risquez rien de les attendre jusqu'à ce soir. Ils sont tous ivres-morts, je vous l'ai dit.

— Et moi, je l'avais oublié. Ah ! les marauds ! les bélitres ! les misérables ! Je veux les bâtonner sur-le-champ comme ils le méritent.

En parlant ainsi, le jeune comte s'était levé et parcourait sa chambre à grands pas en gesticulant et frappant du pied, pendant qu'Antoine lui représentait avec sa gravité accoutumée que cette petite correction ne rendrait vraisemblablement pas la raison à ses gens. Tout à coup il s'arrêta et regarda Antoine qui tressaillit par un instinctif pressentiment.

— Antoine, mon bon Antoine, s'écria-t-il, tu me rendrais un bien grand service si tu voulais porter toi-même ce billet ; je suis sûr que tu t'acquitterais de cette commission beaucoup mieux que tout autre, et qui sait ? peut-être tu seras admis en présence de cette belle jeune femme, tu la verras, Antoine, tu lui parleras.

A tous ces beaux discours, Antoine ne répondait que par une moue longue d'une aune ; à la fin il répondit en baissant la tête :

— Mais, monsieur le comte, il me semble qu'en ma qualité de maître-d'hôtel, je ne saurais...

— Tu reprendras la livrée, pour cette fois seulement.

— En trouverai-je une à ma taille? Si monsieur le comt eattendait seulement jusqu'à ce soir, il y a le petit Lorrain qui est moins ivre que les autres, un garçon fort bien tourné, et qui...

— Attendre à ce soir, Antoine ! Mais tu n'as donc jamais aimé ! Tu ne sais pas ce que c'est qu'une heure ; oui, une heure seulement en amour ! Attendre à ce soir ! Mais d'ici là, il peut se présenter tel gentilhomme qui me supplante. Antoine, mon bon Antoine, je t'en prie, va, cours sans plus attendre porter ce billet, et aie bien soin de demander une réponse.

— Allons, monsieur le comte, puisque vous le voulez absolument, je redeviens coureur ; mais vous pouvez vous vanter d'avoir fait de moi une fameuse girouette.

A peine Antoine fut-il dehors que Philippe d'Anglars, semblable en cela à tous les amoureux, fut presque au regret de l'avoir laissé partir. Il se demandait si cette lettre qu'il avait négligé de relire encore une dernière fois avant de l'envoyer, mais qu'à coup sûr il savait par cœur, était bien celle qu'il aurait dû écrire. Cette lettre qui lui avait paru un chef-d'œuvre le matin même, lui semblait gauche et mal tournée maintenant. Il se disait :

— Elle qui est accoutumée à recevoir les hommages des poètes et des beaux esprits, que va-t-elle penser de mon style provincial ? Elle se moquera de moi ; et, quand bien même il en serait autrement, ne s'offensera-t-elle pas de la hardiesse de ma demande après une première et unique visite ? Oui, tout bien considéré, j'ai agi comme un écervelé, et j'aurais dû attendre que nous eussions fait plus ample connaissance.

Puis, passant d'une extrême timidité à une extrême confiance :

— Au fait, ajoutait-il, je suis bien bon de m'alarmer. Une fille d'Opéra doit être habituée à recevoir des billets doux, et je suis sûr qu'elle en a des coffres tout pleins, ne fût-ce que pour faire collection d'autographes, et en tirer parti sur ses vieux jours. Et puis, il y a billets doux et billets doux ; quand celui qui les écrit est un vieux seigneur goutteux ou un épais traitant, je conçois qu'une belle s'en montre peu flattée ; mais quand il s'agit, au contraire d'un jeune gentilhomme de bonne maison, un aîné de famille, dont on n'a pas laissé que d'encourager les espérances par de tendres regards, et qui réunit à ces conditions certains avantages...

Ici le jeune comte ne put s'empêcher de lancer un furtif regard dans une magnifique glace encadrée au dessus de sa cheminée, et il sourit ; puis tout à coup retombant dans ses appréhensions :

— Mais Noailles, mais Mirepoix, sont eux aussi de bonne maison et de belle mine, et ils ont échoué auprès de cette fille d'Opéra ; mais cette fille d'Opéra est elle-même de qualité ; cette fille d'Opéra va à Saint-Roch ; c'est une dévote peut-être, et son confesseur a dû lui défendre expressément de recevoir les billets doux. Bon Dieu ! qu'ai-je fait ! elle sera indignée de mon audace, elle me prendra pour un libertin de profession, elle me défendra de reparaître jamais devant ses yeux, et je ne la verrai plus. Ah ! ne plus la voir ! quelle affreuse pensée !

C'est ainsi que notre gentilhomme, en proie à cette attente fiévreuse à laquelle, dans une situation comme la sienne, il est bien difficile de se soustraire, prenait plaisir à se torturer lui-même. Dans le principe, il n'avait vu dans toute cette affaire qu'une question d'amour-propre, mais plus il avançait, plus il entendait une voix intérieure qui lui disait que

Maria Hernandez était merveilleusement belle et qu'elle était vraiment digne d'être aimée. Combien de grandes passions ne commencent-elles pas ainsi !

Puis, quand le temps matériellement indispensable pour qu'Antoine arrivât seulement au logis de la Hernandez fut écoulé, il se mit à maugréer contre ce fidèle serviteur de ce qu'il n'était pas encore de retour et se colla le visage contre les carreaux de vitre d'une fenêtre donnant sur la rue. Du haut de cet observatoire, il se mit à interroger d'un regard avide les rares passans qui, par une froide et brumeuse journée de décembre, apparaissaient dans ce quartier isolé. Comme son cœur battait, chaque fois qu'à l'extrémité de la rue il voyait poindre sous ce voile de brume qui, aux approches de la nuit, allait sans cesse s'épaississant, l'ombre d'une forme humaine ! Alors, cet Antoine si impatiemment attendu n'était plus seulement pour lui ce bon vieux montagnard qui avait pris soin de son enfance, et sous l'enveloppe grossière et matérielle du majordome, il y avait à coup sûr pour le jeune comte je ne sais quelle émanation affaiblie des célestes attraits de Maria Hernandez.

Cependant la nuit venait, la nuit plus sombre et plus silencieuse dans l'île Saint-Louis que sur tout autre point de la capitale... Antoine attendait-il son retour? ou bien faut-il penser qu'elle mettait tant de temps à combiner les termes de sa réponse? C'était là un nouveau champ ouvert aux conjectures de notre gentilhomme. Aussi, forcé d'abandonner son poste d'observation d'où les ténèbres de la rue ne lui permettaient plus de rien découvrir, il s'était laissé tomber dans un fauteuil, la tête entre ses mains, lorsqu'un coup violent frappé à la porte de l'hôtel le fit tressaillir jusqu'à la moelle des os. Haletant, éperdu, il se précipita dans l'obscurité au risque de se rompre le cou et s'élança au devant de son messager. Car c'était bien lui, il avait reconnu son pas.

— Eh bien, lui dit-il d'une voix étranglée, Antoine, quelle réponse ?

— Ouf ! s'écria le majordome, monsieur le comte, laissez-moi respirer un peu, car je n'en puis plus. Veiller la nuit ! courir le jour ! quel métier ! Je suis sûr que j'ai déjà maigri de dix livres depuis notre arrivée à Paris.

— Mais réponds-moi donc, bourreau, répartit le jeune gentilhomme en le secouant brusquement par un pan de sa livrée, l'as-tu vue ? a-t-elle ma lettre ? qu'a-t-elle dit ? Mais tu ne vois donc pas que je meurs d'impatience !

— Oh ! si fait, monsieur le comte, mais je reconnais en même temps que vous n'êtes pas mort. Je n'ai point vu la senora, comme l'appellent ses gens, attendu qu'elle était en compagnie, mais elle a votre billet.

— Eh bien ?

Je voudrais pouvoir vous rendre tout ce qu'il y eut de fièvre et d'angoisse dans cette simple articulation du jeune gentilhomme : *Eh bien ?* Je voudrais vous montrer le feu de son regard, l'animation de ses joues, le tremblement convulsif de ses lèvres ; mais il y a de ces occasions où la langue, si riche qu'elle soit, paraît pauvre, lorsqu'il faut exprimer certains mouvemens de l'âme et où l'on est tenté de briser sa plume entre ses doigts.

— Eh bien, répondit tranquillement Antoine, elle l'a lu dès que la compagnie a été sortie et m'a fait répondre qu'elle allait partir pour l'Opéra, et que vous pourriez, ce soir, y envoyer prendre sa réponse.

— Elle a dit cela, Antoine. Oh ! merci, merci, mon bon vieux serviteur ! Elle répondra ! Sais-tu que c'est déjà un grand point de gagné ! Si elle ne voulait pas me recevoir, elle ne me répondrait pas. Antoine, mon cher Antoine, c'est sur toi que je compte pour achever l'œuvre que tu as si bien commencée. Va, cours à l'Opéra, ou plutôt allons-y tous les deux. Je ne l'ai point encore vue sur la scène, cette adorable Maria. Oh !

à partir de ce jour, je ne veux plus manquer une seule de ses représentations. Viens, viens, Antoine.

Et en parlant ainsi, il s'élança hors de l'hôtel, entraînant à sa suite son infortuné majordome déjà sur les dents.

Sous le péristyle du théâtre, il rencontra plusieurs de ses nouveaux camarades qui se disposaient à entrer aussi à l'Opéra. Parmi eux, se trouvaient Noailles et Mirepoix.

— Eh bien ! cher comte, s'écria ce dernier, il paraît que te voilà décidément fasciné par les beaux yeux de la Hernandez. Prends garde à toi ! le vent est mauvais, je t'en avertis ; nous venons d'apprendre une triste nouvelle : ce pauvre petit Montchevreuil, qui l'aimait à l'adoration, a si bien perdu la tête par suite de ses rigueurs, que sa famille vient d'être obligée de le faire enfermer.

— Oh ! oh ! dit d'Anglars avec un léger accès de fatuité, je n'en suis pas encore là.

— Mais tu prends le meilleur moyen pour y arriver, en venant voir le ballet-opéra qu'on donne ce soir, *Diane et Endymion*. Tu nous diras demain matin des nouvelles de la jeune Phébé, car il ne t'est pas interdit d'en rêver et de te croire Endymion... en songe.

— Oh ! moi, répartit d'Anglars assez négligemment, je ne prise que la réalité.

— Ah ça, est-ce que tu aurais des projets sérieux à l'endroit de cette belle ? On dit qu'on a vu quelqu'un de ta livrée entrer dans son hôtel.

— Mais... je ne sais...

— Comment, ajouta malignement M. de Noailles, monsieur le comte d'Anglars ferait infidélité à cette princesse dont il nous a fait hier un si charmant portrait, et pour une fille d'Opéra encore !

— Peut-être, monsieur de Noailles.

Celui auquel s'adressait cette réponse ne put réprimer un sourire ; et, se tournant vers ses camarades, il leur dit à demi-voix :

— D'honneur, ce jeune gentilhomme est on ne peut plus divertissant ; qu'en pensez-vous, messieurs ?

Et tous entrèrent en riant dans la salle de l'Opéra. Mirepoix seul demeura en arrière ; et, prenant à part notre héros :

— Mon pauvre d'Anglars, lui dit-il, écoute-moi, il n'est plus temps de plaisanter, et là, bien sérieusement, c'est un conseil d'ami que je te donne ; garde-toi bien de te laisser prendre dans les filets de cette sirène, qu'on nomme Maria Hernandez. Elle se moquerait de toi, comme elle s'est moquée de nous tous, te ferait faire cent folies ; et sais-tu ce qu'il en arriverait ? Un beau matin, tu te trouverais ruiné comme Bussy, comme Guitry et tant d'autres, ou fou comme Montchevreuil et peut-être bien tous les deux ensemble, sans être pour cela plus avancé que le premier jour. Ou je suis bien trompé, ou la Hernandez a trop d'orgueil pour donner jamais à aucun homme des droits sur sa personne. C'est une de ces femmes qui semblent nées pour venger toutes leurs semblables, et dont la destinée est d'inspirer l'amour, sans jamais le ressentir ; et puis, il est bien rare qu'une grande passion n'absorbe pas toutes les autres ; or, chez cette fille d'Opéra il y a une passion plus forte encore que son orgueil, c'est celle de son art. Pour elle, tout ce qui n'est pas chant ou danse n'existe pas. Maintenant, comme je ne pense pas que, par amour pour les beaux yeux de Maria, il te prenne fantaisie de t'enrôler dans le corps de chant ou de ballet, tu vois que ce que tu as de mieux à faire, c'est de n'y plus penser. Je devais cet avertissement à ta jeunesse et à ton inexpérience ; car, bien que notre connaissance ne date que d'hier, je serais désolé qu'il t'arrivât malheur.

Philippe d'Anglars, sur lequel ces paroles n'avaient pas laissé que de faire quelque impression, demeura un instant pensif, puis il s'écria :

— Mirepoix, il y a dans le blason de ma famille une devise à laquelle un d'Anglars n'a jamais failli, *nusquam retrorsum*, ce que mon gouverneur m'a dit pouvoir se traduire en français par ces mots : « Je ne recule jamais. » Entrons à l'Opéra.

Mirepoix suivit en riant son nouvel et entreprenant camarade.

En toute autre occasion, le curieux aspect que présentait alors la salle de l'Opéra, grâce à l'infinie variété de couleurs et d'étoffes qui régnait dans les costumes des femmes et des hommes, eût attiré son attention, et il eût pris plaisir à contempler toute cette foule, l'élite de la cour et de la ville, qui s'épanouissait parée, compacte, chatoyante, dans toutes les parties de la salle ; mais alors il était en proie à une préoccupation intime et beaucoup trop violente pour qu'elle n'absorbât pas tout autre sentiment.

Le spectacle ne tarda pas à commencer, et pas n'est besoin de dire si d'Anglars devint tout yeux et tout oreilles.

Le théâtre représentait un site enchanteur, mollement éclairé par les rayons de la lune. C'était un de ces poétiques vallons de la Grèce, encaissé par de rians coteaux, parsemés de distance en distance de bouquets de bois. Au fond du vallon coulait un ruisseau dont les ondes argentées par les rayons de l'astre de la nuit faisaient entendre un doux murmure. Sur le devant de la scène et sous l'ombre épaisse d'un massif de verdure, un jeune pâtre était endormi sur un lit de mousse et de bruyère. Son chien était couché à ses pieds. La lune, pénétrant à travers les branchages, illuminait doucement son visage, qui portait l'empreinte d'un songe charmant. En même temps, une mystérieuse harmonie invitait au sommeil, et l'on voyait passer sur le vallon la Nuit dans son char, avec les Heures, ses fidèles compagnes, pendant que des chœurs lointains de nymphes et de faunes célébraient ses bienfaits sur un rhythme plein de mélodie. Bientôt les voix s'éteignirent et il y eut un moment où l'on n'entendit plus dans le vallon que le murmure du ruisseau ; puis tout à coup cette mystérieuse harmonie, qu'on avait entendue tout d'abord, retentit de nouveau. Les branches des arbres rendirent un léger frémissement au dessus de la tête du jeune pâtre, comme si elles eussent été agitées par le vent de la nuit, et, s'entr'ouvrant doucement, elles donnèrent passage à la plus charmante tête de jeune femme qu'il soit possible d'imaginer. Aux applaudissemens frénétiques qui éclatèrent aussitôt dans toutes les parties de la salle, on reconnut la Hernandez.

Elle était coiffée d'une couronne de pavots surmontée d'un croissant, et le caractère de sa tête, fier et voluptueux à la fois, ressortait à merveille sous ce simple ornement. C'était bien la déesse qu'une force invincible entraîne à une démarche indigne d'elle, et qui, en suivant, comme une simple mortelle, l'ardente impulsion de son cœur et peut-être de ses sens, reste encore déesse. Elle demeura quelques instans dans l'attitude de la contemplation ; puis, penchant le cou avec toute la grâce d'un cygne, elle regarda de côté et d'autre, comme si elle craignait d'être aperçue. Après s'être convaincue par cet examen qu'elle n'avait rien à redouter, elle écarta discrètement les branches des arbres, de manière à ce qu'elles pussent donner passage à son corps qui était demeuré caché jusque-là ; puis, se laissant glisser en quelque sorte jusqu'à la surface du sol, elle inclina sa tête sur le front du jeune pâtre, entr'ouvrit ses lèvres de rose, et l'on entendit distinctement le bruit d'un baiser.

Un frémissement général répondit à ce doux bruit dans tous les rangs des spectateurs ; et certes, il n'en fut pas un seul qui n'eût donné beaucoup en ce moment pour pouvoir être ainsi baisé au front par Maria Hernandez.

Quant à Philippe d'Anglars, il serait difficile d'exprimer la violence des émotions qui s'emparèrent de lui à un pareil spectacle. Son sang bouillonnait dans ses veines, et son cœur battait dans sa poitrine avec une telle force qu'il semblait sur le point de se briser, mais ce n'était rien encore, et le charme sous l'influence duquel il se trouvait placé ne fut vraiment à son comble que lorsque l'enchanteresse, se redressant soudain, leva les yeux au ciel, et fit entendre les accens d'une voix pleine de fraîcheur et de mélodie. C'était cette cantilène où la déesse accuse d'une façon si touchante la destinée qui, au milieu du bonheur tranquille dont elle jouissait, a présenté à ses yeux ce jeune pâtre qu'elle voudrait fuir et qu'elle rencontre partout. Il y eut surtout quelque chose de passionné et qui enleva tous les suffrages dans la manière dont elle chanta la fin de ce morceau :

S'il est mortel celui que j'aime,
Dieux, ôtez-moi mon immortalité.

A cet instant, Philippe d'Anglars, qui était sur le devant d'une loge, haletant, plein d'extase, et qui ne perdait pas un seul des mouvemens de la cantatrice, crut voir, sans doute par quelque hallucination de son cerveau, la charmante déesse tourner vers lui ses beaux yeux noirs avec une expression profonde d'amour et de mélancolie. Il lui sembla que toutes ces paroles d'amour qu'elle adressait à Endymion endormi, c'était à lui qu'elle les destinait, que c'était là sa réponse au billet qu'il lui avait envoyé, et que toute cette foule palpitante qui était accourue pour repaître ses yeux d'un vain spectacle, assistait à un drame réel, dont il était le héros inconnu. Oh! si l'un de ceux qui doivent lire ces lignes a jamais aimé une comédienne, s'il a senti son cœur consumé par cet amour d'autant plus violent qu'il semble dans chacun des spectateurs qui vont applaudir l'actrice, voir autant de rivaux; si, après un premier billet auquel peut-être aussi on avait promis de répondre, il s'est plu à aller s'enivrer des douces paroles adressées par une bouche adorée à un être imaginaire, que celui-là interroge ses souvenirs, et il comprendra, bien mieux que je ne pourrais le dépeindre, tout ce que Philippe d'Anglars dut éprouver dans cette soirée; car, ce sont là de ces heures solennelles comme on en compte bien peu dans la vie et dont on se souvient toujours.

A peine Maria Hernandez avait-elle terminé son morceau, au milieu d'un tonnerre d'applaudissemens, qu'un chœur de bergers auquel se mêlait, par intervalles, le tintement des clochettes des troupeaux retentit dans le lointain. A ce bruit, la déesse disparut comme une ombre, l'aurore commença à poindre, Endymion se réveilla en sursaut et Philippe d'Anglars en fit autant. L'enchanteresse n'était plus là; le charme était rompu. Il poussa un profond soupir; et, après avoir promené avec étonnement ses regards sur la foule qui demeurait toujours attentive et recueillie, malgré la disparition de la Hernandez, il se leva et sortit de la loge, sans même attendre la fin de l'acte.

Il parcourut avec anxiété les corridors, cherchant de tous côtés s'il n'apercevrait pas Antoine auquel il avait donné l'ordre de venir le rejoindre, dès qu'il aurait la réponse promise et si impatiemment attendue; mais il ne le trouva point; et, ne pouvant résister plus long-temps au supplice d'une telle attente, il sortit du théâtre pour respirer l'air libre et pur du dehors, car il étouffait.

La première personne qu'il rencontra devant le portail fut son fidèle serviteur qui tenait à la main le précieux billet. Le voir, s'en saisir, en rompre le cachet, fut pour l'amoureux gentilhomme l'affaire d'une seconde; et, s'approchant d'une lanterne, il lut avec avidité ce message, le premier de ce genre qu'il eût jamais reçu de sa vie, ce message pour lequel il eût donné tout son sang, si Maria le lui avait demandé. Après avoir baisé et rebaisé cent fois ces caractères tracés par une main chérie, après avoir poussé la reconnaissance jusqu'à serrer dans ses bras le vieil Antoine qui, depuis tantôt quinze ans, n'avait reçu pareil honneur de son jeune maître, il rentra dans la salle, le front rayonnant, le sourire sur les lèvres.

Mirepoix, qui l'aperçut, car on était à un entr'acte, vint droit à lui.

— Pardieu, lui dit-il, je suis aise de te voir, cher comte, car je commençais à être inquiet de toi, tant ton brusque départ nous avait tous surpris. Il y avait alors dans tes yeux je ne sais quelle expression de tristesse et même d'égarement qui nous avait fait craindre un instant qu'il ne t'arrivât la même chose qu'au petit Montchevreuil. Maintenant, c'est tout le contraire, tu es gai, tu as la mine ouverte, et l'on dirait que tu viens de faire quelque gros héritage. Ah çà! qu'as-tu donc?

— Ce que j'ai, Mirepoix? ce que j'ai? s'écria vivement le jeune comte en entraînant son camarade dans un coin. Tiens, lis.

Mirepoix prit le billet que lui tendait d'Anglars, il ne contenait que ces simples mots : « Je vous attends ce soir après l'opéra, je serai seule. »

Ce billet était signé Maria Hernandez en toutes lettres, et il y avait pour suscription : « Monsieur le comte d'Anglars. »

Mirepoix parut stupéfait, et il rendit le billet à notre gentilhomme en ajoutant :

— Voilà qui est étrange, et je t'en félicite : car je ne sache pas que la Hernandez ait jamais écrit à nul autre qu'à toi.

FIN DE LA PREMIÈRE PARTIE.

DEUXIÈME PARTIE.

I

Une bonne Fortune.

Pendant toute la durée de l'opéra, Philippe d'Anglars eut le temps de puiser de nouveaux stimulans à son amour dans le dangereux spectacle de toutes les séductions déployées par la Hernandez dans son rôle de Diane amoureuse, séductions dont l'actrice semblait n'avoir jamais été aussi prodigue que ce jour-là. L'art du chant, on doit se le rappeler, n'était pas le seul dans lequel cette célèbre fille d'Opéra eût acquis une incontestable prééminence, elle en possédait un autre dont l'influence magique n'était pas moins puissante en 1700 que de nos jours, sur les faibles mortels. Elle avait rapporté des bords du Guadalquivir, poétique berceau de son enfance, ces danses voluptueuses dont le secret perdu pendant plus d'un siècle après elle, semble enfin vouloir revivre depuis quelque temps. Qu'on juge des impressions que dut éprouver ce jeune gentilhomme qui, à part quelques courantes exécutées tant bien que mal en famille les jours de fête, n'avait jamais vu d'autres danses dans les montagnes d'Auvergne que la bourrée, lorsqu'il vit apparaître sur la scène de l'Opéra, avec son cortége de nymphes, Maria Hernandez demi-nue, en costume de Diane Chasseresse; lorsqu'après s'être enivré des plus douces modulations de sa voix, il lui fut donné de contempler, à peine dissimulés par une légère tunique, les contours harmonieux de son beau corps digne en tous points de servir de modèle pour la déesse qu'elle représentait.

D'abord, elle regarda négligemment les danses formées par ses jeunes compagnes, puis, sur leur invitation, elle sembla ne vouloir s'y mêler que pour les guider; mais bientôt, maîtrisée par je ne sais quel instinct qui venait de se réveiller en elle, elle bondit comme une biche et se montra vraiment reine et déesse par la grâce ineffable de sa danse comme elle l'était déjà par son chant et par sa beauté.

Et vera incessu patuit Dea,

n'aurait pas manqué de s'écrier l'abbé, le digne gouverneur de M. le comte Philippe d'Anglars.

Que si maintenant vous voulez bien vous souvenir que ce même Philippe d'Anglars avait dans sa poche, que dis-je, sur son cœur, car c'est là qu'il l'avait placé, certain billet de la déesse ainsi conçu : « Je vous attends ce soir après l'opéra, je serai seule, » vous comprendrez sans peine quelle fièvre d'amour et de joie s'était déjà emparée de tout son être, lorsque le spectacle étant terminé, il se rendit au logis de la Hernandez. Seule! Elle allait être seule pour lui, cette femme qui avait résisté au dauphin de France et dont les plus grands seigneurs avaient tenté vainement la conquête. Seule! Appréciez-vous bien toute la portée de ce mot pour une imagination de vingt ans? Car enfin, une jeune femme, qu'elle soit de la cour ou de la ville, qu'elle soit même de l'Opéra, ne reçoit pas un jeune homme chez elle, seule, à onze heures du soir, pour le renvoyer désespéré. C'était tant de bonheur à la fois, que Philippe d'Anglars en était à se demander si ce bonheur était bien réel et s'il n'était pas par hasard sous l'influence d'un songe. Comment cette Maria Hernandez, qu'on disait si sage et si fière à la fois, avait-elle pu se déterminer si promptement en sa faveur? Était-ce donc une de ces prudes qui n'affichent tout haut leurs rigueurs que pour se faciliter les moyens d'être moins cruelles en secret? Notre jeune gentilhomme se perdait à cet égard dans un dédale de conjectures qu'il terminait toutes par cette invariable conclusion, qu'après avoir vu son ambition si cruellement déçue, il était bien juste que l'amour lui offrît des consolations.

Aussi, à mesure qu'il approchait du logis de la Hernandez, il commençait à s'identifier si bien avec cette opinion, qu'il considérait déjà sa bonne fortune comme une chose qui lui était due! L'homme est ainsi fait, et il n'est personne qui n'ait éprouvé ce sentiment. Au moment où nous touchons au bonheur le plus ardemment souhaité, je ne sais quelle réaction s'opère dans notre âme qui en diminue le prix. C'est comme un avant-goût de la satiété qui suit toute jouissance, et c'est sans doute sur l'étude approfondie de cette disposition de notre nature qu'est basée chez les femmes toute la science de la coquetterie.

Philippe d'Anglars mit enfin le pied dans le fastueux hôtel de la Hernandez. Ce n'était pas comme la première fois au bruit joyeux des instrumens et à la clarté des flambeaux. Tout était silence, ténèbres et mystère dans la maison, comme il convient pour un premier rendez-vous d'amour. Le jeune comte entra, non sans éprouver un violent battement de cœur.

En descendant de sa chaise à la porte de l'hôtel, il lui avait semblé s'apercevoir que quelqu'un, enveloppé dans un manteau, l'avait suivi jusque-là et s'arrêtait pour le voir entrer. Un moment il fut tenté de retourner sur ses pas, pour chercher querelle à l'indiscret observateur; mais une préoccupation d'un tout autre genre le détourna bien vite de cette pensée, et il monta l'escalier.

Il n'y avait plus dans l'antichambre qu'un valet à moitié endormi qui se frotta les yeux en l'apercevant; et, après lui avoir demandé son nom d'un air d'intelligence, l'introduisit discrètement dans le cabinet retiré où il était entré la première fois et où se tenait habituellement Maria Hernandez. Elle ne s'y trouvait pas alors, mais le valet annonça qu'il allait quérir sa maîtresse, et qu'elle ne tarderait pas à venir.

Demeuré seul, le jeune comte interrogea d'un œil curieux les moindres détails de ce réduit encore plus faiblement éclairé que de coutume par une simple lampe suspendue au plafond. Ce demi-jour lui parut plein de délicieuses promesses. Il n'était pas jusqu'à ces fleurs frileuses faiblement épanouies aux angles de la chambre, sous l'influence d'une chaleur artificielle, qui n'exhalassent des parfums inconnus, et ne fissent pénétrer par avance dans les sens allanguis je ne sais quelle vague sensation de mollesse et de volupté. Dans ce séjour enchanteur, il n'y avait pas même d'horloge, et qu'en était-il besoin? Ne devait-on pas y oublier le temps?

Rien au surplus n'était changé depuis la veille au soir; le portrait du vaillant hidalgo don Juan Hernandez de Siete Yglesias y Hermosa y Andres était toujours à sa place accoutumée; mais, comme si sa fille eût renoncé pour ce soir à lui demander secours et protection, Philippe d'Anglars reconnut, non sans un vif sentiment de joie, que ce portrait était couvert d'un voile. Maria Hernandez était-elle donc comme ces courtisanes italiennes qui, pour se livrer à la débauche, voilent également leur madone?

Pendant que mille pensées tumultueuses bouillonnaient dans le cerveau du jeune homme, une petite porte masquée s'ouvrit dans un angle de la chambre, et Maria Hernandez parut. Son visage toujours fier, mais un peu pâle, portait l'empreinte de la fatigue qu'avait dû lui faire éprouver le rôle qu'elle venait de remplir, peut-être aussi de l'émotion intime et profonde causée par une pareille entrevue. Telle fut du moins la pensée du jeune comte d'Anglars qui, dans le caractère actuel de sa physionomie, retrouva trait pour trait celui qu'il lui avait vu, à son entrée en scène dans le ballet-opéra, lorsqu'elle vient trouver Endymion endormi.

Toutefois, l'attitude et le regard de Maria Hernandez imprimaient à un si haut point le respect, que même en ce moment le jeune d'Anglars, ému, palpitant, fut pris d'un tremblement soudain, comme s'il se fût trouvé en présence de quelque grande reine ; et, sans pouvoir arracher une parole du fond de sa poitrine, il prit la main de la jeune femme sur laquelle il déposa timidement un baiser. Puis, comme elle-même, après lui avoir fait signe de s'asseoir à ses côtés au coin de la cheminée, gardait le silence, il sentit que c'était à lui qu'il appartenait de le rompre le premier et balbutia d'une voix entrecoupée les paroles suivantes :

— Senora (il prit le parti de l'appeler ainsi, n'osant encore employer un nom plus familier et croyant d'ailleurs devoir renoncer à celui de mademoiselle, qui n'était guère de mise dans une telle circonstance), voulez-vous bien accepter mes remerciemens pour la bonté que vous avez de me recevoir..... ici.... Je n'aurais jamais osé attendre un tel témoignage de votre... intérêt, auquel je reconnais volontiers que je n'avais aucun titre. Puisse du moins mon dévoûment sans bornes à vos moindres volontés vous prouver ma reconnaissance !

A toutes ces paroles, la Hernandez ne répondait que par un regard rempli d'un naïf étonnement, qui se peignait à merveille dans ses grands yeux noirs.

Allons, se dit d'Anglars qui commençait à se remettre de son trouble, il paraît que ce n'est pas ainsi qu'il faut s'y prendre. Je fais du respect comme avec une duchesse, je suis un sot; et, changeant soudain de ton :

— Je sors de l'Opéra, s'écria-t-il, senora, ai-je besoin de vous dire que j'en sors plein d'enthousiasme et de ravissement ? Car je ne vous connaissais encore que comme la plus belle de toutes les femmes, et maintenant j'admire en vous la plus accomplie de toutes les comédiennes. Ah ! belle Maria, rien ne saurait rendre tout ce que vous m'avez fait éprouver, il faut vous adorer comme une déesse, et c'est à genoux...

Ici la Hernandez se leva, en abaissant sur son interlocuteur un regard plein de fierté, et d'Anglars ne put s'empêcher de se lever aussi, tant il était fasciné, malgré lui, par ce qu'il y avait d'imposant dans tout l'extérieur de la jeune femme.

— Qu'est-ce donc enfin ? s'écria celle-ci ; que voulez-vous de moi, monsieur ?

— Ce que je veux, senora, répondit le jeune gentilhomme au comble de la surprise, ce que je veux, ah ! pouvez-vous me le demander, vous, l'objet de toutes mes pensées depuis que je suis arrivé à Paris, vous qui avez daigné encourager par vos regards, et, ce soir encore, par une faveur bien plus précieuse, une recherche...

— Arrêtez, monsieur, je ne saurais en entendre davantage. Que signifie ?...

— Qu'entends-je ? un tel accueil ! ah ! senora, vous m'aviez donné quelque droit d'en espérer un autre, et je ne sais comment j'ai pu démériter de vos bontés depuis la réponse que vous avez daigné faire tantôt à mon billet.

— Un billet ! vous m'avez adressé un billet, vous, monsieur ! et je vous ai répondu ! Mais, monsieur, je n'ai point reçu de billet de vous, je ne vous ai point écrit, et je suis étonnée...

— Vous ne m'avez point écrit, mademoiselle ! Mais cette lettre que voici... cette lettre... Ah ! mon Dieu ! c'était donc un leurre !

Et en parlant ainsi, le jeune comte laissa échapper de ses mains le billet qu'il avait retiré de son sein. La comédienne le ramassa vivement ; puis, après l'avoir lu, elle le lui rendit en disant :

— Ce n'est pas moi qui ai écrit ce billet.

— Qui donc est-ce alors ? s'écria d'Anglars sur les traits duquel la plus vive confusion venait de se peindre, et il laissa tomber sa tête entre ses mains.

Lorsqu'il la releva, de grosses larmes s'échappaient involontairement de ses yeux et roulaient le long de ses joues animées du plus vif incarnat. Il était beau comme un ange dans cette position, et ce fut avec un sentiment de pitié et d'intérêt à la fois que Maria Hernandez le regarda, car la naïveté de sa douleur était bien faite pour attendrir le cœur le plus dur.

Pauvre d'Anglars! il voyait s'évanouir ainsi la dernière de ses illusions, la plus douce peut-être, celle du moins qui est la plus faite à vingt ans pour consoler de la perte de toutes les autres, et son arrêt lui étai prononcé par la bouche même de celle dont il avait espéré le bonheur Qui n'eût comme lui versé des larmes amères?

A la fin, il eut honte du spectacle qu'il donnait à des yeux indifférens et, d'une voix qu'il voulut rendre assurée :

— Mademoiselle, s'écria-t-il, je ne vous demande plus votre amour je suis un misérable, un insensé qui ai pu y croire un instant. Je m'étai abusé, oh! cruellement abusé. Je vais partir, mademoiselle, je vais vou délivrer de mon importune présence. Vous ne me reverrez jamais dan ce logis. Déshérité par l'amour comme je l'ai été déjà par l'ambition, qu me reste-t-il à faire ici? Rien. Mais du moins il faut espérer que je n serai pas déshérité par la vengeance. Mademoiselle, vous avez été of fensée comme moi dans tout ceci, votre nom a été compromis, et, je veu le croire, sans votre aveu. Vous ne refuserez sans doute pas de me dir sur qui vos soupçons peuvent se porter et où je dois chercher l'artisa du piége où je suis tombé. Je vous le demande en grâce, mademoiselle ne repoussez pas mon humble prière, ce sera la première et la dernièr faveur que vous m'aurez accordée.

Maria Hernandez regarda pendant quelques instans le jeune gentil homme avec une expression de terreur mal dissimulée; puis elle lui di après une pause et d'un ton calme en apparence :

— Monsieur, je n'ai rien à vous dire; je ne sais rien.

— Oh! répliqua vivement d'Anglars, je saurai bien le découvrir, moi l'insolent auteur de cette mystification, car il me faut tout son sang; e si j'en crois un pressentiment d'accord avec mes souvenirs, je n'aurai pa même besoin pour cela de vos indications.

— Qui soupçonnez-vous donc? s'écria la Hernandez toute tremblant

— Je soupçonne le chevalier de Barbançon, ou plutôt j'en suis sûr.

— Ce n'est pas lui, répartit la Hernandez avec un accent presque fé brile; ce n'est pas lui!... Le billet que j'ai vu... n'est point de l'écritu de M. de Barbançon. Monsieur, croyez-moi, au nom du ciel, abandonn votre projet.

A cet instant la jeune femme sentit qu'elle en avait trop dit, et ce fu à son tour de se cacher avec confusion la tête entre ses mains.

— Ah! vous savez quelque chose! dit le jeune d'Anglars pour qui c mouvement fut comme un trait de lumière. Vous êtes de moitié dans cett mystification. Oh! oui, je le vois bien, vous vous êtes jouée de moi. L'o m'avait bien dit de me méfier de vous, et moi, aveugle, j'ai jugé vot candeur égale à la mienne. Je croyais en vous, comme l'on croit en Die Ah! mademoiselle, que vous avais-je fait pour me traiter ainsi? Vo vous êtes plu à semer dans mon cœur le germe de cette passion funes qui le dévore pour y jeter ensuite l'amertume et le désespoir! Vous vo êtes dit en me voyant : « Voilà un jeune gentilhomme bien naïf qui arri » de sa province, et pour qui l'amour est encore une religion. Pauv » niais! il faut encore cette victime à ma coquetterie. » Eh bien! mad moiselle, soyez satisfaite, jouissez de votre ouvrage. Me voilà tel que vo le désiriez; je ne crois plus à rien ici-bas qu'à la trahison et au mensong Vous détournez la tête. Allons! j'ai tort, je m'emporte; il faut savoir r tirer le dard de sa blessure, sans gémir ni soupirer. J'aurai ce courage. Regardez-moi, mademoiselle; regardez-moi en face, ne craignez plus aucun reproche de ma bouche. Vous êtes une femme. Tout n'est-il pas permis aux femmes, surtout quand elles sont jeunes et belles? Je ne puis rien contre une femme; mais je découvrirai le complice de cette femme, et j'aurai sa vie ou il aura la mienne. Oui, mademoiselle, vous ne me verrez plus; mais quelque jour, et ce sera bientôt, s'il plaît à Dieu, vous entendrez parler du comte d'Anglars. Adieu, mademoiselle.

Ayant ainsi parlé, le jeune homme allait sortir, lorsque la Hernandez, qui avait écouté ses reproches sans chercher même à l'interrompre, et qui s'était laissé tomber sur un sopha, en proie au plus profond accablement, se releva soudain, et l'arrêtant brusquement par le bras :

— Non, lui dit-elle, je ne puis vous laisser partir ainsi; non, je ne suis point complice de cette mystification. J'en atteste Dieu qui m'entend, et je vous plains; oui, monsieur, je vous plains de toute mon âme. Qu'exigez-vous de plus de moi?

— Je vous crois, mademoiselle; je vous crois, répondit d'Anglars, ému malgré lui du ton avec lequel la jeune femme avait prononcé ces dernières paroles, et je vous rends grâces. Au moins, je vous quitte moins malheureux. Il dépend même de vous d'acquérir un nouveau titre à ma reconnaissance.

— Parlez, monsieur.

— C'est de me promettre que toute cette affaire demeurera secrète autant qu'il dépendra de vous.

— Ah! monsieur! murmura la Hernandez d'un ton de reproche.

— Pardon... pardon, mademoiselle: rien ne me retient plus ici. Plût à Dieu que je n'y fusse jamais venu!

Et il poussa un profond soupir qui trouva, je ne sais pourquoi, un écho dans la poitrine de la jeune femme. Celle-ci, les yeux baissés, balbutia ensuite :

— Et vous, monsieur, à votre tour, refuserez-vous aussi de me faire une promesse?

— Quelle qu'elle soit, mademoiselle, répondit le comte, je suis disposé à la faire et à la tenir, persuadé que je suis de votre loyauté.

— Eh bien! monsieur, promettez-moi d'abandonner tout projet de vengeance et de ne chercher en rien à éclaircir ce qui vient de se passer.

Il y avait une expression suppliante dans les traits de la jeune femme qui n'échappa point à Philippe d'Anglars. Il la regarda fixement; elle rougit et baissa de nouveau les yeux.

— Mon Dieu, se dit-il, craindrait-elle pour les jours de celui qui s'est joué de moi? Sans doute, cet homme est son amant. Puis il ajouta à haute voix :

— Mademoiselle, vous avez ma promesse.

Elle lui tendit la main, et une larme vint briller au bord de sa paupière, larme de reconnaissance, larme d'amour peut-être.

— Merci, monsieur le comte, dit-elle de sa voix la plus tendre.

D'Anglars baisa respectueusement cette main charmante qu'on lui tendait, et il la sentit frémir sous l'empreinte de son baiser.

— Elle est heureuse, se dit-il, elle ne tremble plus pour les jours de son amant. Allons! je n'ai plus rien à faire ici. Dominé par cette cruelle pensée, il s'écria tristement :

— Adieu! mademoiselle.

Puis, s'étant incliné, il sortit en silence. Comme il était sur le seuil de la porte, la jeune femme lui dit avec un sourire d'une ineffable douceur :

— Oh! non, pas adieu, mais au revoir!

II

La Chasse au Cerf.

Le cor retentit dans les bois ; la meute fait entendre ses aboiemens. Tayaut ! tayaut ! Le grand roi, profitant d'un beau jour du mois de janvier **1701**, et peut-être aussi pour distraire sa cour des souvenirs pénibles qu'a laissés la mort toute récente et si prématurée de son jeune ministre, le marquis de Barbezieux, donne aux princesses ses petites-filles le spectacle d'une chasse, dans sa royale forêt de Marly. Voyez-vous passer en habit de chasse les ducs à brevet et messieurs des grandes entrées ? Avec quel empressement ils se rendent à l'appel du monarque ! avec quel courage ils affrontent la bise glaciale qui souffle à travers les branchages dépouillés ! C'est que Louis XIV aime à se trouver sans cesse entouré de toute sa brave noblesse, soit qu'il assiége Mons ou Courtrai, en compagnie de ses vingt-quatre violons, soit qu'il aille donner à manger aux carpes du grand bassin, soit enfin qu'il coure le cerf. Il ferait beau voir qu'il osât aspirer encore au bougeoir, le seigneur qui aurait manqué à la grande chasse de Marly.

Mais quoi, savez-vous la fatale nouvelle ? Non : qu'est-ce donc ? Monseigneur le Dauphin est-il tombé de cheval ? Ce n'est pas cela. Madame la duchesse de Bourgogne aurait-elle fait une nouvelle fausse-couche, pour ne point contrarier le roi en ne l'accompagnant pas dans sa chasse ? C'est pis encore. Qu'est-ce donc enfin ? C'est un malheur bien cruel et dont il sera parlé à la cour pendant huit jours entiers ; un malheur que Dangeau ne manquera pas de relater dans son journal. Les chiens n'ont pas de flair aujourd'hui, et la trace du cerf est perdue ; un superbe cerf dix cors qui a l'honneur de porter dans ses flancs une balle logée là par la main royale.

Ce bon Dangeau ! Il est au désespoir ; il parcourt au galop les belles allées du tiré du roi où le givre et la neige étincellent comme des myriades de diamans ; nouvel Absalon, il accroche en passant les boucles soyeuses de son ondoyante perruque à tous les buissons, à tous les branchages, et s'en va criant d'une voix lamentable :

— Avez-vous vu passer le cerf ? Qui a vu passer le cerf ? Celui qui donnera des nouvelles du cerf aura la croix de chevalier de Saint-Lazare, s'il est gentilhomme, et s'il ne l'est pas, je mettrai son nom dans mon journal.

Holà ! messieurs les gendarmes de la garde du roi, en chasse ! en chasse ! Que la promesse d'une telle récompense enflamme votre zèle ! Parcourez en tous sens les mille détours de la forêt, et si l'un de vous a ce bonheur de découvrir le cerf blessé par le grand roi, qu'il vienne en toute hâte en rendre compte à M. de Dangeau. M. de Dangeau est grand-veneur aujourd'hui, car y a chasse à la cour. Demain, il sera grand-maître des cérémonies, s'il y a quelque fête à régler. En voyage, il est fourrier des logis, et les jours de spectacle au palais, je ne sais trop si tout menin de monseigneur et grand-maître de Saint-Lazare qu'il est, il ne se fait pas souffleur. M. de Dangeau est le courtisan par excellence, c'est l'homme indispensable, celui qui se prête le mieux à toute espèce de transformations, véritable maître Jacques à l'usage du grand roi, caméléon en justaucorps et haut-de-chausses de velours galonnés d'or fin.

Comme à la voix du digne seigneur s'élancent, sur leurs destriers, tous ces beaux gentilhommes en uniforme rouge ! Ne reconnaissez-vous pas, au milieu d'eux, sur ce joli cheval blanc qu'il conduit avec tant de grâce et d'adresse, le jeune comte d'Anglars? ses traits sont pâles; une vague mélancolie a éteint la flamme qui brillait naguère dans ses grands yeux bleus. Quel contraste avec les visages rayonnans de gaîté et d'allégresse de ses jeunes camarades! Et quelle révolution s'est opérée dans tout son être depuis ce jour où, à l'Opéra, les belles dames se le montraient avec tant de complaisance, pendant que lui, insensible à leurs tendres œillades, n'avait de regard dans sa loge que pour la Hernandez!

Pourtant, un mois à peine s'est écoulé depuis ce jour, mais dans ce court espace de temps il semble qu'il ait vieilli de dix années, tant le souffle de la douleur, en passant sur son visage, a flétri son front si serein et si pur, et creusé sur ses joues de larges sillons à l'endroit où le sourire avait imprimé de fraîches fossettes. D'abord, il a lancé son cheval au grand trot dans le premier sentier qui s'est offert à sa vue, puis, peu à peu, s'abandonnant à la fantaisie du noble animal, il lui a laissé les rênes et s'en va tout rêveur, suivant à l'aventure les mille sinuosités de la forêt.

Pauvre d'Anglars! combien la destinée s'est montrée cruelle envers lui en lui arrachant ainsi une à une toutes les fleurs de cette riante couronne d'illusions qui ceignait si amoureusement son jeune front, le jour où il quitta le manoir paternel! Il croyait à une charge brillante à la cour, et il est gendarme de la garde; il croyait à la fortune, et il lui reste à peine quelques pistoles des dix mille livres qu'il avait apportées d'Auvergne, il croyait à l'amour... ah! ce fut là sans doute le plus poignant de tous ses désenchantemens. Aujourd'hui, il a perdu toute croyance, tout espoir, et il ne lui reste pas même ce qui reste aux damnés du Dante, le souvenir du bonheur passé! Pauvre d'Anglars!

Jadis il avait, comme tous les hommes, son bon et son mauvais ange, et la vue du premier lui faisait oublier du moins les tribulations dont l'autre était pour lui l'avant-coureur et comme le principe. Mais aujourd'hui point de compensation pour lui dans ses maux. Différent en cela du reste des hommes, il a deux mauvais anges. Seulement ces deux anges ne se ressemblent point entre eux; l'un a la forme d'une vieille femme avec de grandes coiffes pendantes et marmotte tout bas des prières, l'autre a les traits d'une belle fille d'Opéra qui a de doux chants et des danses pleines de volupté. C'est en vain qu'il évite avec soin toute occasion de rencontrer l'un ou l'autre; c'est en vain qu'il se tient constamment renfermé dans son petit hôtel de l'île Saint-Louis, n'en sortant absolument que pour faire son service. Ses deux anges planent sans cesse à ses côtés et lui apparaissent dans tous ses songes. Seulement, je ne voudrais pas jurer que tous deux soient pour lui l'objet d'une même haine, d'une même horreur.

A quoi pensez-vous à cet instant même, monsieur le comte d'Anglars? S'il faut en croire je ne sais quelle expression de tendresse répandue sur votre physionomie rêveuse, ne serait-ce point à cette belle Maria Hernandez dont la main frémit encore parfois sous vos lèvres brûlantes, comme son souvenir palpite, malgré vous, dans votre cœur? Aussi bien, voici quelqu'un qui peut nous donner, à ce sujet, quelques éclaircissemens. Le trot d'un cheval qui tourne court vient de retentir à peu de distance sur la terre durcie par la gelée. Le cavalier qui le monte s'est arrêté. Attention! c'est le gai, le jovial Mirepoix.

— Tiens, c'est toi, d'Anglars. Ah! pardieu, cher comte, si c'est ainsi que tu cours pour rejoindre le cerf, le pauvre animal ne risque rien de venir te trouver. Toujours triste et pensif, mon beau comte, absolument comme l'Hippolyte de la *Phèdre* de Racine.

> Ton superbe coursier qu'on voyait autrefois
> Plein d'une ardeur si noble obéir à ta voix:
> L'œil triste maintenant et la tête baissée,
> Semble se conformer à ta triste pensée.

On n'entend plus parler de toi nulle part. Vois-tu, l'on ne m'ôtera pas de la tête que tu as une grande passion au cœur et que l'objet de cette passion est la Hernandez.

A ce seul nom d'Anglars tressaillit; puis il s'écria avec un sourire forcé :

— Ce serait un étrange amoureux que celui qui, pouvant voir sa belle à peu près tous les jours, se priverait volontairement de ce plaisir. Tu sais fort bien que je n'ai pas mis le pied chez la Hernandez depuis tantôt un mois.

— C'est pour mieux cacher ton jeu, et je suis bien sûr que si tu ne la vois en public, tu te dédommages amplement en secret.

— Ni en public ni en secret.

— Laisse donc, tu veux faire le mystérieux, l'Amadis des Gaules; mais cela n'est plus de mise aujourd'hui, mon cher, surtout quand il s'agit d'une fille d'Opéra ; et puis, ce n'est pas à moi qu'on fait accroire de pareilles choses après le billet que tu m'as montré.

— Le billet ! s'écria vivement d'Anglars, dont à ce seul mot un éclair d'indignation vint ranimer les yeux. Eh bien ! que prouve ce billet ?

— Oh ! pas grand'chose, il est vrai, sinon que tu étais attendu entre onze heures et minuit par une belle jeune femme, et qu'il est possible à la rigueur qu'elle t'ait fait venir dans son hôtel, à une pareille heure de la nuit, pour te demander ton avis sur la musique du ballet-opéra de *Diane et Endymion*. C'est même très présumable.

— Et moi, je te dis qu'il ne s'est rien passé dans cette entrevue dont la plus austère pudeur ait à rougir.

— Mais comment donc! j'en suis intimement convaincu, et c'est sans doute pour cela que la belle a pris soin de renvoyer tous ses valets et d'en prendre d'autres dès le lendemain.

— Ah! elle a renvoyé tous ses valets?...

— Fais donc l'ignorant maintenant, lorsque c'est toi, sans nul doute, qui l'as exigé. Au surplus, tu peux faire compliment de ma part à ta charmante maîtresse. Elle aussi joue merveilleusement son rôle. Je ne la vois pas de fois qu'elle ne me dise : « Eh bien ! monsieur de Mirepoix, » vous ne m'amenez pas votre nouveau camarade, M. le comte d'Anglars !»

— Ah! elle t'a dit cela, Mirepoix ; elle te l'a dit... souvent ?

— Toutes les fois que je l'ai vue, je te le répète.

— C'est singulier.

Et d'Anglars retomba dans sa rêverie ; puis, tout à coup faisant un retour sur lui-même :

— Il est clair, se dit-il, que si elle parle ainsi, c'est pour détourner les soupçons et les empêcher de s'arrêter sur celui qui est véritablement son amant. Quel peut être celui-là ?

— Voyons, s'écria Mirepoix, je suis ton véritable ami, et j'ai rempli fidèlement l'engagement que tu avais exigé de moi de ne parler à âme qui vive de ce fameux billet. Je te demande, en échange de ma discrétion, de me raconter comment les choses se sont passées dans ton entrevue avec la Hernandez, je meurs d'envie de le savoir.

— Impossible, mon chère Mirepoix, c'est un secret.

— Que la peste t'étouffe, beau mystérieux !

En parlant ainsi, Mirepoix donna de dépit un grand coup de houssine sur une branche de chêne qui avançait au dessus de sa tête. A ce bruit en répondit un autre dans le taillis voisin, et un magnifique cerf dix cors, couché derrière un amas de pierres moussues, souleva vivement sa tête majestueuse et promena çà et là des yeux effarés que couvraient déjà les ombres du trépas.

— Oh ! oh ! dit Mirepoix à voix basse et en montrant du doigt à son compagnon l'hôte de la forêt dont il venait de troubler la dernière heure ;

on a raison de dire que la fortune vient en dormant. Qui va porter la nouvelle à M. Dangeau?

— Vas-y, toi.

— Moi, mon cher, ce serait avec plaisir, au risque d'être fait d'emblée chevalier de l'ordre de Saint-Lazarre, mais je te dirai en confidence que j'ai quelque affaire de cœur dans ces environs; c'est la fille d'un des gardes de la forêt, une charmante petite paysanne, ma foi; celles-là ne sont pas cruelles comme les filles d'Opéra, pour moi du moins, ni exigeantes comme les femmes de la cour. Ainsi donc adieu! je vais mettre à profit l'absence du père. Ah! deux mots encore: n'annonce pas trop brusquement à ce cher Dangeau que tu as découvert la retraite du cerf; tu sais que les grandes joies tuent comme les grandes douleurs.

Ayant ainsi parlé, Mirepoix serra la main du jeune comte, et tourna bride en chantonnant joyeusement entre ses dents un air de danse de *Diane et Endymion*.

Heureux Mirepoix! murmura d'Anglars, en le voyant se perdre sous un rayon de soleil dans les profondeurs de la forêt. Que ne suis-je comme lui? Ah! je sens que j'aurais mieux fait de rester en Auvergne, et de préférer aux menteuses promesses de la cour les baisers de Nanette, ma jolie métayère du Val Moron.

A cette pensée, notre gentilhomme ne put réprimer un soupir, puis il mit son cheval au trot et se dirigea vers le belvédère où Dangeau avait annoncé qu'il demeurerait jusqu'à ce qu'on eût retrouvé le cerf blessé par le roi, dût-il passer la nuit en plein air, une nuit du mois de janvier!

— Ah! c'est vous, mon jeune ami, lui cria le courtisan émérite du plus loin qu'il l'aperçut: eh bien! vous n'avez rien trouvé non plus, je vois cela sur votre visage. Ah! mon Dieu, comme le roi va être contrarié! Maudit cerf! il sera cause que nous n'aurons pas de grand lever demain, j'en suis sûr; comment annoncer au roi qu'on n'a pu retrouver ce cerf?

— Mais, monsieur le marquis, dit d'Anglars, qui jusque-là n'avait pu trouver moyen de placer une parole, je viens au contraire vous annoncer que j'ai trouvé le cerf à cinq cents pas d'ici, dans le fourré...

— Ah! grand Dieu! est-il bien possible? Vous avez trouvé le cerf et vous ne le disiez pas! et vous arrivez au petit trot, au lieu de pousser votre cheval au grand galop; dans ces occasions-là, monsieur, il faut crever un cheval, entendez-vous? Le service du roi!... Mais, que fais-je moi-même? Venez, monsieur, venez vite, mettez pied à terre, nous allons monter ensemble au belvédère afin d'annoncer au roi... Ah! cette nouvelle va rendre Sa Majesté bien heureuse, et je veux que vous en ayez vous-même l'honneur et la gloire, car je ne suis pas comme les autres courtisans moi, je ne prétends point accaparer pour moi toutes les faveurs. Mon journal en fera foi; il y a déjà été question de vous, monsieur, il en sera parlé encore. Venez, monsieur d'Anglars, venez vite trouver le roi.

En parlant ainsi, Dangeau ayant fait signe à l'un de ses valets de prendre soin du cheval du jeune gendarme de la garde, l'en fit descendre presque par force, et l'entraîna avec une pétulance peu commune, dans un sentier escarpé qui conduisait au sommet du belvédère, le point le plus élevé de la forêt de Marly.

Transportons-nous maintenant sur la hauteur où le roi avait fait halte avec toute sa cour. Il y avait là une clairière formant une sorte d'esplanade qui dominait toute la forêt, et où l'on était placé à merveille pour recevoir les rayons d'un pâle soleil de janvier, comme aussi pour suivre, à travers les branchages dépouillés, tous les mouvemens de la chasse. Sur ce plateau étaient groupés tous les personnages les plus éminens de la cour, ceux que l'élévation de leurs charges autorisait le plus à s'approcher du roi, puis les ambassadeurs, les princes étrangers, des cardinaux même, tout ce qui, en un mot, à quelque titre que ce soit, avait paru digne d'être convié à la solennité du jour. En avant de ces groupes, et presque à l'extrémité du plateau, du côté qui regarde les sveltes portiques de l'aqueduc de Luciennes, était le roi avec les princes et princesses du sang et les dames. Tout ce monde était à pied et debout, hormis madame la duchesse de Bourgogne, autour d'une chaise à porteurs d'une grande simplicité et sans aucune espèce d'armoiries, encore la jeune duchesse était-elle modestement assise sur un des bâtons de devant de la chaise, celui de gauche, ayant à ses côtés, en demi-cercle, madame la duchesse d'Orléans, madame la duchesse de Bourbon, madame la princesse de Conti et toutes les dames. A la glace droite de la chaise, le roi, debout également et découvert, ayant à peu de distance son porte-arquebuse, et un peu en arrière Leurs Altesses Royales les princes ses petits-fils, était baissé et parlait à la fois avec intérêt et avec une déférence marquée à la personne qui occupait l'intérieur de cette chaise. Comme la glace n'était qu'entre-bâillée à cause du froid, il était forcé d'élever un peu la voix, et l'on pouvait entendre ainsi les explications qu'il donnait sur les habitudes du cerf, et sur les qualités des chiens qu'il convient d'employer de préférence pour le chasser. De temps à autre seulement, il se relevait, se couvrait la tête; et, portant avec impatience ses regards sur la forêt, il s'écriait en frappant du pied :

— Ne trouvera-t-on point ce cerf?

Mais à part cette exclamation ou quelques autres du même genre, il n'adressait absolument la parole qu'à la personne qui occupait le dedans de la chaise, et qui n'était autre, on l'a déjà deviné sans doute, que la marquise de Maintenon.

Quant à elle, toujours froide et impassible au milieu de tous les hommages, de toutes les marques de respect, et on pourrait presque dire d'adoration dont elle était l'objet, elle conservait cette physionomie calme et recueillie que donne la vie ascétique et semblait reporter vers le Roi des cieux l'encens qu'un des plus grands roi de la terre ne rougissait pas de brûler devant elle.

Cependant, sous cette froideur apparente, une pensée intime, une pensée que nul au monde n'avait pénétrée, pas même son confesseur, rongeait son âme. Il s'était rencontré un homme qui, sans s'inquiéter du châtiment terrible dû à son audace, avait publiquement arraché de son front l'auréole dont elle marchait toujours environnée; un homme qui avait osé la stigmatiser d'un nom qu'elle était presque parvenue à oublier; un homme qui la méprisait, elle, la marquise de Maintenon, et qui l'avait dit tout haut dans la rue Saint-Honoré devant cent personnes assemblées! Et c'était un gentilhomme encore, un gentilhomme qu'elle ne connaissait pas, qu'elle n'avait pu parvenir à découvrir, elle qui sur ce chapitre aurait défié d'Argenson. En vain, faisant violence à ses goûts sédentaires, elle s'était montrée aux cercles de la cour, dans les promenades, aux revues même; en vain, ses yeux si clairvoyans avaient interrogé toutes les physionomies dans tous les groupes, cherché dans tous les rangs. Ne retrouverait-elle donc jamais le gentilhomme de la rue Saint-Honoré?

Patience! voilà qu'en haut du sentier qui descend par une pente escarpée au pied du belvédère, apparaissent deux personnages dont la tête et les épaules commencent à dépasser le niveau de l'esplanade. Tous deux s'arrêtent un moment pour reprendre haleine; par un mouvement spontané tous deux se découvrent et le soleil illumine de ses rayons la tête du courtisan émérite et celle du jeune gendarme de la garde.

A cette vue, un léger cri réprimé à sa naissance est sorti de l'intérieur de la chaise de madame de Maintenon, qui désormais, sans crainte du froid, abaisse avec vivacité l'une de ses glaces. Les deux nouveau-venus deviennent le point de mire de tous les regards. Dangeau s'avance le premier avec le visage épanoui d'un homme qui apporte une bonne nouvelle; et, voyant son jeune compagnon demeurer immobile, la bouche béante, les yeux fixes et comme frappé de la foudre :

— Venez donc, lui dit-il à haute voix, venez, monsieur le comte d'Anglars, rendre compte au roi de votre découverte. Sire, le cerf est enfin retrouvé, M. d'Anglars l'a vu ; n'est-ce pas, monsieur d'Anglars ? Mais parlez donc, mon jeune ami.

En proie à une stupeur dont on se rendra compte sans peine, d'Anglars non seulement restait sourd aux exhortations de Dangeau, mais encore il ne bougeait pas de la place où il s'était arrêté; car, au milieu de cette brillante assemblée qui couvrait tout le plateau du belvédère, il n'avait vu, lui, qu'une seule personne, celle qui occupait la chaise à porteurs, celle dont le regard, selon l'expression d'Antoine qui lui revint alors à la mémoire, était semblable à celui du serpent des saintes écritures qui donne la mort. A la fin, le roi s'écria avec émotion :

— Eh bien ! monsieur d'Anglars, avancez donc; qu'est-ce qu'il y a ?

D'Anglars acheva de monter et vint au roi à pas lents, tremblant et passant ses yeux à droite et à gauche d'un air éperdu; puis il balbutia tout bas quelques mots sans suite et à peine articulés sur le cerf.

— Comment dites-vous ? s'écria le roi avec impatience ; mais parlez donc.

Et, regardant d'un air courroucé l'infortuné Dangeau qui s'attendait à des remerciemens, il ajouta :

— C'était bien l'affaire de M. de Dangeau de nous amener un muet.

D'Anglars entreprit de nouveau de déférer à l'injonction du monarque, mais ce fut en vain. Le roi s'était penché du côté de madame de Maintenon qui, cette fois, lui parlait à voix basse. Notre gentilhomme se sentit perdu, il abaissa sa tête sur sa poitrine, et, victime résignée, il n'attendit plus que son arrêt.

Après quelques instans d'un morne silence, le roi fixa sur lui un regard scrutateur, celui que les inquisiteurs attachent sans doute sur la victime qu'ils vont envoyer au bûcher ; puis il dit avec humeur :

— Je n'ai plus besoin de vous; allez, monsieur.

D'Anglars regagna en chancelant le sentier par lequel il était venu, et il disparut.

A peine fut-il parti, que madame de Maintenon, dont le regard ordinairement terne et glacé brillait en ce moment d'un éclat inaccoutumé, demanda la permission de s'en aller.

— Eh quoi, madame, s'écria le roi, ne voulez-vous point assister à la curée ?

— Sire, excusez-moi, dit-elle, je me sens un peu indisposée, je ne saurais demeurer jusqu'à la fin de la chasse.

Le roi s'écria : « Les porteurs de madame ! »

Les porteurs s'approchèrent et emportèrent la favorite. Une heure après environ, le cerf fut pris et dépecé en présence du roi et de toute la cour avec le cérémonial accoutumé. Dangeau ne manqua pas de consigner dans son journal que ce cerf était de la plus belle venue, et que le roi se servit dans cette occasion de son couteau de chasse avec sa grâce accoutumée.

Revenons au jeune comte d'Anglars. Lorsqu'il se vit hors de la présence du roi et de la favorite, il calcula à la fois avec terreur et confusion les conséquences de ce qui venait de se passer au belvédère, et se demanda ce qu'il avait à faire en pareille occurrence pour se soustraire aux effets de la vengeance de madame de Maintenon. L'hallali triomphal que les cors célébraient dans le lointain lui sembla comme un présage du sort funeste qui l'attendait lui-même ainsi que le pauvre cerf, car il n'y a rien qui dispose l'esprit aux idées supertitieuses comme la mauvaise fortune.

Le ciel me punit, se disait-il, d'avoir dénoncé la retraite de ce malheureux animal qui ne demandait qu'à mourir en paix. En le livrant, je me suis livré moi-même. Sans cela, cette femme toujours renfermée dans sa retraite de Saint-Cyr ou dans le fond de son appartement de Versailles n'aurait jamais su mon nom.

Puis, après s'être accusé lui-même, il s'en prenait à Dangeau dont il maudissait l'importance courtisanesque et le sot empressement à l'entraîner devant toute cette cour pour laquelle il devait être maintenant un objet de dérision, en attendant le moment où il ne serait plus pour elle qu'un objet de pitié. Parfois aussi, dans son état profond de découragement, il en venait à se féliciter d'un incident qui allait enfin mettre un terme à toutes ses incertitudes. Après tout, c'était un moyen de sortir du cercle de désenchantemens et de mésaventures dans lequel il était condamné à tourner sans cesse; et, mort ou embastillé, il allait pouvoir enfin se reposer.

Cependant la chasse était terminée depuis long-temps, et il était encore dans la forêt errant comme une âme en peine aux environs du palais où il ne pouvait se résoudre à rentrer, bien que la neige commençât à tomber et à parsemer de ses blancs flocons l'or de ses blonds cheveux. Tout à coup il vit venir à lui de toute la rapidité de son cheval un cavalier dont la tournure ne lui était pas inconnue, c'était Mirepoix qui sauta à terre dès qu'il fut près de lui.

— Pardieu! s'écria ce dernier, je suis aise de te rencontrer, car je commençais à être inquiet sur ton compte. Sais-tu qu'un de messieurs les lieutenans aux gardes te cherche de tous les côtés, de la part du roi?

— Déjà? reprit d'Anglars avec une sombre résignation. Allons! la favorite ne perd pas son temps.

— Qu'est-ce donc? que veux-tu dire avec la favorite? Il paraît que c'est ton idée fixe. Mais qu'as-tu? tu es d'une pâleur...

— Eh! eh! Mirepoix, on le serait à moins.

Et d'Anglars se mit à raconter en peu de mots à son ami la scène du belvédère et tout ce qu'il avait à redouter de la vengeance de madame de Maintenon.

— Ah! malheureux, dit Mirepoix, je comprends tout maintenant, mais il n'y a pas un moment à perdre. Avant un quart d'heure peut-être tu seras arrêté. Fuis tandis qu'il en est temps encore, j'ai là un cheval frais, prends-le et cours sans t'arrêter jusqu'à la lisière de la forêt, du côté qui regarde Versailles : tu trouveras là une maison de garde, et, en te présentant en mon nom, on ne refusera pas de t'y donner asile; car c'est là que demeure la jeune paysanne dont je te parlais tantôt; on n'ira certainement pas te chercher en cet endroit; et quant à moi, je te rejoindrai dans la nuit et te dirai ce qu'il m'aura été possible de faire pour assurer ta fuite.

— Merci, Mirepoix, répondit froidement d'Anglars, j'ai joué comme un fou et j'ai perdu comme un sot, mais je ne suis pas un lâche, et tu sais la devise de mon blason, *nusquam retrorsum*. J'y veux être toujours fidèle et suis prêt à payer la partie comme il plaira au roi. Il ferait beau voir un gentilhomme d'une des meilleures maisons de France fuir devant le cotillon d'une favorite.

— Mais, mon pauvre d'Anglars, tu ne sais donc pas que ces gens-là sont capables de tout. Pour faire sa cour à madame de Maintenon, le chancelier peut t'impliquer dans quelque bonne conspiration; tu seras bien avancé alors. Qui sait si ta tête...

— Oh! qu'à cela ne tienne, s'il en doit résulter un enseignement pour la noblesse! J'ai toujours admiré Montmorency et Cinq-Mars, et je déteste la favorite comme ils détestaient le cardinal.

— Tu es un insensé, sauve-toi, je t'en conjure. Je fais plus, au nom de notre amitié, je le veux, je l'exige.

— Voilà quelqu'un qui ne le veut pas, reprit d'Anglars avec le même sang-froid, en montrant à Mirepoix un officier des gardes qui s'avançait en compagnie d'un certain nombre de mousquetaires et de gendarmes de la garde, tenant dans sa main une lettre scellée aux armes de France.

— C'est vous, monsieur, qui êtes M. le comte d'Anglars, dit cet officier.

— Oui, monsieur, et à vos ordres.

— Je suis chargé par Sa Majesté de vous remettre ce message.

— Oh! mon Dieu, répondit d'Anglars, vous pouvez vous en dispenser, Je n'ai pas besoin de lire cette lettre, et je vous crois sur parole. Veuillez me dire seulement où je dois me rendre, à Pignerol ou à la Bastille?

En même temps il tira son épée du fourreau et la présenta à l'officier.

— Que faites-vous, monsieur? s'écria celui-ci avec la plus grande surprise. Lisez cette lettre.

— Puisque vous y tenez absolument... reprit d'Anglars.

Et ayant brisé le cachet, il tira de l'enveloppe un papier scellé également du grand sceau de France. C'était un brevet qui le nommait au grade de cornette dans les gendarmes de la garde, et tous ceux qu'il voyait là venaient pour le complimenter. Il passa la main sur son front et essuya la sueur froide qui le couvrait.

— Ah ça, que disais-tu donc! murmura Mirepoix à son oreille.

— Moi! répondit d'Anglars confondu, du diable si j'y comprends un mot, à moins pourtant que madame de Maintenon ne soit comme la république de Venise, qui, au dire de mon gouverneur, ne traite jamais si bien ses ennemis qu'au moment où elle vient d'assurer leur perte.

— Cela pourrait bien être, reprit Mirepoix.

Comme ils parlaient ainsi, un carrosse attelé de quatre chevaux vint à passer dans l'allée et s'arrêta à peu de distance, puis une glace s'abaissa et une jeune femme qui était dans l'intérieur se pencha à la portière; et, faisant signe de la main à notre gentilhomme qui s'avança en rougissant:

— Monsieur le comte, s'écria-t-elle avec un charmant sourire, je vous avais dit: au revoir!

III

Le Cartel.

Décidément, se dit le jeune comte d'Anglars en revêtant les insignes de son nouveau grade, pour aller le lendemain des événemens qui précèdent se poster sur le passage du roi, décidément il n'y a qu'heur et malheur en ce monde, et je reconnais que j'avais tort de me décourager. C'est au moment où la fortune semblait me tourner tout à fait le dos, qu'elle me tend la main de la façon la plus engageante: tâchons d'en profiter. D'abord, je commence à croire que la veuve Scarron ne m'a pas reconnu et que j'ai été un sot, en perdant ainsi la tramontane en présence de toute la cour. J'aurais dû réfléchir qu'elle n'avait fait que m'entrevoir la nuit aux flambeaux, que j'avais alors un tout autre costume, et enfin que j'étais en chaise. Ainsi, rien à craindre de ce côté: me voilà délivré de ma mauvaise fée. Quant à l'autre, cette belle Maria Hernandez, je ne serais ma foi pas surpris d'avoir retrouvé en elle ma bonne fée dans toute l'acception du mot. Car enfin, rien ne la forçait de faire arrêter son carrosse pour me parler et surtout pour m'adresser un si doux reproche. Il est fort possible, après tout, que je me sois trompé dans mes conjectures, qu'elle n'ait pas d'amant et que la place soit encore à prendre. Vive Dieu! c'est ce que je veux éprouver un peu.

Tout en se livrant à ces réflexions, notre gentilhomme s'était rendu dans la cour d'honneur du palais de Marly où déjà les carrosses du roi étaient rassemblés pour le départ. Car, après avoir passé quelques jours dans cette résidence favorite de ses dernières années, Louis XIV allait retourner à Versailles. Bientôt en effet le tambour battit aux champs, les trompettes sonnèrent, et le roi parut. Avant de monter dans son carrosse, il passa devant le front de la compagnie des gendarmes de la garde; et, apercevant le nouveau cornette, il s'arrêta devant lui en souriant. Sans doute le souvenir de la scène de la veille était bien pour quelque chose dans ce sourire. La faveur des rois se détermine souvent, on le sait, sous l'influence des plus singuliers mobiles. Louis XIV, ce roi si absolu, qui n'avait pas vu sans en être flatté intérieurement, la terreur soudaine qui s'était emparée, la veille au belvédère, du jeune d'Anglars, terreur qu'il ne manqua pas d'attribuer dans son royal orgueil à un tout autre motif que la réalité. Il pensa que l'auguste majesté empreinte sur son front et le pompeux cortége dont il était entouré, avaient ébloui le pauvre gentilhomme au point de lui faire perdre la parole. Racine, le grand poète, le parfait courtisan, n'avait-il pas montré Esther prise d'une respectueuse défaillance à l'aspect du glorieux Assuérus assis sur le trône? Et Louis XIV s'était reconnu avec plaisir dans le portrait d'Assuérus. Si Philippe d'Anglars ne rappelait qu'imparfaitement la charmante Esther, du moins les traits de ce jeune blondin offraient une vague ressemblance avec ceux de ces beaux séraphins qu'on voit dans les tableaux d'église, prosternés devant le Très-Haut, dans l'attitude de l'adoration et de la prière. On le voit, le grand roi ne devait trouver dans sa mémoire que des motifs d'absoudre notre gentilhomme de sa frayeur, en même temps que les points de comparaison qu'il y rencontrait pour lui-même chatouillaient agréablement la vanité du monarque. Enfin, abstraction faite de tout cela, d'Anglars avoit un grand mérite, celui d'avoir retrouvé le cerf blessé par l'arquebuse royale. En **1701**, une telle découverte équivalait au moins à une action d'éclat sur le champ de bataille. Aussi, un malencontreux plaisant s'étant permis la veille au belvédère je ne sais quel sot propos sur le mutisme du jeune d'Anglars, croyant sans doute ainsi faire rire le roi, tous les courtisans qui s'apprêtaient déjà à riposter dans le même sens, au cas où Sa Majesté l'eût eu pour agréable, ne furent pas peu surpris en l'entendant s'écrier d'un ton fort sec, qu'il valait beaucoup mieux pécher par excès d'humilité que par excès de hardiesse, et qu'il serait bon que certaines personnes prissent exemple de M. le comte d'Anglars. On apprit deux heures après que ce jeune gentilhomme, tout nouveau venu dans les gendarmes de la garde, avait été fait cornette, et Dangeau qui l'avait amené, et qui un moment avait craint pour cela une disgrâce, eut ce soir-là même les honneurs du bougeoir.

Après ce préambule indispensable, on ne s'étonnera pas de voir le grand roi s'arrêter avec une bienveillance marquée devant notre gentilhomme, et de l'entendre s'écrier du ton le plus affectueux :

— Eh bien! monsieur le comte d'Anglars, êtes-vous satisfait ?

— Ah! sire! reprit le jeune cornette, ma reconnaissance. .

Mais le roi l'interrompant :

— Allons, servez-moi bien, faites votre devoir, et nous ferons en sorte qu'il en soit toujours ainsi. Vous avez encore votre père? A-t-il d'autres enfans que vous?

— Onze enfans, sire, en me comptant.

— Peste! parlez-moi de la noblesse d'Auvergne! Nous tâcherons en temps et lieu de faire quelque chose en leur faveur, entendez-vous. Quant à vous, mettez-vous promptement en état de commander une compagnie de cavalerie. Bonjour, d'Anglars, bonjour, messieurs.

Cela dit, le roi monta dans son carrosse, et l'on partit pour Versailles.

Le jeune comte fut de l'escorte. Comme son front rayonnait en parcourant au grand trot la route qui conduit du palais de Marly à la ville royale, à laquelle jadis il avait adressé de si foudroyans adieux! Comme sa poitrine dilatée aspirait voluptueusement de larges bouffées d'air! Comme il éperonnait gaîment son joli cheval blanc, auquel il semblait dire: « Tu portes d'Anglars et sa fortune. »

Arrivé à Versailles, il n'eut pas plutôt mis pied à terre que, courant à Mirepoix:

— N'est-ce pas aujourd'hui, lui dit-il, jour d'assemblée chez la Hernandez? Y viens-tu avec moi?

— Ah! ah! répondit Mirepoix en riant, tu te ravises donc depuis que tu es cornette? Diable, mon cher, quel changement! Allons, je suis ton Pylade, à condition que tu ne tourneras plus à l'Oreste, comme ces jours passés. Tu conviens donc maintenant que tu es le mortel préféré de la Hernandez; au fait, tu aurais mauvaise grâce à le nier, après ce qui s'est passé hier.

— Je conviens de tout ce que tu voudras; mais partons pour Paris.

— Donne-moi le temps de faire au moins un bout de toilette; car moi qui ne suis pas de la maison comme toi, je ne saurais me permettre de me présenter en bottes à l'écuyère devant ta princesse.

— Ah! c'est juste, j'oubliais. Il nous faut un quart d'heure pour nous mettre en tenue convenable; dans un quart d'heure, je suis à toi.

— Un quart d'heure, peste! comme tu y vas! Dis donc une heure. Je ne te reconnais plus; tu n'est plus Hippolyte aujourd'hui, tu es le bouillant Achille, qui maudit les instans qu'il ne passe pas dans sa tente auprès de sa captive Briséis.

— Va pour une heure.

Une heure après, en effet, les deux jeunes gens étaient en route pour la grande ville. Permettez-moi de passer sous silence les détails de leur voyage, et entrons avec eux sans plus de retard dans le somptueux hôtel de la Hernandez.

Il y avait ce soir-là grand monde chez Maria, gens d'épée, financiers, robins même, et, au milieu de toute cette brillante cohue, l'inévitable Barbançon. D'Anglars entra avec ce merveilleux aplomb que donne le bonheur. A sa vue, le chevalier, dont le visage portait éternellement stéréotipé ce sourire tant soit peu impertinent qui annonce chez certaines gens un parfait contentement de soi-même, ne put réprimer une légère grimace, bien qu'il affectât de le saluer avec sa courtoisie accoutumée. D'Anglars n'y prit seulement pas garde; et, après lui avoir rendu son salut, il se dirigea vers la maîtresse du logis. Il n'y eut rien dans les paroles qu'elle lui adressa qui différât des phrases de politesse reçues, et qu'elle adressait indistinctement à tous ses hôtes; mais celui auquel il aurait prit fantaisie d'observer le muet et expressif langage de ses beaux yeux noirs, y eût à coup sûr découvert tout autre chose que ce que sa bouche proférait. Ces yeux-là faisaient mille tendres reproches au jeune comte pour sa longue absence, et presqu'en même temps mille touchantes actions grâce de pour sa visite, pendant que sa voix psalmodiait le thème convenu en pareilles circonstances.

— Je suis fort aise, monsieur le comte, de recevoir l'honneur de votre visite. Je commençais presque à désespérer de vous revoir, et je me disposais à vous envoyer une sommation.

Pendant ce temps-là, le jeune comte ému, fasciné, demeurait presque muet, comme il l'avait été au belvédère de Marly, buvant à longs traits, selon l'expression si naïve et si vraie reçue alors, le poison que les yeux de l'enchanteresse faisaient pénétrer dans son âme, s'enivrant de son haleine, du parfum de ses cheveux, et oubliant dans sa contemplation oute cette foule qui tourbillonnait autour de lui. Mais ce fut bien mieux encore lorsque la jeune fille, saisissant un moment où elle crut n'être remarquée de personne, baissa la voix et lui dit avec émotion :

— Vous avez tenu la promesse que vous m'avez faite ici il y a un mois ; oh! merci ! merci ! Vous la tiendrez toujours, n'est-ce pas?

Tremblant, l'œil humide, d'Anglars se disposait sans doute à murmurer tout bas quelque charmante réponse, lorsqu'en levant la tête, il aperçut devant lui le visage sardonique de M. Barbançon, qui les contemplait l'un et l'autre avec une expression d'ironie presque sauvage. A cet aspect, il tressaillit involontairement ; car une minute à peine s'était écoulée depuis qu'il était entré dans ce cabinet retiré, séjour habituel de la Hernandez, et auquel s'attachait déjà pour lui plus d'un doux souvenir, une minute, une seule minute, et durant ce laps de temps, Barbançon, qu'il avait laissé dans une chambre voisine, prêt à entamer une partie de jeu, avait trouvé le moyen de se dégager et d'arriver là inopinément. Dans quel but? C'est ce que d'Anglars crut comprendre, lorsqu'il l'entendit s'écrier d'une voix pleine de sarcasme :

— Eh mais, que je ne vous dérange pas, senora ; vous aviez une confidence à faire à M. le comte d'Anglars, je me retire.

— Non, restez, chevalier, vous n'êtes jamais de trop, s'écria vivement la senora qui rougit et pâlit au même instant, et tendit au nouveau venu sa main à baiser, absolument comme on jette un gâteau à un terrible mâtin pour l'empêcher de mordre et d'aboyer.

En voyant cette marque d'insigne faveur accordée à celui qu'il pouvait considérer dès lors comme son rival, le jeune d'Anglars sentit le serpent de la jalousie s'éveiller dans son cœur, et ce fut à son tour de froncer le sourcil en interrogeant d'un regard scrutateur les yeux de la Hernandez, ces yeux qui du moins, à défaut de la bouche, auraient dû le rassurer ; mais, hélas! après y avoir lu tout à l'heure tant de tendresse, il n'y trouva plus que l'indifférence et presque le dédain, tant l'apparition du chevalier de Barbançon avait déterminé une transformation subite dans les manières de la comédienne.

Honteux, mécontent de lui-même, il tourna sur ses talons, et abandonnant la place à M. de Barbançon, il fit quelques pas dans la chambre et se mit à contempler d'un air distrait le portrait de M. le marquis de Siete Yglesias y Hermosa y Andres, dégagé ce soir-là du voile jaloux qui ne le couvrait apparemment qu'en l'absence de témoins. Tout en se livrant à cette occupation machinale, il s'aperçut que le chevalier et la senora causaient entre eux à voix basse et d'une manière assez animée ; il ne douta point qu'il ne fût l'objet de cette conversation.

Allons! se dit-il, il paraît que c'est décidément ce Barbançon qui est son amant, et personne ici n'a l'air de s'en douter. Doubles et triples sots que ces gens-là! Selon toute apparence, monsieur se plaint à cette heure de ce qu'on m'ait si bien accueilli, et on lui demande grâce pour cela, à ce beau vainqueur! Monsieur me fait l'honneur d'être jaloux de moi ; monsieur use de ses droits, car il en a, cela n'est pas douteux, ou bien la Hernandez n'est qu'une franche coquette, qui désire attacher à son char le plus d'esclaves possible. Mais, non, il y a plus que de la coquetterie dans tout cela. La voilà donc, cette vertu si vantée, cette beauté sauvage, dont les rigueurs ont fait le désespoir de tant de fils de famille ! la voilà qui se donne à un Barbançon, à un cadet! Et c'est pour être témoin du bonheur de mon rival qu'elle me fait venir ici! Après avoir fait de moi un jouet, a-t-elle donc l'intention d'en faire un plastron ? Ah mordieu! cela ne sera pas, et je lui prouverai qu'on ne se joue pas deux fois de moi.

C'est sous l'influence de pareilles pensées qu'il sortit de la chambre pour aller demander des distractions au jeu ; car il pensa que s'il partait incontinent après être arrivé, ce départ serait remarqué et attribué à quelque beau dépit d'amour.

Il y a un proverbe qui dit : Malheureux au jeu, heureux en maîtresses. Si ce proverbe n'est pas menteur, d'Anglars devait être bien heureux de ce dernier côté, car il perdit littéralement tout ce qu'il avait dans sa bourse. Celui qui le gagna était un gros traitant qu'il eût volontiers donné à tous les diables, ne fût-ce que pour la manie que cet homme avait de répéter à chaque coup, en poussant un profond soupir, que rien ne lui faisait tant de peine que d'emporter l'or des jeunes gentilshommes.

Quand il eut bien vidé sa bourse, il reprit son chapeau et ses gants et se disposa à quitter l'hôtel ; mais il est vraisemblable qu'il se trompa de chemin ; car, au lieu de gagner la porte de sortie, il se trouva, je ne sais comment, rentrer dans le parloir de la Hernandez. Peut-être, il faut le croire pour l'honneur de notre gentilhomme, avait-il oublié là quelque chose.

Il y avait cercle autour de la comédienne lorsqu'il entra, et la conversation semblait assez animée. On parlait de la jeune marquise de Fenestranges dont l'amant avait été tué en duel un an auparavant, et qui allait prendre le voile à l'abbaye de Chelles, la semaine suivante. La cour et la ville (aujourd'hui on dirait tout Paris) devaient assister à cette cérémonie ; c'était une belle occasion de faire assaut de luxe et d'élégance : aussi n'était-il question que des préparatifs auxquels on se livrait de toutes parts dans cette vue.

— Vous verrez, disait Barbançon, la nouvelle livrée que madame la maréchale de Boufflers a commandée pour cette occasion, c'est tout ce qu'on peut concevoir de plus magnifique à la fois et de plus coquet.

— Quant à moi, disait le gros financier qui avait gagné tout l'or du jeune d'Anglars, je compte bien aussi faire parler de moi et de mon carrosse, qui sera exquis, car on sait que je ne regarde pas à la dépense.

— Pour ma part, ajouta avec intention un vieux duc à brevet, je me suis contenté de faire repeindre mes armoiries.

Ici Mirepoix, qui venait de s'approcher de son jeune camarade, lui dit à l'oreille :

— On devrait bien changer de conversation, ne fût-ce que par égard pour nous qui n'avons pas de carrosse. Qu'en dis-tu ?

D'Anglars ne répondit pas, il était absorbé dans une profonde rêverie.

— Et vous, ma toute belle, s'écria vivement un jeune seigneur en s'adressant à la Hernandez, ne vous verra-t-on pas à Chelles ?

— Moi ! répondit la comédienne, je le voudrais de grand cœur, mais je me rends justice, et je pense que la place d'une fille d'Opéra n'est point à Chelles, un jour de prise de voile surtout, un jour où monseigneur de Paris doit y officier. Que diraient toutes vos grandes dames, messieurs ?

En parlant ainsi, la Hernandez avait une expression de physionomie vraiment remarquable : ses grands yeux noirs brillaient d'un vif éclat, ses narines étaient légèrement gonflées, comme si son orgueil de fille d'hidalgo eût protesté intérieurement contre l'humilité qu'elle se voyait obligée de montrer ; et les deux coins de sa bouche, relevés d'une manière presque imperceptible, achevaient de donnr à son visage un caractère plein de majesté.

— Nos grandes dames, répondit un des assistans, mourraient de dépit en se voyant effacées par vous en grâces, en élégance et en beauté.

— Pour moi, dit Barbançon, je ne vois qu'une chose susceptible de contrarier nos grandes dames, c'est qu'ayant toutes des amans à foison, elles pourraient se trouver offensées d'être en contact avec une fille d'Opéra qui, jusqu'à ce jour, n'a donné à personne aucun droit sur son cœur.

— C'est fort bien dit, Barbançon, s'écria-t-on de toutes parts.

— Mais cela n'est pas prouvé, murmura intérieurement le jeune d'Anglars.

— Au surplus, s'écria Mirepoix, s'il prend fantaisie à la senora d'aller à Chelles, qui en saura quelque chose?

— Oh! ma livrée est connue, balbutia faiblement la Hernandez.

— Qu'à cela ne tienne, s'écria vivement le vieux duc à brevet qui avait parlé de ses armoiries, je vous offre mes gens et mon carrosse, à condition, ma toute belle, que vous me permettrez d'y prendre place à vos côtés.

— Ah! reprirent plusieurs des assistans à la fois, à une telle condition il n'est aucun de nous qui ne donnât une bonne part de son sang pour avoir l'honneur d'être le chevalier de la senora.

— En vérité, messieurs? ditla jeune fille en souriant.

— Senora, interrompit le vieux duc avec une pétulance sans égale, qu'il vous souvienne que j'ai la priorité.

— Oui, dit un jeune seigneur, mais la senora est libre de son choix. Senora, prenez mon carrosse et demandez-moi ma vie après.

— Senora, prenez mon carrosse et demandez-moi ma fortune, dit le gros traitant qui avait gagné d'Anglars.

Ici, tous ceux qui étaient dans la chambre se levèrent en tumulte et s'empressant autour de la comédienne :

— Senora! senora! répétèrent-ils à l'envi, par grâce, par pitié, prenez mon carrosse.

Il est même vraisemblable que parmi ceux qui firent si généreusement cette offre, il en était plusieurs, Mirepoix entre autres, qui se seraient trouvés fort embarrassés de la réaliser. D'Anglars seul ne crut pas devoir s'y associer, et il demeura impassible à sa place. La Hernandez s'en aperçut; et, laissant tomber sur lui un regard à attendrir un rocher :

— Et vous, s'écria-t-elle, monsieur le comte d'Anglars, vous ne m'offrez point votre carrosse?

Toute la résolution du jeune comte, si tant est qu'il eût une résolution dans cette circonstance, tomba comme un château de cartes devant ces simples mots de la femme qu'il eût voulu haïr et qu'il ne pouvait s'empêcher d'aimer. Toutefois, ému, embarrassé, il gardait encore le silence; tout à coup Mirepoix s'écria :

— Ce pauvre comte! ah! senora, quelle inhumanité!... vous savez bien qu'il n'a pas plus de carrosse que moi.

Mais Barbançon l'interrompant vivement :

— Qui dit cela, messieurs, que M. le comte d'Anglars de Rochevert n'a pas de carrosse? C'est une calomnie, n'est-ce pas, monsieur le comte? et la senora et moi nous pouvons l'attester.

Puis, se penchant vers la Hernandez, il ajouta :

— Ne vous souvient-il plus, belle dame, du carrosse de M. le comte d'Anglars, celui dans lequel nous le rencontrâmes à son entrée dans Paris?

D'Anglars rougit jusqu'au blanc des yeux.

— Ah ça, lui dit Mirepoix à l'oreille, tu ne m'avais pas dit que tu avais un carrosse.

Pourtant d'Anglars parvint à maîtriser son trouble; et, lançant à Barbançon un coup d'œil presque menaçant, il s'écria :

— Celui-là ou tout autre.

— Peste! murmura Mirepoix.

— Il est vrai, ajouta le jeune comte avec un merveilleux aplomb, que je suis si nouveau venu à la cour que je n'ai pas encore tous mes équipages; mais ils sont commandés...

— Ah ça, dit Mirepoix toujours à voix basse, c'est donc depuis que tu es cornette.

— Tais-toi donc! reprit de même notre héros; puis il répartit à haute voix : Ils sont commandés depuis long-temps, et je suis étonné qu'on ne m'ait pas encore amené mon carrosse. Cela ne saurait tarder, et si la senora veut bien me faire l'honneur de m'accepter pour son cavalier...

— Ce serait avec plaisir, monsieur le comte, répondit Maria, mais je pense qu'il est temps de renoncer à une plaisanterie.

— Non pas, non pas, crièrent à l'envi tous les assistans, ce n'est pas une plaisanterie, et vous ne pouvez vous dédire maintenant, senora.

— Senora, ajouta en même temps le jeune d'Anglars avec amertume, dès lors que vous me faisiez l'honneur de vous adresser à moi, j'aurais dû me douter en effet que ce ne pouvait être qu'une plaisanterie.

La Hernandez lança au jeune gentilhomme un de ces regards dont rien ne saurait rendre l'expression, et elle dit avec la plus grande froideur :

— Puisqu'on veut prendre ceci au sérieux, j'accepte l'offre de M. le comte d'Anglars.

Un chuchotement assez significatif accueillit cette conclusion, chacun se demandant comment un nouveau venu, qu'on n'avait fait qu'entrevoir une seule fois au logis de la Hernandez, et qu'elle-même paraissait connaître fort peu, avait pu obtenir une faveur aussi précieuse. Aussi, Dieu sait quels regards d'envie s'attachèrent sur lui et combien il eut besoin de toutes les grâces presque féminines dont la nature semblait s'être plu à le doter pour n'être pas déclaré instantanément indigne du choix dont il venait d'être l'objet. Mirepoix et Barbançon furent les seuls qui ne donnèrent aucun signe d'étonnement; Mirepoix ne voyait en effet dans ce qui venait de se passer qu'une conséquence naturelle de la fameuse entrevue sur les détails de laquelle on lui avait inhumainement refusé toute espèce d'explication; quant à Barbançon, il avait le sourire sur les lèvres, mais c'était évidemment un sourire forcé.

D'Anglars, tout stupéfait de son triomphe, ne put que s'emparer de la main de la comédienne qu'il baisa avec toute l'effusion de la plus vive gratitude, en lui demandant mentalement pardon de ses injustes soupçons; dès lors il devenait évident pour lui que Barbançon, en le supposant même son rival, était dépourvu de toute espèce de droits, et surtout qu'il n'était pas un rival préféré. Combien n'aurait-il pas donné, dans un pareil moment, pour pouvoir être seul avec Maria, pour lui exprimer autrement que par des regards tout ce qui se passait dans son âme, pour pouvoir se jeter à ses genoux en pleurant et lui confesser tout ce qu'il avait osé penser d'elle, et implorer sa pitié et l'adorer comme une déesse! Oh! que de choses n'aurait-il pas à lui dire dans ce jour fortuné où il lui serait permis de se trouver de nouveau seul avec elle, et, seul, du propre assentiment de Maria! C'était à en perdre d'avance la raison.

Peut-être la comédienne jugea-t-elle qu'en effet la prolongation de sa présence n'était pas sans danger pour le cerveau du jeune d'Anglars ; car, sans attendre même le départ de ses hôtes, elle prétexta un peu de fatigue et se retira.

Rien ne retenait plus dorénavant notre héros dans ce logis où ses yeux ne pouvaient plus rencontrer ceux de l'enchanteresse. Il se mit donc en devoir d'en sortir. Comme il traversait l'antichambre, un valet vint à lui et lui remit un billet dont il lui annonça qu'on attendait la réponse à l'instant même. Ce billet, tracé à la hâte au crayon, était ainsi conçu :

« Monsieur le comte, je ne sais si vous avez mûrement réfléchi aux inconvéniens de tout genre que doit entraîner pour vous la résolution que vous semblez avoir prise de conduire la senora Hernandez dans votre carrosse à l'abbaye de Chelles. A tous ces inconvéniens, permettez-moi d'en ajouter un, c'est celui de vous couper la gorge avec moi, dans le cas où vous persisteriez dans votre projet. »

Ce billet était signé Barbançon, et il y avait en outre un *post-scriptum* par lequel le même Barbançon exprimait le désir que son cartel restât secret.

Le comte tira un crayon de sa poche et écrivit au bas du billet :

« Je conduirai la senora Hernandez à Chelles dans mon carrosse, et serai ensuite tout aux ordres de M. le chevalier de Barbançon. »

VI

Ce que coûte un Carrosse.

Le jeune d'Anglars rentra tout joyeux à son hôtel de l'île Saint-Louis, et beaucoup plus occupé des moyens de se procurer un carrosse que du cartel de M. le chevalier de Barbançon, pour lequel il commençait à éprouver presque de la commisération, depuis qu'il ne voyait plus en lui qu'un rival malheureux. Aussi, lorsque Antoine vint lui présenter ses devoirs à la tête de ses gens, il leur montra un visage affable et radieux que, depuis un mois, ceux-ci n'étaient plus habitués à lui voir, et il commanda même à son fidèle majordome de faire distribuer à l'office un quartaut de vieux vin de Bourgogne, afin qu'on bût à sa santé et à son heureux retour dans ses foyers après une campagne... à Marly.

La livrée sortit fort enchantée de cette libéralité, et, peu de temps après, Antoine revint.

— Eh bien! la distribution est-elle faite? s'écria d'Anglars avec gaîté.

— Monsieur le comte, répondit gravement Antoine, je viens vous demander de l'argent pour acheter ce quartaut de vin, attendu que la cave est vide.

— Eh bien! en te faisant mon intendant, ne t'ai-je point remis tout l'argent que je possédais, dix mille livres? C'est à toi de prendre ce qu'il faut dans ma cassette.

— Monsieur le comte, la cassette est comme la cave.

D'Anglars tressaillit et balbutia :

— Mais ces dix mille livres?...

— Ces dix mille livres étaient réduites à moins de mille, il y a environ un mois, si monsieur le comte veut bien s'en souvenir. Il n'en saurait par conséquent rester beaucoup aujourd'hui, et c'est tout au plus si, avec ce restant-là, je pourrai tenir la maison, telle qu'elle est montée, pendant une huitaine encore. Je suppose, au surplus, à l'air de gaîté avec lequel monsieur le comte est rentré à l'hôtel, que monsieur le comte rapporte quelques fonds.

— Ah! mon Dieu, mon pauvre Antoine, pas un écu. J'avais encore dans ma bourse une vingtaine de pistoles que j'ai perdues au jeu cette nuit. Pourtant, il me faut de l'argent à tout prix.

— Je pense exactement comme monsieur le comte.

— J'ai à acheter un carrosse.

— Un carrosse, bon Dieu! ah! miséricorde!

— Oui, Antoine, j'ai le plus pressant besoin d'un carrosse. Il faut que je tienne mon rang à la cour; car tu sauras, Antoine, que je suis promu au grade de cornette dans les gendarmes de la garde, et il est même fort étrange que je n'eusse pas encore de carrosse, lorsque je vois tant de hobereaux pourvus de ce véhicule.

A ces argumens, Antoine n'opposait d'autre réplique que ces mots qui semblaient dans sa bouche le répons d'une litanie funèbre :

— Un carrosse, monsieur le comte! un carrosse!

D'Anglars impatienté finit par s'écrier :

Oui, par la mordieu, je veux un carrosse! et il me le faut dans trois ou quatre jours au plus!

— Qu'à cela ne tienne, monsieur le comte, vous l'aurez aujourd'hui même si vous avez de l'argent. Oh! Paris est une ville merveilleuse pour cela; mais comment voulez-vous sans argent et avec fort peu de crédit...

— De l'argent! du crédit! Eh bien, c'est justement ce qu'il faut que tu me procures, Antoine. Est-ce que tu n'as jamais été à la comédie?

— Oh! si fait.

— Alors, tu as dû voir qu'un jeune gentilhomme a toujours un factoton, valet, intendant ou autre qui n'a d'autre emploi que de procurer de l'argent à son maître quand il en manque.

— Excusez-moi, monsieur le comte; pour ma part je n'ai pas la moindre imaginative.

— Il faut donc que j'en aie pour toi : tu vas me faire déroger.

— Mais, après tout, je ne puis concevoir ce qui vous presse tant d'avoir un carrosse. Ne pouvez-vous attendre un peu? Monseigneur de Rochemontais est vieux, et il ne se passera pas long-temps, sans qu'il vous laisse les moyens d'acheter, non pas un, mais deux et trois carrosses.

— C'est que je ne puis attendre une semaine, un jour même. Antoine, si tu savais quel prix glorieux et inestimable est attaché pour moi à la possession de ce carrosse. La Hernandez, cette merveilleuse beauté, cette imprenable forteresse...

— Ah! monsieur le comte, interrompit vivement le majordome, vous voilà encore dans les filets de cette comédienne, malheur à vous!

— Tu ne sais ce que tu dis, avec tes mauvais augures, et je n'y ajoute aucune foi, car j'ai la certitude d'être aimé, et je veux ce carrosse, dussé-je vendre mon âme au diable pour cela. Écoute, il n'y a pas de temps à perdre. Mettons-nous en campagne, chacun de notre côté; moi, je vais chez mon oncle, l'évêque d'Icosie. Il y a long-temps que je ne l'ai vu, mais je trouverai moyen d'arranger les choses. Je lui parlerai si bel et si bien de ses homélies, qu'il ne pourra s'empêcher de délier les cordons de sa bourse. Toi, de ton côté, cours chez les juifs de la capitale, parle-leur de ma noblesse, de ma position à la cour, de mon grade de cornette. Il est impossible que sur de telles garanties tu n'obtiennes pas quelque argent. Allons, Antoine, mon fidèle intendant, du zèle, de l'activité, secoue un peu ta gravité des montagnes. Sois tranquille, sur tes vieux jours je te ferai quelque bonne pension qui te dédommagera amplement des pas et des démarches que je te demande maintenant. Alors, tu pourras te reposer dans quelqu'un de mes châteaux, dont je te constituerai le gardien.

Et le maître et le majordome se séparèrent.

Après avoir essuyé la lecture des plus beaux passages des homélies de son oncle, lecture qu'il se vit forcé de faire lui-même à haute voix et qui ne dura pas moins de deux heures, le comte d'Anglars obtint le don du précieux volume qui les contenait, accompagné d'une cinquantaine de louis. Antoine moins heureux ne put qu'amener avec lui un juif qui désira, avant de rien conclure, faire connaissance avec le débiteur qu'on lui proposait. Cet honnête usurier commença par exiger un engagement formel sur la succession de M. le marquis d'Anglars de Rochevert et sur celle de monseigneur l'évêque d'Icosie, dont il voulait même à toute force avoir la signature; cependant, comme on parvint à lui persuader qu'il était peu vraisemblable que monseigneur se montrât disposé à satisfaire cette prétention de la part d'un israélite, il y renonça, et se contenta de stipuler un modique intérêt de douze pour cent par mois. Ces bases posées, il promit d'apporter le lendemain ou le surlendemain un premier prêt de huit cents livres, dont moitié en espèces sonnantes, moitié en marchandises, se réservant de ne pas s'en tenir là, au cas où les informations qu'il prendrait de son côté correspondraient à celles qu'il venait de recevoir. On fut obligé d'en passer par là.

En admettant que les marchandises pussent être vendues moitié de leur valeur représentative, toutes ces ressources réunies formaient un total de mille huit cents livres, et ce n'est pas avec mille huit cents livres qu'on a un carrosse, des chevaux, des harnais et tout ce qui s'ensuit. Cependant d'Anglars manda immédiatement le premier carrossier de la ville, convoqua le ban et l'arrière-ban des marchands de chevaux et s'en remit à sa bonne étoile de l'acquittement de toutes ces dépenses. Pendant ce temps-là, il n'était bruit à la cour et à la ville que de la grande nouvelle.

— Savez-vous ce qui se passe? disait-on, la belle Maria Hernandez a enfin trouvé son vainqueur.

— Ah! vous voulez rire!

— Non pas, la chose est authentique; cette grande inhumaine est sur le point de se rendre...

— A qui donc? A monseigneur, peut-être?

— Non pas.

— A M. le duc de Chartres?

— Moins encore.

— Serait-ce pas à M. le maréchal de Boufflers, qui s'est si hautement affiché pour elle au dernier camp de Compiègne?

— Vous n'y êtes pas; cette gloire appartient au petit d'Anglars, un gentilhomme d'Auvergne qui doit être, dit-on, immensément riche un jour à venir, et qui mange pour elle tout son bien en herbe. Ce jeune seigneur doit la conduire à Chelles, à la prise de voile de madame de Fenestranges, et il fait construire pour cela un carrosse d'un prix inestimable auquel on travaille nuit et jour dans l'atelier de Palaux. L'attelage sera composé de quatre chevaux blancs dont on dit merveille; et on prétend que les harnais et les rênes figureront des guirlandes de myrte et de roses.

D'Anglars ne pouvait plus faire un pas, sans que les hommes se le montrassent avec envie, et les femmes avec une curiosité qui, dit-on, dégénérait parfois en convoitise. A l'Opéra, où il ne manquait pas une des représentations de la Hernandez, il n'y avait de regards que pour lui; et, comme il arrive toujours en pareil cas, il aurait eu vingt bonnes fortunes par jour, s'il l'eût voulu. Car, en 1701 comme aujourd'hui, il suffisait d'un triomphe tant soit peu éclatant, pour que toutes les femmes se jetassent à la tête du triomphateur, qu'elles eussent vraisemblablement à peine regardé s'il leur avait été présenté comme totalement dénué de maîtresses. Quant à d'Anglars, insensible à toutes les œillades, il ne vivait, ne respirait que pour la Hernandez, passant ses journées dans les ateliers à surveiller le travail des ouvriers, et ses soirées à l'Opéra, ou à l'hôtel de la Hernandez, toutefois sans jamais être seul avec elle. Cette comédienne le recevait poliment, mais sans préférence marquée, souriant aux nombreuses questions qu'il lui faisait sur les couleurs, sur les ornemens qui lui plaisaient le plus dans la disposition d'un carrosse. Le temps des langoureux et doux regards était passé, mais, en conscience, d'Anglars ne pouvait s'en plaindre. A la veille d'une défaite en quelque sorte publique, une femme a certaines convenances à garder. Lorsqu'on a beaucoup donné en une seule fois, il est naturel qu'il y ait un temps d'arrêt pour les petits cadeaux. Enfin, l'amour ne devient guère exigeant que lorsqu'il n'a plus rien à attendre.

Il était bien rare que le jeune comte ne rencontrât point le chevalier de Barbançon aux assemblées de Maria; tous deux en étaient quittes pour se saluer avec une politesse un peu affectée, mais sans jamais s'adresser une parole. Cependant, en dépit de la discrétion et de la réserve de ces deux rivaux, dans le regard calme et froid qu'ils échangeaient ensemble, un observateur tant soit peu expérimenté, une femme surtout, n'eût pas manqué de découvrir l'étincelle d'où doit naître un violent incendie.

Enfin il arriva ce jour tant souhaité qui devait éclairer le triomphe de notre héros. Comme, ce jour-là, cette fièvre que donne une grande attente l'éveilla de bonne heure! Quels soins infinis il donna à sa toilette! Un général d'armée ne combine pas avec plus d'attention le plan d'une bataille. Son carrosse lui avait été envoyé dès la veille. C'était tout ce qu'on pouvait imaginer de plus élégant à la fois, et de plus magnifique. L'écusson des d'Anglars de Rochevert, peint par le plus fameux artiste en armoiries, se détachait fièrement sur l'or des panneaux. Les deux anges qui en formaient les gracieux supports semblaient prêts à déposer sur le chef d'azur étoilé de trois molettes d'or, non pas seulement la couronne héraldique qui appartient à un comte, mais aussi la couronne de myrte et de laurier dont la riante mythologie ceignait le front des favoris de Vénus et de l'Amour. Les chevaux de la plus belle race, et il y en avait quatre, étaient blancs et tels qu'on nous représente ceux qui traînent le char d'Apollon. Ils étaient harnachés avec un goût exquis. Quant au cocher, après maintes recherches infructueuses à l'effet de trouver un Automédon d'une prestance et d'un embonpoint convenables pour occuper le siége ou plutôt le trône destiné au conducteur de ce superbe attelage, le jeune comte avait obtenu, à force de supplications et d'adroites flatteries, que le vénérable Antoine abdiquât pour cette fois seulement le frac d'intendant pour la casaque galonnée, et qu'il substituât à la plume qu'à ce titre il était appelé à manier tant bien que mal le long fouet à manche doré. Grâce à cette merveilleuse aptitude que possèdent certaines gens pour se prêter à toutes les transformations, comme à tous les exercices, Antoine était donc devenu cocher. C'était au moins sa sixième métamorphose depuis son arrivée à Paris; mais il est juste d'ajouter, à la louange de notre caméléon auvergnat, que cette dernière lui avait plus coûté que toutes les autres, et que, nonobstant tout son respect et son dévoûment pour son jeune maître, il s'était fait long-temps tirer l'oreille avant de conduire la fille de Satan, comme il nommait la Hernandez. C'était du reste le plus triomphant cocher qu'il soit possible d'imaginer que le gros Antoine, et il s'était fait coiffer d'une certaine perruque propre à le rendre entièrement méconnaissable aux yeux même de son maître.

Le jeune comte surveillait avec amour, d'une fenêtre donnant sur la cour de l'hôtel, tous les préparatifs de sa gloire; il se rengorgeait comme un paon qui étale tous les trésors de son plumage. Il s'épanouissait comme une rose au soleil.

— Me voilà enfin pourvu, se disait-il, comme il convient à l'aîné de la maison d'Anglars, et je puis me montrer par les rues de la ville dans un équipage digne de moi. Oh! si l'abbé et la religieuse me voyaient maintenant, je suis sûr qu'ils en pleureraient de joie; et M. de Lauzun, donc! quel dommage qu'il soit dans sa baronnie de Thiers!

Notre gentilhomme oubliait sans doute que l'abbé et la religieuse auraient pu pleurer, mais non pas de joie, en voyant leur élève conduisant à Chelles, dans son carrosse, une fille d'Opéra. Quant à Lauzun, il eût souri de pitié, lui qui avait conduit ainsi la reine d'Angleterre.

Tout à coup une pensée importune lui revint. Au milieu de tous ses préparatifs, il avait oublié le cartel de Barbançon, et c'était la première fois que, dans son ivresse, il apercevait, suspendue au dessus de sa tête, la redoutable épée de Damoclès. Soit bonheur, soit adresse, Barbançon s'était fait une haute réputation dans les duels. Qui sait si d'Anglars n'était pas destiné à servir à son tour de marche-pied à la gloire de ce dangereux adversaire et à payer de son sang le prix offert dans ce jour à sa vanité plutôt encore qu'à son amour? Frappé de cette idée, il demeura quelque temps rêveur; mais la voix d'un valet qui venait lui annoncer que tout était prêt pour le départ, l'arracha bientôt à cette préoccupation; et, après avoir donné un dernier coup de peigne à sa blonde chevelure, il descendit gaîment l'escalier en pensant que David avait tué le géant Goliath.

Au moment où, installé dans son carrosse, il se disposait à sortir victorieusement de son hôtel, voici qu'une surprise, à laquelle il était loin de s'attendre, vint couronner sa joie. Une douzaine de messieurs les gendarmes de la garde, Mirepoix en tête, apparurent à cheval dans la cour. On était au mois de février, le temps était fort beau, le soleil brillait, il y avait dans l'air comme une fraîche émanation de printemps, et ces messieurs avaient voulu en profiter pour accompagner le carrosse de leur nouveau cornette jusqu'à Chelles, ni plus ni moins que s'il eût été de maison royale. D'Anglars voulait modestement s'y opposer, mais il fallut céder au désir de ces jeunes fous, qui exaltaient bien haut l'honneur que faisait rejaillir sur la compagnie des gendarmes de la garde le triomphe de leur camarade sur tant de rivaux. Messieurs les mousquetaires en étaient, disait-on, profondément humiliés. Le comte obtint néanmoins qu'afin d'éviter de blesser l'amour-propre de la Hernandez, messieurs les gendarmes se rendraient directement à la porte Saint-Antoine, et qu'ils rejoindraient le carrosse dans le faubourg, comme par hasard. Ces conventions arrêtées, le carrosse et la petite troupe se mirent en marche par deux routes différentes: un quart d'heure après environ, notre gentilhomme faisait à grand bruit son entrée dans la cour d'honneur de l'hôtel Hernandez, dont les portes se refermèrent majestueusement sur lui.

Il fut introduit dans le cabinet, jadis témoin de son humiliation, et où il lui était enfin permis d'entrer en vainqueur; car, si ce titre ne lui appartenait pas encore, il était du moins bien près de l'obtenir. Maria l'attendait à demi-couchée sur le sopha que vous connaissez déjà. Elle était occupée à lire; un élégant déshabillé faisait ressortir tous les contours harmonieux de son corps et s'arrêtait juste assez à temps pour mettre à découvert un bas de jambe et des pieds dignes d'une déesse. D'épais rideaux de damas ne laissaient pénétrer dans la chambre qu'un demi-jour plein de volupté, en même temps qu'ils jetaient un doux reflet sur le visage de la charmante Espagnole. Elle se souleva languissamment en apercevant d'Anglars qui s'approcha d'elle avec ce maintien, moitié timide et moitié respectueux, moitié sémillant et moitié hardi, qui tient à la fois du séminariste et du page, et qui sied si bien à un gentil blondin de vingt-un ans : d'Anglars venait alors d'atteindre cet âge.

— Eh quoi! belle senora, s'écria-t-il avec surprise, vous n'êtes pas encore habillée? Sans doute, votre lecture vous a fait oublier l'heure, mais vous n'avez pas de temps à perdre si vous ne voulez pas manquer la cérémonie.

Maria prit la main du jeune gentilhomme; jamais elle ne lui avait accordé pareille faveur, et, l'attirant doucement auprès d'elle sur le sopha :

— Mon Dieu! lui dit-elle, vous allez bien m'en vouloir, mais, pour tout autre que pour vous, je n'eusse pas été visible; j'ai ma migraine aujourd'hui; je suis on ne peut plus souffrante; excusez-moi de vous manquer de parole.

Tout autre que d'Anglars eût peut-être béni une détermination qui, au lieu d'un incommode et bruyant tête-à-tête, dans un carrosse ouvert à tous les yeux, lui en offrait un plein de silence, de charme et de mystère, dans une chambre bien close, où nul regard indiscret ne pouvait pénétrer; mais, soit que cette pensée ne se fût pas d'abord présentée à l'esprit de notre novice gentilhomme, soit qu'il y ait des occasions où la vanité, poussée à son dernier paroxisme, permet difficilement à tout autre sentiment de se faire jour, d'Anglars ne vit dans le nouveau mécompte qui venait l'atteindre que son côté fâcheux, c'est-à-dire la ruine de ce laborieux échafaudage, construit avec tant de soins et de peines, depuis tantôt dix jours, et l'échec qui allait en résulter pour lui, vis-à-vis de tous ceux qui s'attendaient à le voir promenant sa conquête dans son char de victoire. Aussi son visage devint instantanément d'une pâleur extraordinaire, et il s'écria de cette voix brisée avec laquelle on accueille une nouvelle accablante, dont on voudrait pouvoir révoquer en doute la vérité :

— Senora, c'est une plaisanterie, n'est-ce pas? car votre visage servirait au besoin pour démentir vos paroles : jamais je ne vous vis plus fraîche et plus belle. Oh! dites que vous avez voulu seulement m'effrayer.

Maria fit un signe de tête négatif.

— Pourtant, ajouta le jeune comte en tremblant, je ne puis croire qu'au point où en sont les choses, votre intention soit de me manquer de parole, après un engagement aussi formel pris en présence de tant de témoins. Songez, senora, que tout le monde s'attend à vous voir dans mon carrosse et que si vous refusez d'y paraître, je deviendrai, moi, un objet de risée pour tout le monde. Ah! senora, vous ne voudrez pas qu'il en soit ainsi ; vous ne voudrez pas, après m'avoir élevé si haut par un seul mot de votre bouche, me faire descendre si bas : je vous le demande en grâce, senora. Que si l'idée d'être seule avec moi dans ce carrosse vous effraie, rassurez-vous ; plusieurs de mes amis doivent nous accompagner. les glaces seront ouvertes si vous le désirez, et d'ailleurs, senora, vous ne me faites pas l'injure de penser qu'en vous offrant mon carrosse. j'aie voulu en profiter pour vous tendre un guet-apens et m'arroger des droits que votre amour ne m'aurait point donnés.

En parlant ainsi, d'Anglars avait une attitude suppliante qui allait à merveille à son visage un peu féminin, et ses yeux bleus étaient pleins d'éloquence. Maria répondit avec un trouble visible :

— Je vous crois, monsieur le comte, je vous crois ; vous êtes un noble jeune homme, et je serais aussi en sûreté dans votre carrosse et sous vos auspices qu'ici même, au milieu de mes gens.

La jeune femme appuya beaucoup sur ces derniers mots, comme si elle eût voulu écarter une pensée qui, à coup sûr, était bien loin de l'esprit du jeune d'Anglars.

— Mais, ajouta-t-elle, je vous le répète, je suis souffrante et ne saurais me montrer aujourd'hui avec vous dans votre carrosse.

D'Anglars se leva brusquement ; et, attachant sur la jeune femme un regard dans lequel le dépit et la colère commençaient à l'emporter sur tout autre sentiment :

— Ainsi donc, s'écria-t-il, votre résolution est bien prise ?

Maria baissa la tête en signe d'affirmation.

— Alors, senora, poursuivit d'Anglars avec amertume, il ne me reste plus qu'une chose à penser, c'est que je suis encore, aujourd'hui comme il y a six semaines, la dupe d'une nouvelle mystification ; c'est qu'en prenant un engagement vis-à-vis de moi, vous étiez fermement résolue à ne le pas tenir !

— Monsieur...

— Vous niez ! prenez garde, senora, un désaveu de votre part pourrait me donner lieu à d'étranges soupçons. Si telle n'était pas votre intention, au moins est-il plus que probable que cette intention vous a été suggérée, et qui sait si ce n'est pas ce mystérieux inconnu qui a déjà eu l'insolence de m'envoyer, sous votre nom, un premier billet? Oui, tout m'éclaire et il en doit être ainsi. Que ne me disiez-vous plutôt, senora, que vous étiez sous la dépendance de quelqu'un, que ce quelqu'un vous dictait tous vos actes, que vous l'aimiez...

— Monsieur le comte, prenez garde, à votre tour que vos suppositions deviennent un outrage pour moi.

— Pardon, senora, je m'emporte et j'oublie que vous ne me devez aucun compte de vos résolutions ni de vos actes. Permettez-moi, en revanche, de garder des soupçons que je n'aurai plus l'audace de vous exprimer. Aussi bien, grâce au ciel, j'aurai bientôt un moyen de les éclaircir. et demain...

— Demain! monsieur, que voulez-vous dire?

— Ah! senora, chacun a des motifs secrets d'agir, souffrez que j'aie les miens, comme vous pouvez avoir les vôtres, que je respecte.

— Monsieur, répartit la Hernandez sur les traits de laquelle se peignit soudain un vif effroi, vous n'oublierez pas du moins, je suppose, qu'il est un mystère que vous m'avez promis de ne point chercher à pénétrer et qu'une promesse est chose sacrée.

— Je m'en aperçois, senora, répondit d'Anglars avec une froide ironie. Au surplus, quand je fais des promesses, moi, je les tiens, et je remplirai celle que je vous ai faite.

— Oh! oui, n'est-ce pas? D'ailleurs, s'il vous arrivait de l'enfreindre, retenez bien ce que je vous dis aujourd'hui, je ne vous reverrais de ma vie.

D'Anglars la regarda involontairement pendant qu'elle parlait ainsi, et il fut frappé de l'expression singulièrement triste et passionnée de sa physionomie. Sans pouvoir s'expliquer ce que la conduite de Maria à son égard présentait d'énigmatique, il se repentait déjà de sa dureté envers elle, et je ne sais trop s'il n'aurait pas fini par se jeter à ses genoux en lui demandant pardon de tous ses soupçons, si à cet instant la jeune femme n'eût cru devoir couper court à une entrevue évidemment pénible pour elle.

— Monsieur le comte, s'écria-t-elle en composant soudain son visage et d'un ton de reine de théâtre, je ne vous retiens plus maintenant, et je pense que vous ferez bien de partir pour Chelles, si vous ne voulez pas manquer la cérémonie.

D'Anglars se mordit les lèvres, et, s'inclinant brusquement, il sortit sans même baiser la main que lui tendait majestueusement la comédienne. A peine la porte se fut-elle refermée sur lui que la jeune femme poussa un faible cri et fondit en larmes. Quand elle eut bien pleuré, elle se mit à une table et écrivit...

Pendant ce temps-là, le jeune comte étant monté dans son carrosse ordonna à ses gens d'en fermer les rideaux et leur défendit, sous peine de renvoi immédiat, de répondre à toutes les questions qui pourraient leur être faites pendant la route, relativement à lui ou à la senora Hernandez.

— Et maintenant, dit-il, à l'abbaye de Chelles!

Les chevaux lancés au galop atteignirent bientôt le haut du faubourg Saint-Antoine. C'est là que Mirepoix s'était posté avec messieurs les gendarmes de la garde; et, comme ils avaient fini par perdre patience en n'apercevant pas le carrosse de leur camarade, ils avaient mis pied à terre et étaient entrés sans cérémonie au cabaret. L'un des garçons, qu'ils avaient mis en sentinelle en le chargeant de les prévenir dès qu'ils apercevrait un carrosse attelé de quatre chevaux blancs, accourut aussitôt, et chacun se remit en selle.

— Eh! arrive donc, cher comte, cria Mirepoix, tu verras que la cérémonie sera terminée, lorsque nous arriverons à Chelles.

Mais, voyant que glaces et rideaux, tout était hermétiquement fermé:

— Peste! messieurs, ajouta-t-il en s'adressant à ses camarades, pendant qu'il chevauchait en véritable écuyer cavalcadour à la portière du carrosse, je commence à m'expliquer le retard de notre jeune cornette; mais il paraît qu'il a bien des choses particulières et secrètes à dire à sa belle, puisque le mystère continue jusque sur la grande route. Ecoutez! n'avez-vous pas entendu le bruit d'un doux baiser?

Cette saillie fut accueillie par un éclat de rire général, et il ne fut aucun des jeunes fous qui ne fît serment d'avoir entendu non pas un, mais cent et mille baisers, bien qu'à vrai dire le bruit des roues et le piétinement des chevaux permît à peine de distinguer les paroles de ceux-là mêmes qui criaient le plus fort, comme notre jovial ami, M. de Mirepoix.

Pendant que messieurs les gendarmes de la garde s'en allaient ainsi le long de la route, riant et caracolant à qui mieux mieux autour du beau carrosse, Dieu seul sait l'étrange figure que faisait dans l'intérieur notre héros. Blotti dans son coin, il ne bougeait non plus qu'un saint dans sa niche, recueillant d'une oreille inquiète les mille questions adressées à ses laquais et auxquelles ceux-ci, dociles à son injonction, se gardaient bien de répondre, et tremblant à chaque cahot qui venait entr'ouvrir les rideaux, que quelque indiscret observateur ne pénétrât le mystère de sa solitude. Dans le bois de Vincennes, il fallut que le carrosse s'arrêtât pour une sérénade que la musique de la compagnie avait préparée en l'honneur de la circonstance. D'Anglars frémit en pensant que si sa déconvenue arrivait à la connaissance d'âme qui vive, cette sérénade pourrait bien se transformer en charivari. Plus loin, à moitié du chemin environ, entre Saint-Maur et Chelles, nouvel incident. Ce que Mirepoix avait prévu était arrivé. La cérémonie de la prise de voile était terminée, et les assistans revenaient en foule. La plupart, en voyant ce carrosse à quatre chevaux si bien fermé à l'intérieur et escorté par une troupe de gendarme de la garde, s'arrêtaient pour demander quel haut et puissant personnage voyageait avec un si pompeux attirail ; et la voix de Mirepoix, vibrant avec une impitoyable netteté, ne manquait jamais de répondre :

— C'est notre jeune cornette, le comte d'Anglars de Rochevert, avec sa belle maîtresse la Hernandez.

Dans ce moment, d'Anglars eût étranglé son cher Mirepoix s'il l'avait pu.

Cependant, ce dernier jugeant inutile de prolonger un voyage devenu sans objet, puisque tout était terminé à Chelles, crut devoir commander une halte au moment où il s'agissait de monter une côte.

— Messieurs, s'écria-t-il alors, il me semble que nous ferions bien de tourner bride vers Paris. Car il n'est guère probable que nous soyons reçus maintenant à l'abbaye, à moins qu'il ne vous plaise de vous déguiser en nonnes, comme le feu comte Ory et ses compagnons de joyeuse mémoire, ce qui ne plairait guère à madame de Maintenon.

— Mirepoix a raison, reprirent messieurs les gendarmes, à Paris ! à Paris !

Antoine, auquel il tardait grandement de voir la fin d'une tâche à laquelle il n'était guère habitué, s'empressa de s'associer au résultat de cette délibération, et déjà il faisait tourner ses chevaux, lorsqu'une voix fiévreuse partie des entrailles du carrosse cria trois fois :

A Chelles ! à Chelles ! à Chelles !

Le hargneux montagnard grommela je ne sais quoi entre ses dents, mais il n'en crut pas moins devoir déférer à l'injonction de son maître. Quant à messieurs les gendarmes, ils demeurèrent immobiles sur la route.

— Bon voyage ! cria Mirepoix. Je n'ai nulle envie de crever mon cheval pour escorter jusqu'au bout cette Belle au Bois dormant. Pardieu ! si je n'eusse entendu tout à l'heure la voix de notre fortuné camarade, je les aurais crus morts tous deux, lui et sa charmante Espagnole. Grand bien leur fasse, mais du diable si l'on me reprend à escorter deux amans en tête-à-tête ; ils sont capables de courir les champs jusqu'au soir, sans boire ni manger.

Mirepoix avait raison, du moins en ce qui touche d'Anglars, qui ne rentra à son hôtel que fort avant dans la soirée, sans doute afin de mieux se cacher à tous les regards. A son arrivée, on lui remit deux lettres : la première était de son oncle, monseigneur l'évêque d'Icosie, qui venait d'apprendre qu'on l'avait vu conduisant au monastère de Chelles, en carrosse à quatre chevaux, une fille d'Opéra, et qui lui envoyait sa ma-

lédiction, en sa double qualité d'oncle et d'évêque, ajoutant que jamais, après sa mort, son bien n'appartiendrait à un indigne neveu capable d'en faire un tel usage.

La seconde lettre était de Barbançon, qui s'était présenté déjà une fois dans la soirée à l'hôtel d'Anglars; notre héros n'eut pas plus tôt jeté les yeux sur cette seconde épître, qu'avant même de chercher à en connaître le contenu, son visage, déjà obscurci par le nuage le plus sombre, prit une teinte presque farouche. Dans l'écriture de cette lettre, il venait de reconnaître une frappante analogie avec celle du message dont on s'était servi pour l'attirer certain soir chez la Hernandez, en lui faisant croire à une bonne fortune imaginaire. C'est ce qu'il n'aurait même pas manqué de découvrir lorsqu'on lui remit le cartel de Barbançon, si, d'une part, ce cartel n'eût été griffonné à la hâte au crayon, ce qui ne laisse pas que de changer une écriture, et si, d'un autre côté, des préoccupations bien différentes n'eussent alors régné dans son âme.

A cet instant on frappa à la porte de l'hôtel, c'était Barbançon. Il entra avec un air plein de courtoisie :

— Monsieur le comte, dit-il, je me suis présenté déjà une fois ce soir à l'hôtel d'Anglars, et je regrette vivement de n'avoir pas eu l'honneur de vous rencontrer, car j'avais fort à cœur de vous parler.

— Et moi, monsieur le chevalier, reprit d'Anglars, je regrette plus vivement encore de vous avoir fait attendre; mais je suis tout à votre service, maintenant même si vous voulez; car il me tarde d'en terminer avec vous, et nous ne serons pas les premiers qui se soient escrimés aux flambeaux.

— Eh quoi! vous n'avez donc pas lu ma lettre, reprit Barbançon avec la plus vive surprise; veuillez en prendre connaissance.

— Qu'est-ce que cela veut dire? pensa d'Anglars, est-ce encore quelque nouvelle mystification? Oh! ce sera la dernière.

Et il lut cette lettre qui était ainsi conçue :

« Monsieur le comte, en vous priant de me faire l'honneur de vous couper la gorge avec moi, j'ai cédé à des soupçons dont je reconnais aujourd'hui toute la fausseté. Je viens vous en faire mes excuses et vous prier de considérer ce cartel comme non avenu, disposé que je suis à me contenter de la déclaration que vous voudrez bien me faire que la senora Hernandez n'était point aujourd'hui avec vous dans votre carrosse, sur la route de Chelles. »

— La déclaration que je vous demande doit d'autant moins vous coûter, ajouta Barbançon, que, si je suis bien informé, la senora ne vous a point accompagné.

D'Anglars regarda fixement son rival et répondit d'une voix ferme :

— On vous a trompé, chevalier, la Hernandez était aujourd'hui avec moi dans mon carrosse, sur la route de Chellés.

Barbançon devint pâle; et, saisissant la main du jeune gentilhomme qu'il étreignit avec violence :

— A demain donc, s'écria-t-il, monsieur le comte d'Anglars de Rochevert, et faites bien vos dispositions, car je vous préviens que c'est un duel à mort.

V

Le Souvenir des montagnes.

Le lendemain, dans l'après-midi, lorsque Mirepoix se présenta à l'hôtel d'Anglars pour féliciter son ami d'un événement qui faisait le plus grand bruit à la ville et la cour, il trouva Antoine qui avait repris son costume de majordome, et qui le reçut en pleurant à chaudes larmes.

— Qu'est-ce donc ? s'écria-t-il.

— Hélas ! monsieur, répondit le montagnard d'une voix entrecoupée de sanglots, vous venez pour voir M. le comte ?

— Sans doute, n'est-il pas chez lui ? Pourquoi pleurez-vous ainsi ? vous m'effrayez... Que se passe-t-il donc ici ?

— Il se passe que mon pauvre jeune maître... Ah ! monsieur, s'il doit mourir, je ne lui survivrai pas...

En parlant ainsi, Antoine poussa un cri déchirant.

— Oh ! mon Dieu, est-il possible ! s'écria Mirepoix ; où est-il ? Je veux le voir ; laissez-moi lui parler.

— On n'entre pas : le chirurgien a défendu de laisser pénétrer personne auprès de lui.

— Le chirurgien ! Il est donc blessé ?...

— Oui, monsieur, blessé, oh ! cruellement blessé, entendez-vous ? M. le comte a eu un duel ce matin avec M. le chevalier de Barbançon. Je crois que c'est pour cette comédienne damnée qu'on nomme la Hernandez.

— Eh bien ?

— Eh bien, ils se sont battus sans témoins, du moins je le suppose, et c'est mon pauvre maître qui a été frappé. On l'a rapporté ce matin sans connaissance et baigné dans son sang. Le chirurgien n'a pas bougé d'auprès de lui depuis tantôt trois heures.

— Et que dit-il ?

— Rien encore ; mais je vois bien sur son visage qu'il est fort inquiet.

— Grand Dieu !

Comme ils parlaient ainsi, une porte s'ouvrit et le chirurgien sortit de la chambre du blessé. Il baissait la tête et avait une contenance qui eût suffi, à défaut de ses paroles, pour révéler l'arrêt cruel que sa bouche n'avait point encore laissé échapper. Mirepoix consterné s'élança à sa rencontre.

— Que devons-nous espérer ? lui dit-il en lui pressant la main.

Dans de pareils momens, quelque inconnu qu'il puisse être pour nous, c'est toujours un ami que celui qui semble en quelque sorte tenir entre ses mains la vie d'une personne qui nous est chère.

L'homme de l'art poussa un profond soupir ; car il était jeune et peu familiarisé encore avec les cruels spectacles offerts journellement aux gens de sa profession ; puis il murmura presque à voix basse :

— Tant que j'ai vu une lueur d'espérance, j'ai cru devoir rester au chevet du lit du blessé ; mais je pense qu'actuellement les secours de la médecine sont impuissans, et je vous engage à réclamer au plus vite pour le moribond les secours de la religion.

— Oh ! mon Dieu ! cria le vieil Antoine, déjà là !

Et il tomba évanoui sur le plancher de la chambre.

Une larme vint mouiller la paupière de Mirepoix ; il aimait tendrement Philippe d'Anglars.

— Si jeune, dit-il, si bien fait pour être aimé, et mourir d'un coup d'épée ! quelle destinée !

Il entra dans la chambre du blessé. Philippe d'Anglars était étendu sur son lit, pâle, le front voilé des ombres de la mort ; ses yeux ternes et sans regard avaient déjà cette morne fixité qu'ils gardent sous la tombe. Pourtant, lorsque Mirepoix s'approcha de son lit, il sembla le reconnaître, et ce dernier, lui ayant pris la main, crut sentir comme une imperceptible pression.

Sur ces entrefaites, Antoine, qui avait repris ses sens, s'approcha de Mirepoix ; et l'entraînant hors de la chambre, comme s'il eût craint que ses paroles ne fussent recueillies par le blessé, crainte bien vaine, hélas !

— Ah ! monsieur, lui dit-il, je n'aurai jamais la force de retourner au pays pour apprendre cela à son vieux père, à sa famille dont il était l'orgueil et l'espoir. Rendez-moi le service de leur écrire pour les préparer à cette affreuse nouvelle. Oh ! mon jeune maître ! mon pauvre jeune maître ! je l'avais bien prévu qu'il ne pouvait arriver que malheur de son amour pour une fille d'Opéra. Il n'a pas voulu me croire.

Pendant que le vieux majordome exhalait ainsi sa douleur, Mirepoix parcourait tristement les salles de cet hôtel que, moins de deux mois auparavant, animait une si franche gaîté, et il se frappait le front en se maudissant tout bas et s'accusant d'être l'auteur d'un dénouement si funeste. Il se rappelait en effet que c'était lui qui avait eu la malheureuse idée de présenter Philippe d'Anglars chez la Hernandez. Antoine, de son côté, demandait grâce à Dieu de n'avoir pas veillé avec plus de soin sur les démarches du jeune gentilhomme qui était en quelque sorte confié à sa garde, de n'avoir pas à tout prix prévenu ce duel avec Barbançon, quand il eût dû pour cela commettre un crime et étrangler de ses mains celui qui allait être le meurtrier du chef de la maison d'Anglars. C'était un spectacle touchant, que de voir ce vieillard et ce jeune seigneur rendus égaux par leur douleur, errant ensemble comme deux ombres plaintives et incessamment ramenés par je ne sais quelle fascination secrète vers le lit où gisait l'infortuné qu'un souffle de vie animait encore, mais qui bientôt ne serait plus qu'un cadavre.

Cependant le soir venait, Mirepoix, qui était de service, fut obligé de s'arracher de ce lieu funèbre et engagea Antoine à faire administrer à son malheureux ami les secours de la religion, promettant de revenir le lendemain matin. Il sortit et on alla chercher le curé de Saint-Louis-en-l'Ile ; car il n'était pas probable que monseigneur d'Icosie, dont on avait trouvé la lettre ouverte sur une table, dans la chambre du comte, consentît après cela à se rendre auprès de son neveu, surtout lorsqu'il apprendrait qu'il s'agissait d'un duel pour cette même fille d'Opéra qui avait été le sujet de sa lettre.

Philippe d'Anglars reçut l'extrême-onction comme les moribonds la reçoivent généralement, avec un abattement dont la solennité de l'acte religieux qu'ils remplissent ne saurait que bien rarement triompher. Antoine et trois valets du comte furent, avec l'ecclésiastique et son diacre, les seuls témoins de cette solennité suprême qui couronnait si tristement, à l'âge de vingt-un ans, une existence semée de traverses et de cruelles désillusions, et sur laquelle l'espérance n'avait parfois répandu sa douce lueur que pour rendre plus sombres et plus hideuses les ténèbres dont elle devait être suivie.

La nuit fut très mauvaise. Le chirurgien, qui était revenu s'asseoir au chevet du blessé, s'attendait à chaque instant à le voir passer. Pourtant, lorsque Mirepoix revint le lendemain matin, il y avait un peu de mieux, mais ce mieux même avait peut-être quelque chose d'alarmant ; car il est rare que ce symptôme ne se manifeste pas quelques heures avant la mort, comme si la providence voulait ainsi rehausser pour nous le prix de la vie, au moment où elle nous condamne à la quitter. Au reste, le moribond avait perdu toute connaissance, et lorsqu'il lui arrivait de sortir de la léthargie dans laquelle il était plongé, c'était pour proférer quelques mots sans suite, échappés au délire de la fièvre qui minait en lui les sources de la vie.

Mirepoix demanda si la Hernandez avait écrit ou envoyé demander des nouvelles ; on n'avait pas entendu parler d'elle. Le jeune gentilhomme s'en montra étonné ; car ce duel était l'objet de toutes les conversations, et il était impossible qu'il ne fût pas parvenu aux oreilles de la senora, il en avait été parlé dès la veille à Versailles, au petit lever, et le roi était entré dans une grande colère à ce sujet, en apprenant que le combat avait eu lieu sans témoins, qu'une fille d'Opéra en était le motif et qu'il y aurait, selon toute apparence, mort d'homme. Barbançon avait été envoyé immédiatement à la Bastille, et peu s'en fallut que d'Anglars mourant n'éprouvât le même sort, car le fait dont il s'agissait portait une atteinte cruelle à tous les sentimens religieux du monarque; et le nouveau ministre de la guerre, M. de Chamillart, ne put dissuader le roi d'exécuter son dessein à l'égard de notre infortuné héros, qu'en lui représentant que ce serait là une punition exercée sur un cadavre.

Pendant plusieurs jours de suite, Mirepoix vint à l'hôtel d'Anglars sans qu'il y eût un changement bien sensible dans la situation du jeune comte qui n'avait plus sa tête à lui et ne reconnaissait personne. Pourtant le chirurgien commençait à dire qu'il serait possible qu'avec de grands soins, le malade se rétablît de ses blessures; mais il était à craindre en même temps qu'il ne recouvrât point la raison, car, chez lui, l'âme avait encore plus souffert que le corps; et, sous l'influence des plus violentes commotions morales, influence à laquelle venait se joindre encore l'action funeste que ne manque jamais d'exercer le printemps sur un cerveau malade, l'inflammation avait rapidement envahi cet organe; bien plus, par un bizarre contraste, à mesure que le corps se guérissait, l'intelligence allait sans cesse s'obscurcissant davantage.

Un matin, Mirepoix étant venu faire sa visite habituelle à son ami, ne put se défendre d'un sinistre pressentiment, lorsqu'en ouvrant la porte d'une chambre qui précédait celle du malade, il entendit des gémissemens et des sanglots. Antoine qui, d'ordinaire, ne bougeait pas du chevet de son jeune maître et avait abdiqué toutes ses précédentes fonctions pour celles d'infirmier, se trouvait en conférence dans cette chambre avec un homme d'un certain âge et une jeune fille. A défaut des exclamations en patois qui s'échappaient de la bouche de ce couple étranger, le costume de tous deux eût suffi pour annoncer à ne s'y pouvoir méprendre qu'ils avaient reçu le jour dans les montagnes de la Haute-Auvergne. L'homme qui tenait d'une main un feutre rond à larges bords circulaires, et de l'autre un gros bâton ferré, était vêtu d'une veste en gros drap brun avec un haut-de-chausses de même étoffe, sur lequel venaient se rattacher, au dessus du genou, de grandes guêtres de cuir fauve, dont les gerçures multipliées accusaient le long usage. Il avait une de ces physionomies franches, ouvertes et honnêtes qui semblent l'attribut caractéristique des habitans de sa province, et sur laquelle cet éternel sourire de bienveillance qui y est en quelque sorte stéréotypé, semblait s'être arrêté à regret sous l'impression d'une douloureuse surprise. Quant à la jeune fille, elle portait la jupe de bure à grandes raies noires, le corsage de velours, les bas bleus et les souliers à boucle encore en usage aujourd'hui. On ne voyait de sa coiffure qu'un chignon de cheveux noirs, lustrés comme l'aile d'un corbeau et qui faisaient ressortir toute la blancheur de son cou; mais il était impossible de rien apercevoir du reste de sa tête qu'elle tenait cachée entre ses mains dans tout l'abandon du plus vif désespoir. A ses pieds gisait le classique chapeau de paille grossière galonnée de velours, couvre-chef obligé des filles des montagnes et dont, il faut bien le dire, quelque peu poétique que soit ce détail, on retrouverait aisément le modèle, pour peu qu'on voulût s'arrêter devant une de nos fontaines publiques. Antoine, qui se trouvait placé entre l'homme et la jeune fille et qui achevait en ce moment d'une voix sourde un récit en patois du pays, complétait avec sa physionomie grave et pleine d'une importance un peu bouffonne l'ensemble d'un groupe qui n'eût pas été indigne du pinceau d'un grand peintre.

Mirepoix s'arrêta involontairement sur le seuil de la porte, mais au bruit qu'il fit en entrant, l'attention des trois personnages fut distraite un instant, et la jeune fille ayant relevé la tête, il put distinguer, dans la pénombre de la chambre, deux yeux les plus vifs et les plus charmans du monde, qui étincelaient, à travers deux ruisseaux de grosses larmes, dans lesquelles ils étaient comme noyés : il y eut un silence, puis la jeune fille s'écria d'une voix plaintive :

— Hélas! il ne m'a pas reconnue, monseigneur ne m'a pas reconnue!

Cela dit, elle laissa retomber sa tête entre ses mains et se prit à pleurer de plus belle.

— Qu'est-ce donc? dit enfin Mirepoix en s'avançant, et quelle est cette jeune fille?

Antoine vint au devant du gentilhomme; et, se penchant à son oreille :

— C'est, répondit-il tout bas, une jeune fille du pays, qui venait avec son père apporter à M. le comte des nouvelles de sa famille et lui demander sa protection ; j'espérais que mon pauvre jeune maître la reconnaîtrait; car il l'a bien aimée dans le temps jadis, et je ne pense pas qu'il ait été sans vous parler de la petite Nanette, la jolie métayère du Val Moron. Mais, hélas! après l'avoir regardée bien attentivement, savez-vous ce qu'a dit M. le comte? Il a demandé si c'était encore là une fille d'Opéra.

— Infortuné d'Anglars! il ne va donc pas mieux?

— Je crois que c'est encore pis que ces jours passés. Il ne ferme pas l'œil de la nuit, et je l'entends qui parle sans cesse à une créature invisible, à cette maudite comédienne, selon toute apparence, et qui lui fait de grands discours qui n'ont ni queue ni tête. Tantôt il l'accable des plus sanglans reproches, et il a bien raison en cela; tantôt il lui fait des invocations, ni plus ni moins que si cette mijaurée était la Sainte-Vierge en personne, révérence parler. Ah! monsieur de Mirepoix, quel malheur que M. le comte se soit enamouré de cette femme-là! Tenez, m'est avis que tout ceci finira bien mal et que mon jeune maître ne tardera pas à sortir de cet hôtel les pieds en avant, comme dit le proverbe.

— Allons, Antoine, taisez-vous, vous êtes un oiseau de mauvais augure; moi je n'ai pas perdu tout espoir. Et d'abord, ajouta Mirepoix en haussant la voix et désignant du doigt la jeune fille, voici, pour donner un démenti à vos funèbres présages, la blanche colombe au rameau vert, dont parle l'Écriture sainte. Il est impossible, quand un frais visage comme celui-là vient rayonner dans un sombre hôtel de l'île Saint-Louis, que sa vue n'y porte pas bonheur ; n'est-il pas vrai, ma charmante enfant?

Nanette, ainsi interpellée, ne put que faire une révérence, mais elle n'eut pas la force de répondre.

— Et, vous, mon brave homme, poursuivit Mirepoix en s'adressant au métayer du Val Moron, avez-vous perdu la parole, comme votre admirable fille? Voyons, racontez-moi vos projets; dites-moi ce qui vous amène à Paris.

— Dame! monseigneur, répondit le montagnard, dont le visage commençait à s'épanouir de nouveau sous l'influence de ces paroles familières en même temps qu'amicales, vous saurez d'abord que l'hiver a été bien rude dans nos montagnes, si rude que, sur une demi-douzaine de vaches, il m'en est mort trois; et puis, cette enfant-là, ajouta-t-il en montrant sa fille, ne se plaisait plus au pays, je ne sais pourquoi; elle ne rêvait que de Paris la grand'ville, à telles enseignes qu'elle a refusé d'épouser un de ses parens qui avait du bien et qui était amoureux fou d'elle, le vacher du château de Peyrelade, sous votre respect. Bref, comme je fais toujours toutes les volontés de Nanette, j'ai vendu le peu que j'avais, et, après en avoir demandé la permission à monseigneur le marquis, je suis venu à Paris, pensant que sur le grand crédit de monseigneur son fils, nous ne manquerions pas, ma fille et moi, de trouver quelque bonne place, n'importe où ; car c'est un bien puissant maître, n'est-ce pas, que M. le comte d'Anglars de Rochevert? Et, après le roi, je doute qu'il y en ait beaucoup comme lui.

— Oh! certainement, répondit Mirepoix, qui ne put réprimer un sourire.

— Mon pauvre jeune seigneur, reprit le métayer; nous ne nous attendions guère, ma fille et moi, à le trouver si malade, et nous en voilà maintenant pour nos frais de voyage.

— Soyez tranquilles, braves gens, répartit Mirepoix, puisque le comte d'Anglars ne peut rien pour vous maintenant: c'est à moi, son ami le plus intime, de le remplacer. Venez avec moi, j'aurai soin de vous, et je veux avant peu vous trouver à l'un et à l'autre un bon emploi.

— Ah! monseigneur, s'écria le métayer en saisissant une des basques de l'habit du jeune gentilhomme et la baisant avec effusion. Nanette, fais donc comme moi, et remercie aussi monseigneur.

— Monseigneur est bien bon, répondit Nanette en rougissant; mais moi, je veux rester ici, pour soigner monseigneur le comte d'Anglars; et, tant qu'il sera malade, je ne m'en irai pas.

Ce fut avec un caractère de résolution extraordinaire que la jeune fille prononça ces paroles, et Mirepoix en fut frappé.

— Bonne petite Nanette! dit Antoine ému jusqu'aux larmes; et, se retournant vers Mirepoix: — Ce n'est pas votre Espagnole du diable qui ferait cela!

— Qu'est-ce donc que cette Espagnole dont vous parlez, monsieur Antoine? interrompit vivement Nanette.

— Je vous conterai cela, cousine, répondit le vieil intendant.

— Allons! dit gaîment Mirepoix, c'est chose convenue, j'emmène le père, et la fille restera ici pour soigner notre cher comte. Heureux d'Anglars! avec une aussi jolie garde-malade, il ne peut manquer de guérir bientôt, au moins de sa maladie actuelle, et je donnerais beaucoup pour être à sa place.

Nanette jeta sur son nouveau protecteur un regard de reconnaissance dont rien ne saurait rendre l'expression; puis, ayant embrassé son père dont le consentement, à ce qu'il paraît, n'avait même pas besoin d'être formulé, elle essuya les larmes qui voilaient encore ses beaux yeux, eut un divin sourire, et se mit immédiatement en devoir de prendre possession de ses nouvelles fonctions.

Mirepoix quitta Nanette, en murmurant tout bas:

— Voilà une petite fille qui ferait une bien charmante maîtresse!

Rien ne saurait remplacer les soins d'une femme; qu'on juge donc de ce que doivent être ceux d'une femme qui aime, et de ce que furent, à ce titre, ceux de Nanette, à qui son amour n'avait pas permis de demeurer dans des lieux que le comte d'Anglars avait cessé d'animer de sa présence! Avec quelle tendre sollicitude elle s'installa au chevet du jeune gentilhomme, épiant ses moindres gestes, prévenant ses moindres désirs, recherchant dans ses traits pâles et amaigris, dans son visage vague et indécis, le souvenir de tout ce qui l'avait charmée jadis et s'enivrant des parfums et des douces lueurs du passé, dont son imagination se plaisait à embellir le présent. Pauvre Nanette! il était bien à elle maintenant, rien qu'à elle, et pour long-temps sans doute, ce brillant seigneur que, dans ses rêves les plus ambitieux, elle avait à peine espéré fixer une heure auprès d'elle! Quel plaisir pour elle d'offrir au jeune malade l'appui de son bras, de guider, de soutenir ses pas chancelans! Comme son cœur battait lorsque, lassé et fermant les yeux, cet Œdipe de vingt-un ans laissait insoucieusement tomber sa blonde tête sur le sein de son Antigone! Avec quelle suave harmonie résonnaient à son oreille les paroles rares et sans suite échappées à l'insensé! Oh! n'est-ce pas, Nanette, vivre et mourir auprès de lui dans ce sombre hôtel de l'île Saint-Louis, voilà toute votre ambition, tous vos rêves de bonheur et d'avenir?

Philippe d'Anglars s'abandonnait aux soins de sa jolie garde-malade avec toute la nonchalance d'un enfant et sans que le désordre et l'abattement de ses facultés lui permissent d'en témoigner aucune reconnaissance. Sa démence était telle qu'ayant perdu toute idée de distinction entre les sexes, il lui adressait souvent la parole comme s'il eût eu affaire à Antoine. Quelquefois, pourtant, frappé de cette inexprimable grâce féminine empreinte sur les traits de Nanette, il semblait sortir d'un songe; et, attachant sur elle un regard plein de mélancolie :

— Ah! je te reconnais, lui disait-il, tu es Maria Hernandez, la belle, l'adorable Maria; mais tu viens trop tard, je suis dans mon cercueil: touche mon corps, vois comme il est froid! Veux-tu essayer de le ranimer par un baiser?

Les larmes venaient au yeux de Nanette en entendant le jeune homme lui parler ainsi, et elle se prêtait à cette fantaisie en murmurant tout bas :

— Hélas! n'aura-t-il donc jamais un souvenir pour la pauvre Nanette, et ne lui arrivera-t-il pas un jour de prononcer mon nom? Ah! mon Dieu, je serais si heureuse!

Puis, soudain il la repoussait en s'écriant :

— Va-t'en; tu n'es pas Maria, je ne te connais pas.

Une fois, il arriva au malade, en contemplant un bouquet de violettes qu'Antoine lui avait apporté, de dire qu'il reconnaissait ces fleurs pour les avoir vues dans sa dernière promenade au Val Moron. Palpitante à ces paroles, Nanette s'approcha de lui, car il était devenu rêveur en prononçant ce nom du Val Moron qu'il répétait tout bas, comme s'il eût cherché dans sa mémoire les souvenirs qui s'y rattachaient; mais, incapable de s'arrêter à la même idée plus de quelques secondes, il se mit tout à coup à rire, de ce rire sauvage particulier aux insensés, et qu'on ne saurait considérer sans effroi.

Cependant les forces du malade revenaient d'une manière sensible à défaut de sa raison. Déjà il commençait à marcher seul dans sa chambre sans avoir besoin de l'aide de Nanette; et comme sa folie était d'une nature tranquille, dès qu'il y avait un rayon de soleil, on ouvrait les fenêtres et on installait le jeune comte dans un grand fauteuil auprès de l'une d'elles, afin qu'il pût recueillir l'influence bienfaisante de la chaleur et d'un air tout imprégné des premières émanations du printemps.

Un jour, c'était à la fin du mois de mars. Philippe d'Anglars était assis, comme à son ordinaire, dans son grand fauteuil devant la fenêtre qui était ouverte : Nanette était seule avec lui dans la chambre. La veille, le temps s'était refroidi et il avait neigé une partie de la nuit; mais le soleil, qui s'était levé déjà plein de force dans un ciel sans nuages, dardait ses rayons sur les toits et métamorphosait en nappes liquides le blanc tapis dont ils étaient recouverts. D'Anglars contemplait machinalement les flocons de neige qui se détachaient des pignons et des gouttières et retombaient sur le sol en poussière diamantée. A quelques pas de lui, Nanette occupée à coudre tournait de temps à autre et comme à la dérobée sur le pauvre insensé un regard humide d'amour et de tendre compassion. Pourtant l'aspect de ce soleil si doux après les maussades journées d'hiver et qui illuminait si joyeusement de ses rayons les boiseries dorées et les peintures des panneaux de la chambre, exerçait presque à son insu dans son âme je ne sais quelle impression de bonheur et même de gaîté. Le chant des oiseaux dont on entendait au dehors le gazouillement, éveillait comme un écho dans la poitrine de la jolie fille des montagnes. Sous l'influence de cette sorte de résurrection de la nature, Nanette osa, pour la première fois depuis qu'elle avait mis le pied dans l'hôtel d'Anglars, essayer quelques timides modulations, mais ce fut d'abord d'une voix tremblante et presque en sourdine qu'elle chanta les premiers vers de cette mélodie des montagnes dont il vous souvient peut-être :

Au plus profond de la montagne,
Cache-toi bien, gentille fleur,
Ma sœur :
Voici venir dans la campagne
Un beau seigneur
Trompeur.

Peu à peu, s'enhardissant et donnant plus d'expression et d'éclat à sa voix, elle chanta avec un charme et un sentiment exquis ces derniers vers de sa chansonnette :

Que la neige
Te protége,
Gentille fleur,
Ma sœur ;
La neige efface
Toute trace ;
La neige glace
Le cœur.

Aux premières notes de l'air, d'Anglars avait tressailli et tourné la tête vers la chanteuse ; mais, préoccupée comme elle l'était de son ouvrage et de sa chansonnette, elle ne fit point attention qu'il s'était soulevé à demi sur son fauteuil, haletant, les joues animées d'une rougeur fébrile et que ses yeux, ordinairement noyés dans un pâle azur, étincelaient d'un feu presque surnaturel. A la fin, lorsque la voix eut cessé de retentir, le jeune comte se leva par un violent effort et poussa un grand cri. Nanette, effrayée, voulut courir à lui ; il lui tendit les bras en pleurant ; mais incapable de faire un seul pas, tant l'émotion qu'il venait d'éprouver avait brisé ses forces, il se laissa retomber sur sòn fauteuil en s'écriant :

— Nanette ! Nanette !...

Philippe d'Anglars avait recouvré la raison.

VI

Pauvre Nanette !

Nanette était aux genoux de son jeune seigneur, lui baisant les mains avec transport et riant et pleurant à la fois, et d'Anglars lui disait :

— Nanette, chère Nanette, n'est-ce point un songe ? est-ce bien toi que je vois ? Ah ! mon Dieu, que s'est-il donc passé ?

Puis, la mémoire lui revenant avec la raison, il poussa un profond soupir, et murmura un nom trop connu de la pauvre Nanette. Après une pause, il reprit d'une voix triste et douce :

— Parlons de toi, Nanette, je ne veux m'occuper que de toi maintenant. Comment es-tu venue à Paris ? qui t'amène ?

Alors, la jeune fille lui rapporta tous les détails que son père avait déjà donnés à M. de Mirepoix. A ces détails, elle en ajouta d'autres en rougissant. Elle ne pouvait plus vivre au Val Moron depuis qu'il avait cessé d'y venir ; elle avait voulu le revoir, ne fût-ce qu'un moment, dût-elle mourir ensuite. Le voir ! c'était toute son ambition ; elle savait bien qu'elle n'en pouvait avoir d'autre. Maintenant elle était heureuse, et plût à Dieu qu'il lui fût permis de passer ainsi toute sa vie !

D'Anglars sourit et il baisa Nanette au front. Quelle différence entre ce chaste baiser et les baisers brûlans du Val Moron ! Mais enfin c'était un baiser et le premier depuis long-temps. C'était le souffle embaumé du printemps après les glaces d'un morne et sombre hiver. Nanette en tressaillit d'amour et de joie.

Sur ces entrefaites, Antoine revint. Quand il sut ce qui s'était passé, et qu'il entendit son jeune maître lui parler aussi sensément que jamais, il pensa en devenir fou à son tour. Il s'en allait par la chambre, poussant des cris de joie, embrassant Nanette, embrassant le comte ; il sautait et dansait la bourrée, comme si cette nouvelle lui eût ôté quarante années : c'était le spectacle à la fois le plus comique et le plus attendrissant.

— Eh bien ! monsieur le comte, s'écria-t-il quand il commença à rentrer un peu dans son assiette ordinaire, si vous m'en croyez, dès que vous serez en état de supporter le voyage, nous dirons adieu à tout ce monde-ci, et nous nous en retournerons au pays. Voici le printemps qui vient, et l'air des montagnes achèvera votre guérison. Aussi bien, que voulez-vous faire à Paris où vous n'avez eu jusqu'à cette heure que tribulations et malheurs de toutes les espèces ?

— Oui, monseigneur, ajouta faiblement Nanette, mon cousin Antoine a raison, il faut retourner au pays : ce sera un si grand sujet de joie pour... votre famille.

La jeune fille n'osa pas ajouter : « Et pour moi. » Mais l'amour est une passion si égoïste, qu'à coup sûr telle avait été sa première pensée.

— Mes amis, mes bons amis, répondit le comte avec un léger embarras, je le voudrais de grand cœur ; mais le service du roi...

— Le service du roi ! répondit Antoine qui avait déjà repris toute sa brusquerie habituelle, si c'est cela qui vous arrête, grand merci ! Mais prenez garde qu'en vous revoyant, il ne prenne fantaisie au roi de vous envoyer le servir... à la Bastille.

Et comme d'Anglars témoignait quelque surprise à ces paroles, Antoine s'empressa de lui en fournir l'explication, en lui racontant ce qu'il savait de la colère du roi à la nouvelle du duel, et du châtiment infligé à Barbançon. Le jeune comte demeura quelques instans pensif, puis il murmura tout bas :

— Que lui importe, à lui, le châtiment du roi ! Il est aimé.

Peu de temps après, il se tourna vers Antoine, et lui dit :

— J'ai été bien malade, n'est-ce pas, Antoine ?

— Oh ! oui, monsieur le comte ; on a même désespéré de vos jours.

— Et pendant ma maladie, est-on venu me voir ?

— Certainement, monsieur le comte.

— Qui est venu ?

— Messieurs vos camarades de la garde, M. de Mirepoix surtout, il a passé rarement un jour sans vous faire visite.

— Mais n'est-il venu... personne autre ?

— Personne absolument... Ah ! si fait, je me trompe, il est venu le juif, le carrossier, le marchand de chevaux, enfin vos créanciers.

— Antoine, ajouta le jeune comte d'une voix tremblante et avec un regard à faire pitié au cœur le plus endurci, mon cher Antoine, n'a-t-on pas, du moins, envoyé... savoir de mes nouvelles... de la part de quelqu'un ?

Antoine fronça le sourcil ; mais il n'eut pas le courage de répondre, et se contenta de secouer négativement la tête. D'Anglars leva les yeux au ciel avec une sombre mélancolie ; puis, se couvrant le visage de ses deux mains, il balbutia d'une voix brisée :

— Eh quoi ! pas même sa pitié ! Oh ! Maria, cruelle Maria !

Ensuite, alléguant un peu de fatigue, il demanda à se coucher. Ne voulait-il pas plutôt se ménager le moyen d'être seul avec ses pensées ?

Le lendemain de ce jour, il désira avoir un entretien particulier avec son fidèle intendant.

— Or ça, lui dit-il, comment as-tu pu te procurer de l'argent pendant ma maladie ?

— Monsieur le comte, j'ai vendu votre carrosse.

— Celui dans lequel je suis venu d'Auvergne ?

— Eh bon Dieu ! monsieur, quel profit pensez-vous que j'eusse pu en retirer ? Je n'en aurais pas eu vingt écus, à coup sûr : c'est de l'autre qu'il s'agit.

— Il est vendu ! mon beau carrosse qu'on admirait tant. Oh ! quelle humiliation !

Déjà la vanité commençait à se réveiller chez le jeune comte en même temps que les forces et la santé.

— Il est vrai, ajouta-t-il comme pour s'offrir à lui-même une consolation, qu'étant malade, je n'en avais nul besoin. Et mes quatre chevaux blancs ?

— Vendus également.

— Oh ciel ! Allons, si l'on vient à m'en parler, je dirai qu'à raison de l'oisiveté à laquelle ils étaient réduits, ils se gâtaient dans mes écuries, et que c'est dans leur intérêt même qu'il a fallu les vendre. Et mes laquais, Antoine : je ne vois point mes laquais.

— Plût à Dieu, monsieur le comte, qu'on eût aussi pu les vendre ceux-là ! mais, au contraire, il a fallu les payer en les congédiant, faute de pouvoir leur continuer leurs gages. Je n'en ai gardé qu'un seul, ce qui n'empêche pas que nous soyons criblés de dettes, car il en coûte bien cher pour être malade à Paris.

— Mais mon oncle...

— Monseigneur l'évêque de... enfin je m'entends : il n'y faut plus songer, monsieur le comte. J'ai été chez lui plusieurs fois, pensant l'attendrir sur votre sort, mais ce n'est rien qu'un avaricieux, et il m'a répondu fort sèchement : « Mon neveu n'a que ce qu'il mérite, je ne ferai » rien pour lui. »

— Il a dit cela, Antoine ! Allons, je vois bien qu'il ne me reste plus qu'un parti à prendre, c'est de retourner en Auvergne.

— Ah ! monsieur le comte, voilà une bonne résolution.

— Donne-moi tout ce qu'il faut, je vais écrire à mon père.

Comme il parlait ainsi, Mirepoix entra.

— Ah ! cher comte, s'écria-t-il avec sa pétulance habituelle, embrassons-nous. Te voilà donc rétabli ! Sais-tu que cela tient du miracle, et qu'il n'y a pas bien long-temps que ta charmante garde-malade eût fort risqué, pour une telle cure, d'être brûlée en Grève ? Je le disais bien, moi, que, soigné par elle, tu ne pouvais manquer de guérir. Heureux d'Anglars ! Voyons, regarde-moi bien en face. Mon cher, tu as fort bon visage, et je veux, avant huit jours, te rendre le souper que tu nous donnas jadis, et te voir tenir tête, le verre en main, à tous nos camarades de la compagnie.

— Ce cher Mirepoix, toujours aussi gai !

— Pardieu ! les beaux esprits se rencontrent, comme dit un assez sot proverbe ; c'est l'observation que daignait faire tout à l'heure, en me parlant, quelqu'un de ta connaissance.

— Qui donc ?

— Eh ! eh ! l'une de tes anciennes passions, cher comte, la Hernandez, la Hernandez en personne.

A ce seul nom, le visage du jeune d'Anglars se teignit instantanément de mille nuances différentes ; et, comme Antoine était resté, il lui fit signe de sortir.

Dès qu'il fut seul avec Mirepoix, il balbutia d'une voix à peine perceptible :

— Ah ! tu as vu la senora Hernandez !

— Parbleu ! c'est elle qui m'a appris la nouvelle de ta merveilleuse guérison.

— Et... que t'a-t-elle dit ?

— Ma foi, il est permis de sauver les apparences, mais pas à ce point-là. Ah ça, tu as donc fait quelque noirceur à cette belle?

— Moi! je ne sais ce que tu veux dire, et en fait de noirceur...

— Oh! c'est que, vois-tu, d'Anglars, ces Espagnoles sont vindicatives en diable, et il faut que la tienne ait contre toi... Au surplus, j'ai une lettre à te remettre de sa part.

— Une lettre! Mirepoix! une lettre d'elle! Que ne le disais-tu plus tôt? Donne, donne cette lettre, je me sens prêt à défaillir. Voyons...

Et d'Anglars se mit à lire. A mesure qu'il avançait dans sa lecture, ses yeux se troublaient, ses joues devenaient pâles; et, lorsqu'il eut achevé cette tâche pénible, il demeura atterré.

— Eh bien! lui dit Mirepoix, qu'est-ce donc?

— Ce que c'est, Mirepoix? Ah! je suis le plus malheureux des hommes. Mon Dieu, j'ai pu croire à son amour! Oh! l'amour d'une comédienne, d'une fille d'Opéra, bien fou qui s'y fie! Quoi! tandis qu'elle me regardait si tendrement, ce n'était donc pas à moi qu'elle pensait, c'était à ce Barbançon, sans doute; infamie et misère! Je me suis laissé duper comme un sot. Tiens, lis.

Mirepoix prit le message des mains de son ami et lut à mi-voix, mais en s'animant peu à peu, de manière à arriver bientôt au diapason naturel, le message suivant, tout en s'arrêtant de temps à autre, soit pour le commenter, soit pour demander des explications.

« Monsieur le comte,

— Diable! Monsieur le comte! et en vedette encore! Il paraît qu'on fait de la dignité.

« C'est une femme que vous avez mortellement outragée...

— Oh! oh! je m'en doutais! Pourquoi donc aussi outrager mortellement? On outrage les femmes, mon cher, c'est à merveille, c'est notre lot à nous autres jeunes gens de qualité, mais pas mortellement, diantre! Je poursuis :

« Qui vous écrit aujourd'hui pour la première et la dernière fois. »

— Pour la dernière, passe; mais la première... ah! c'est trop fort! Ah ça! est-ce qu'à force de vouloir tromper les autres, la belle en serait venue au point de se faire illusion à elle-même.

— Hélas! Mirepoix, cela n'est que trop vrai.

— Et toi aussi! De grâce, cher comte, épargne-toi de nouveaux mensonges à cet endroit. Je t'avertis que je suis comme saint Thomas, je ne crois pas.

— Tu me croiras pourtant, quand je t'aurai raconté tout ce qui s'est passé.

Ici le jeune d'Anglars crut devoir faire sommairement à son ami le récit de son entrevue nocturne avec la belle Maria Hernandez, ainsi que de la mystification qui en avait été l'origine, récit que le lecteur connaît déjà de reste. En apprenant tous ces détails, Mirepoix s'essuyait le front et s'éventait de temps à autre avec son mouchoir, se demandant s'il ne rêvait pas, et si c'était bien son ami d'Anglars en chair et en os qu'il avait devant les yeux et qui lui parlait de la sorte. A la fin, n'en pouvant plus douter, il s'écria :

— Le tour est bon, je dois le reconnaître, et je n'ai qu'un regret, c'est que tu aies été choisi pour dupe, et que la chose ait failli tourner au tragique; mais, crois-moi, n'envie pas trop le sort de ton rival Barbançon. Il y a un certain proverbe qui dit que, quand on joue avec le feu, on se brûle les doigts. C'est ce qui pourrait bien lui arriver à ce grand fat de chevalier. Continuons :

« Oui, monsieur le comte, non content de manquer à la promesse que vous m'aviez faite, promesse solennelle, promesse sacrée...

— Peste! quelle est donc cette promesse-là?

Eh! je te l'ai déjà dit : c'était de ne point chercher à pénétrer le mystère du faux rendez-vous qui m'avait été donné. Elle craignait les conséquences d'un duel qui pouvait être fatal à ce... Barbançon.

— Mon cher d'Anglars, regarde-moi bien en face ; ou je suis bien trompé, ou je ne veux voir en toi qu'un nigaud. La Hernandez craindre pour les jours de M. de Barbançon, lequel n'a jamais manqué son homme! Allons donc, tu veux rire! Dis donc que c'était pour les tiens qu'on tremblait. Seulement, on n'osait pas encore te faire ce tendre aveu, et tu n'as pas vu cela toi. Ah! cher comte! cher comte! Pour l'aîné de la famille, tu es bien novice.

— Poursuis, poursuis et tu verras...

— Voyons donc :

Mirepoix lut tout d'une haleine le reste de la lettre.

« Vous m'avez indignement calomniée, en m'enlevant par un faux témoignage le seul bien qui me restât dans la condition que j'ai embrassée, le seul bien que j'eusse su conserver intact au milieu des écueils qui m'entouraient, ma réputation. Dieu est juste, monsieur le comte, et vous en avez été cruellement puni. Je ne veux point ajouter par de nouveaux reproches au châtiment terrible qu'il a plu à la justice divine de vous infliger ; non, monsieur le comte, loin de moi cette pensée ! Je n'ai point pour vous de haine, car vous n'existez plus pour moi, je dois vous le dire, et je ne pense pas avoir besoin de cette déclaration pour que vous veuilliez bien ne point chercher à me prouver le contraire. Seulement, en vous interdisant ma présence, je crois avoir le droit de réclamer de vous un témoignage que votre mort m'aurait enlevé, c'est le désaveu formel de ce qu'il vous a plu d'accréditer à ma honte relativement au voyage de Chelles. Si vous daignez m'accorder ce que je vous demande, je vous promets en échange, monsieur le comte, de chercher à oublier que j'ai connu un gentilhomme du nom de d'Anglars. »

— Eh bien, qu'en dis-tu? s'écria d'Anglars en poussant un gros soupir.

— Moi, je dis qu'une pareille lettre ne me désolerait pas du tout. D'abord, en thèse générale, une femme qui écrit à un homme pour l'engager à ne plus revenir, l'invite inévitablement à faire le contraire ; retiens bien cela, et quant à Barbançon, il est hors de doute qu'il est ton rival, mais il ne saurait avoir été le préféré; j'en mettrais ma tête à couper.

— Ah ! Mirepoix, si tu savais quel bien me font tes paroles! Il me semble que je ne me suis jamais si bien porté qu'aujourd'hui, et si cela continue, je veux me montrer à cheval sur le cours demain même.

— A merveille, cher comte, et que cette école te serve de leçon pour l'avenir.

La conversation continua ensuite environ un quart d'heure entre les deux jeunes gens sur des détails assez indifférens ; après quoi, ils se séparèrent.

Mirepoix n'eut pas plus tôt tourné les talons que d'Anglars se mit à écrire, et il le fit avec une telle préoccupation qu'il ne s'aperçut pas qu'Antoine et Nanette étaient entrés dans sa chambre.

— Bon ! dit à voix basse l'ex-intendant à la jeune fille, le voilà qui écrit à M. le marquis. Cela va bien.

— Je suis sûre, moi, répondit Nanette, que ce n'est pas à son père que monseigneur écrit, car il nous aurait entendus entrer.

La voix de Nanette qui avait parlé assez haut retentit à l'oreille du comte, et il s'écria sans cesser d'écrire :

— Ah ! c'est vous mes bons amis, je suis à vous bientôt. Asseyez-vous là près de moi, en attendant que j'aie terminé.

Nanette prit son ouvrage. Antoine tira de sa poche un livre d'Heures et tous deux gardèrent le silence. Au bout de quelques instans, d'Anglars fit signe à Antoine de s'approcher, et, lui mettant une lettre cachetée dans la main :

— Envoie cette lettre à la personne dont le nom est indiqué sur l'adresse, lui dit-il à voix basse, et recommande bien qu'on la remette en mains propres.

— Ce n'est donc pas pour M. le marquis ? répondit Antoine stupéfait.

D'Anglars attacha sur son vieux serviteur un regard suppliant.

— Ce sera la dernière, s'empressa-t-il d'ajouter, et je partirai avec vous pour l'Auvergne, dès que j'aurai reçu la réponse. Surtout n'en dis rien à Nanette. Antoine, bon Antoine, fais cela pour moi.

— Ah! monsieur le comte, n'était le respect que je vous dois, jamais cette lettre ne parviendrait à son adresse.

Et Antoine sortit en grommelant ; Nanette l'arrêta un instant au passage, et lui dit à voix basse d'un ton singulièrement triste :

— Je vous le disais bien, cousin Antoine, que cette lettre n'était pas pour M. le marquis.

Demeuré seul avec Nanette, le jeune comte, étonné de ne pas l'entendre lui adresser la parole comme elle avait l'habitude de le faire pour le distraire, se retourna. Elle avait la tête baissée sur son ouvrage. Il se leva, alla jusqu'à elle à pas furtifs et lui prit la tête entre ses mains. Alors il sentit de grosses larmes rouler entre ses doigts.

— Ah! ne put-il s'empêcher de s'écrier, elle m'aime bien, celle-là. Pauvre enfant! je l'afflige.

Ému d'une tendre compassion, il se pencha et imprima ses lèvres sur les paupières humides de la jeune fille, comme s'il eût voulu sécher ses larmes sous un double baiser. Nanette n'opposa aucune résistance, et lorsqu'elle souleva ses paupières et montra ses beaux yeux souriant à travers ses pleurs, comme un rayon de soleil après une pluie d'orage, elle était si jolie alors, la petite Nanette, que tout autre, à la place du comte d'Anglars, eût oublié pour cette charmante fleur des montagnes toutes les filles d'Opéra de Paris et toutes les Espagnoles de l'Andalousie. Mais il faut croire que, comme dit la chansonnette, la neige tombée durant tout l'hiver avait glacé le cœur du jeune gentilhomme. Pauvre Nanette! devait-il donc en être toujours ainsi?

Il n'est pas inutile d'ajouter, non plus, que le comte d'Anglars était trop préoccupé, dans ce moment même, du succès de la démarche qu'il avait cru pouvoir entreprendre, sur la foi de Mirepoix, auprès de son inhumaine, pour pouvoir être sensible à d'autres attraits. Puis enfin, l'amour tout sensuel qu'il avait éprouvé d'abord pour la jeune métayère du Val Moron avait fait place à un attachement plus solide et plus durable et qui, cimenté par les soins qu'il avait reçus d'elle pendant sa maladie, avait acquis un caractère presque fraternel. On ne s'étonnera donc pas si heureux d'avoir vu sourire Nanette et la croyant déjà consolée, il s'abandonna bientôt à un ordre d'idées tout différent.

Il avait de la joie au cœur, car la lettre qu'il avait écrite à Maria Hernandez était si éloquente qu'il ne doutait pas du succès. Il lui disait dans cette lettre qu'il n'avait pas violé sa promesse, comme elle paraissait le penser, puisque Barbançon était le provocateur. Ainsi, l'un des griefs qu'elle lui reprochait ne subsistait plus. Quant à l'autre, il s'en reconnaissait coupable, du moins jusqu'à un certain point. Car ce même Barbançon était le seul vis-à-vis duquel il eût osé se targuer d'un bonheur imaginaire ; mais sa faute en cette circonstance ne méritait-elle pas quelque excuse? Il avait pu se croire indignement joué par un rival et par celle qu'il aimait. Peut-être avait-il quelque droit de représaille. Au surplus, il était prêt à désavouer ce que sa fureur lui avait suggéré dans cette occasion, et il ne demandait en échange que la faveur d'un entretien avant son prochain départ, sans doute pour redire de vive voix tout ce qu'il avait consigné par écrit dans son message. Cet entretien, il était impossible qu'on le lui refusât après une pareille lettre.

La solution qu'il attendait se trouva pourtant différée, car ni ce jour-là ni le lendemain, le laquais qu'Antoine avait envoyé ne put être admis en présence de la Hernandez; et comme il avait ordre de ne remettre le billet qu'entre les mains de la senora elle-même, il ne crut pas devoir s'en dessaisir. Il est peu probable, d'ailleurs, qu'aucun des valets de la comédienne eût accepté l'amoureuse missive, car depuis l'aventure du faux billet parvenu à notre héros, Maria Hernandez avait fait déclarer à ses gens, par son intendant, que celui qui se chargerait d'un billet pour elle serait chassé sur-le-champ. Le comte, désolé de ce retard et dont la convalescence faisait d'ailleurs les plus rapides progrès, était sur le point de s'en aller remettre lui-même son message, ce qui eût été peu convenable sous tous les rapports, lorsque Antoine, ému de compassion pour l'état où il le voyait, consentit à remplir encore une fois l'office de coureur, se faisant fort de parvenir jusqu'à la fille du diable, comme il appelait la Hernandez, dût-il pour cela se battre avec ses gens.

Le fidèle montagnard remplit en effet l'objet de son ambassade, en ce sens qu'il trouva moyen de se poster sur le passage de la senora, au moment où elle montait en carrosse pour se rendre à l'Opéra, et de lui remettre le message de son maître; mais la Hernandez lui ayant demandé avec ce ton d'impératrice qui lui était habituel quel était celui qui lui envoyait ce message, et Antoine ayant répondu avec assurance que c'était M. le comte d'Anglars de Rochevert, elle rougit et pâlit tour à tour, et rendit le papier cacheté à l'envoyé, en ajoutant fièrement qu'elle n'avait rien de commun avec M. le comte d'Anglars de Rochevert.

On se figure aisément la douleur de notre gentilhomme, lorsque Antoine vint avec force jurons et épithètes, plus ou moins outrageuses pour la Hernandez, lui rendre compte du résultat de sa mission. Il tomba dans un morne désespoir. Car, à ce moment plus que jamais, il sentait que cette femme qui le repoussait si inhumainement, était devenue nécessaire à son existence. Sans doute quelques lecteurs partageront l'honnête indignation d'Antoine, en trouvant notre héros si faible, en voyant l'aîné de l'illustre maison d'Anglars de Rochevert inhabile à secouer le joug d'une fille d'Opéra, lui que son nom et sa bonne mine rendaient digne de l'amour d'une reine; mais si ces mêmes lecteurs veulent bien se souvenir combien une passion s'irrite des obstacles, alors surtout que rien ne vient en distraire, et combien il est dur de renoncer à un but charmant, laborieusement poursuivi, et non pas sans quelques encouragemens, peut-être plaindront-ils plus Philippe d'Anglars qu'ils ne l'accuseront.

Quoi qu'il en soit, depuis ce fatal incident, le jeune comte était devenu d'une tristesse mortelle. Il ne mangeait pas, dormait à peine, et passait des journées entières en contemplation sur le message de la Hernandez, le premier et le dernier, comme elle l'avait dit. En vain Antoine le pressait de prendre un parti décisif et d'aller passer quelque temps en Auvergne, jugeant que le changement de lieux et la vue de sa famille le distrairaient et lui feraient oublier sa fatale passion, il demeurait toujours incertain et irrésolu. Nanette avait cessé de s'associer à ces instances. Triste de la tristesse de son jeune seigneur, et peut-être aussi d'une autre cause toute personnelle, la malheureuse enfant dépérissait à vue d'œil; les fraîches couleurs de la rose des montagnes empreintes jadis sur ses joues avaient fait place à une pâleur presque sépulcrale. Il était pénible et touchant à la fois de voir, côte à côte, sous le même toit, languissantes et déflorées, ces deux créatures, si bien faites l'une pour l'autre, en dépit de la différence de leurs conditions; car la nature leur avait départi à toutes deux ses dons les plus précieux, la jeunesse et la beauté, et toutes deux les laissaient flétrir par un amour sans espoir. C'étaient deux fleurs poussées sur une même tige, et qui, tant qu'elles s'étaient prêté un mutuel appui, avaient gardé leur éclat et leur parfum, mais qui, séparées l'une de l'autre par un coup de vent, inclinaient languissamment leurs calices décolorés vers la terre.

Un soir enfin, Antoine entra tout joyeux dans la chambre de Nanette :

— Cousine, lui dit-il, je viens de remporter une grande victoire, et j'ai une bonne nouvelle à vous annoncer. M. le comte se détermine enfin à retourner au pays; nous partons après-demain, c'est chose convenue : je vais arrêter les chevaux de poste. Entre nous, je puis vous dire comment j'en suis venu à mes fins. Ah! dame, il m'a fallu user de stratagème, car M. le comte a bien de la peine à quitter une ville où il sait que respire cette mijaurée, cette fille du diable, qui l'a si cruellement ensorcelé, et qu'il espère toujours revoir. Il m'a fallu lui dire que nous n'avions plus d'argent et qu'on nous refusait tout crédit. Quant à l'argent, c'est chose sûre, ou peu s'en faut. Pour le crédit, c'est différent; il nous en reste encore un peu auprès des juifs et des usuriers, qui ont toujours foi dans le riche héritage que monseigneur de Rochemontais ne laissera pas à son neveu. Au surplus, cette dernière ressource ne saurait durer bien long-temps, et quand on saura ce qu'il en est... Bref, le mieux est que M. le comte parte maintenant. Son cœur saigne bien fort de cette résolution. Mais, bast! avec le temps il guérira.

— Peut-être, répondit Nanette dont un sourire mélancolique vint illuminer le front pâle.

Antoine sortit, et la jeune fille s'agenouilla. Elle demeura une bonne partie de la nuit dans cette posture, priant Dieu avec ferveur et ne s'interrompant dans sa prière que pour essuyer les larmes qui s'échappaient parfois de ses yeux.

Le lendemain, lorsque, surpris de ne pas la voir paraître au déjeûner, Antoine alla frapper à la porte de sa chambre, elle avait disparu.

VII

Maria et Nanette.

Pendant qu'on se livrait à l'hôtel d'Anglars aux plus sinistres conjectures sur la disparition de Nanette, voici ce qui se passait dans la chambre à coucher de Maria Hernandez. Comme elle achevait sa toilette, une de ses femmes entra.

— Senora, s'écria cette camériste, c'est une jeune fille qui demande à vous parler.

— Vous a-t-elle dit son nom?

— On la nomme Nanette.

— Nanette! je ne connais personne de ce nom. Que veut-elle?

— Senora, cette jeune fille désire ne dire qu'à vous-même l'objet de sa visite.

— Mais je ne sais en vérité si je dois la recevoir; c'est peut-être quelque aventurière.

— Oh! non, car elle a l'air bien triste et bien honnête, et puis elle est si jolie!

— Faites entrer.

Nanette, pâle et tremblante, fut introduite en présence de la belle comédienne, qui fit signe à ses femmes de se retirer, et demeura seule avec la jeune paysanne.

— Que voulez-vous de moi? dit Maria en tournant négligemment la tête du côté de la nouvelle venue, car elle était demeurée assise devant sa toilette.

Nanette ne répondit pas d'abord ; mais, attachant sur son interlocutrice un regard plein d'une naïve curiosité, elle s'écria en poussant un profond soupir :

— Oh ! l'on ne m'avait pas trompée, elle est bien belle.

Puis elle se précipita aux genoux de Maria Hernandez.

— Que faites-vous? s'écria la comédienne avec la plus vive surprise.

— J'ai une grâce à vous demander, madame. N'est-ce point ainsi qu'on doit se tenir, quand on demande une grâce?

Il y avait dans la physionomie de Nanette, comme l'avait déjà remarqué la camériste, quelque chose qui inspirait l'intérêt, et sa voix avait une inflexion pleine de douceur et qui allait à l'âme.

— Voyons, mon enfant, dit la Hernandez en lui prenant la main pour l'aider à se relever, et lui montrant du doigt un tabouret, asseyez-vous là près de moi, et dites ce qui vous amène. Si je puis quelque chose pour vous, je le ferai avec plaisir.

— Oh ! ce n'est pas pour moi que je viens vous implorer, madame.

— Alors, c'est pour un de vos parens, pour un ami, peut-être.

Nanette rougit et balbutia presque à voix basse :

— C'est pour... un ami.

— J'aurais dû m'en douter plus tôt, reprit Maria Hernandez en souriant. Parlez, je vous écoute. Est-ce lui qui vous envoie vers moi ? le connais-je?

— Vous le connaissez, madame, mais ce n'est pas lui qui m'envoie ; et, en venant ici, je n'ai écouté que l'impulsion de mon cœur.

Pendant que Nanette parlait ainsi, il y avait sur son visage une empreinte de tristesse et de douleur contenue telle, que Maria ne put s'empêcher de lui en faire l'observation.

— Oh ! oui, madame, répondit la petite montagnarde, vous avez raison. Pourquoi suis-je triste? Car je lis dans vos yeux que vous êtes aussi bonne que belle, et que vous m'accorderez ce que je viens vous demander. Alors je dois être gaie.

Et elle eut un sourire angélique, mais où la résignation l'emportait évidemment sur tout autre sentiment, un sourire tel sans doute qu'en avaient les vierges martyres aux premiers temps du christianisme, alors qu'elles contemplaient les terribles apprêts de leur supplice. Toutefois, elle garda le silence. Peut-être éprouvait-elle le besoin de s'affermir encore dans sa résolution.

Allons, se dit Maria, je vois bien qu'il faut que je vienne en aide à cette jeune fille. Et elle ajouta à haute voix :

— Cet ami dont vous voulez me parler est donc menacé d'un malheur qu'il est en mon pouvoir de conjurer?

— Oui, madame.

— Eh bien, dites-moi son nom, car je ne sais pourquoi vous ne me l'avez pas encore nommé.

— Madame, c'est que je voudrais, avant de le faire, être bien sûre que vous m'accorderez ce que je viens vous demander pour lui.

— Ah ! mon enfant, c'est exiger beaucoup, et je ne saurais prendre un tel engagement. Voyons, ne serait-ce pas un de mes gens qui a commis quelque faute, et que mon intendant veut chasser?

— Oh ! madame.

Il y eut dans cette exclamation de Nanette une expression si vive de fierté blessée, que la comédienne reprit aussitôt :

— C'est donc d'une personne de condition qu'il s'agit?

Nanette inclina la tête en signe d'affirmation.

Je vois ce que c'est, pensa la Hernandez. Cette petite se sera laissé séduire par quelqu'un des jeunes seigneurs que je reçois ici. Mais que peut-elle attendre de moi dans une telle occurrence? Je m'y perds... Mon enfant, ajouta-t-elle, votre candeur m'intéresse, et il ne tiendra pas à moi que... votre ami n'obtienne ce que vous désirez pour lui. Cette assurance vous suffit-elle?

— Hélas! madame, j'aurais désiré un peu davantage. Cependant je ne vous en remercie pas moins du plus profond de mon cœur.

— Maintenant, vous pouvez nommer la personne dont il s'agit.

— Oui, madame; cette personne est... M. le comte d'Anglars de Rochevert.

Ici la physionomie de Maria Hernandez changea tout à fait, et la douce compassion dont elle s'était empreinte fit place à la froideur et à la fierté.

— Mademoiselle, s'écria la hautaine Espagnole d'un ton sévère, je ne connais point M. le comte d'Anglars de Rochevert, et ne veux rien avoir de commun avec lui; j'ai déjà eu l'occasion de le dire à l'un de ses gens, et je suis fâchée que vous me mettiez dans la nécessité de vous le répéter.

Nanette, qui avait observé avec beaucoup d'attention la brusque métamorphose qui venait de s'opérer dans le ton et les manières de la comédienne, ne put réprimer un léger frémissement; pourtant, se rapprochant instinctivement d'elle, et donnant l'essor à toute sa sensibilité, elle reprit:

— Ah! madame, ne parlez pas ainsi, car vous brisez mon cœur, comme vous briseriez le sien, s'il pouvait vous entendre. Madame, madame, grâce pour lui! Il vous a offensée, je le sais; mais je suis sûre que si vous vouliez l'entendre seulement un quart d'heure, il se justifierait bien vite à vos yeux. Il vous aime tant! Oh! il est impossible que vous sachiez combien il vous aime; car, sans cela, vous ne seriez pas inexorable pour lui, vous l'aimeriez aussi, vous. Mon Dieu, mon Dieu, il est si bon, si noble, si beau, mon jeune seigneur! Comment se fait-il qu'on puisse ne pas l'aimer?

Pendant que Nanette parlait ainsi, Maria Hernandez la contemplait avec un étonnement mêlé d'une pitié profonde. Car, habituée à jouer au théâtre avec le clavier terrible de toutes les passions humaines, et douée d'ailleurs de ce merveilleux instinct d'observation que possèdent toutes les femmes, et qui leur fait si bien deviner les sentimens enfouis dans les intimes replis de l'âme et les plus secrets mobiles de chaque action, elle n'avait pu se méprendre sur le caractère de la démarche que Nanette venait d'entreprendre auprès d'elle, et elle se sentait prise de la plus vive admiration pour cette jeune fille, qui, dans un élan sublime, sacrifiait son amour pour essayer d'assurer le bonheur de celui qu'elle aimait.

Lorsque Nanette eut cessé de parler, Maria prit ses deux mains dans les siennes; et, fixant sur elle un mélancolique regard:

— Mon enfant, lui dit-elle avec une certaine solennité, votre démarche me touche, et je veux être bien franche avec vous. Je vais donc tout vous dire, comme si j'étais devant mon confesseur, et vous serez juge ensuite de ma conduite passée comme de ma conduite à venir. Sans doute, vous savez déjà quelle destinée m'a jetée dans une carrière pour laquelle je n'étais point née et où une femme ne saurait entrer sans être aussitôt flétrie dans l'opinion publique. Quant à moi, en devenant ce qu'ils appellent une fille d'Opéra, je n'ignorais point que je dérogeais à ma noblesse, que j'imprimais une souillure au blason de mes pères, mais j'amais mieux cela que de devenir une mauvaise religieuse; il me semblait d'ailleurs que j'avais une belle tâche à remplir, c'était de démentir un injuste préjugé, en relevant ma profession par la pureté de ma vie. N'était-ce point là un noble but? Ce but, mon enfant, tout le monde vous le dira, j'étais sur le point de l'atteindre, lorsque, pour mon malheur, le sort me fit rencontrer celui dont vous avez prononcé le nom. Il était jeune, il était noble, il était beau, c'est vous qui l'avez dit, et de plus, je voyais en lui, comme je vois en vous maintenant, ce qu'on cher-

cherait vainement dans le monde où je suis condamnée à vivre, ce qui n'y est même qu'un objet de raillerie, la naïveté, la candeur et les douces illusions qui conviennent si bien à votre âge et au sien. Que vous dirai-je de plus? Je ne chercherai point à le nier : peut-être étais-je sur le point d'aimer M. le comte d'Anglars.

Ici Maria Hernandez se cacha le visage entre ses mains, comme si elle eût rougi d'un tel aveu. Qui sait même si elle ne cherchait pas plutôt ainsi à écarter un poignant souvenir? Il y eut un silence de quelques instans. Bientôt elle reprit d'une voix qui s'animait par degrés jusqu'à l'accent de la plus violente passion :

— Aveugle que j'étais, je ne m'apercevais pas que je m'étais laissé endormir sur le bord d'un abîme! Oh! mon réveil fut terrible. Un soir, il y a deux mois de cela, c'était à la fin de février, j'entendis un grand tumulte sous les fenêtres de mon hôtel qui donnent sur la rue. On riait, on chantait, et par intervalles, mon nom répété avec des éclats de voix railleurs arrivait à mon oreille. Etonnée, je m'approche d'une fenêtre et j'écoute... C'était une chanson dont M. le comte d'Anglars était le héros et dont moi j'étais la victime, une chanson remplie de honteuses allusions à un tête-à-tête en carrosse avec ce même comte d'Anglars. L'heure de l'Opéra était venue : non moins émue qu'indignée, je m'y fais conduire, et là j'entends encore retentir la même chanson dont le refrain me poursuit dans ma loge, au foyer, dans les coulisses, partout. Mes camarades, dont j'avais su me concilier l'estime et le respect, n'ont plus pour moi que des regards où, à défaut de dédain, se lit une insolente curiosité. Le public devant lequel je suis condamnée à paraître, la mort dans le cœur, reste froid et impassible spectateur de mes tortures, et, pour la première fois de ma vie, pas un suffrage n'a salué mon entrée en scène. Oh! vous ne devinerez jamais, mon enfant, tout ce que j'ai souffert alors. C'est un supplice horrible et que je ne voudrais pas recommencer, quand il s'agirait pour moi d'un empire. Trop fière pour chercher à connaître la cause d'un tel accueil et à me justifier, je rentrai dans mon hôtel dévorant les larmes de rage que je sentais près de s'échapper de mes yeux, et, sur le passage de mon carrosse, je pus recueillir encore l'écho de cette abominable chanson qui me broyait le cœur. Quelle nuit je passai! Mais enfin je n'étais plus en présence de témoins, et au moins je pouvais pleurer en liberté. Enfin, le lendemain, j'appris par quelques officieux amis que j'étais trahie, perdue, diffamée, et que l'auteur de tous mes maux était le comte d'Anglars!

— Oh! c'est impossible! interrompit Nanette.

— Je le crus comme vous d'abord, mon enfant, car il m'en coûtait plus que vous ne pouvez le penser de le trouver coupable. Mais bientôt, hélas! il ne me fut plus permis de conserver le moindre doute. Le comte d'Anglars venait d'être blessé dangereusement en duel, et, avant de se battre, il avait refusé de rétracter l'infâme calomnie qu'il n'a pas craint de faire peser sur ma tête, en déclarant que j'avais passé seule, en tête-à-tête avec lui, une journée en carrosse fermé, sur la route de Chelles. Aujourd'hui, interrogez la ville et la cour, chacun vous dira : « La Hernandez n'est qu'une fille perdue comme toutes ses compagnes de l'Opéra. Seulement elle se cache, mais on a découvert qu'elle avait deux amans à la fois, le chevalier de Barbançon et le comte d'Anglars. » Oh! mon Dieu, suis-je assez humiliée!

Quelques pleurs brillèrent dans les yeux de la Hernandez pendant qu'elle prononçait ces paroles, pleurs de dépit, séchés bien vite par l'orgueil blessé. Nanette, émue à son tour de pitié, s'écria :

— Vous l'avouerai-je, madame, avant de vous connaître, je vous accusais, et peut-être je faisais plus encore, je vous maudissais; mais maintenant je vous plains, oh! je vous jure que je vous plains.

— Je vous crois, mon enfant, répondit la comédienne en lui pressant la main, et je vous rends grâce.

— Mais, reprit timidement son interlocutrice, M. le comte n'est pas aussi coupable que vous le pensez, et il a pu se laisser égarer par sa jalousie contre un rival. C'est un mal si affreux que la jalousie, madame! Oh! je prie Dieu que vous ne le connaissiez jamais.

— Le comte d'Anglars jaloux du chevalier de Barbançon! à quel titre, bon Dieu? Ah! si j'ai un reproche à me faire dans tout ceci, c'est d'avoir préféré à l'homme qui se présentait franchement devant moi, sans chercher à dissimuler ses défauts, celui qui s'est affublé d'un masque menteur pour mieux me déshonorer ensuite. Sans doute, ce fut un tort de la part de M. de Barbançon, un tort dont je ne veux point l'excuser, de chercher à abuser de la confiance d'un jeune homme pour l'attirer dans un piége. Mais n'y a-t-il pas bien loin de l'action d'un gentilhomme qui s'efforce de supplanter son rival, en le rendant ridicule, à celle d'un homme qui, pour une vaine satisfaction d'amour-propre, s'en va lâchement calomnier une femme? M. d'Anglars jaloux de M. de Barbançon! mais il oubliait donc alors qu'en refusant de lui nommer l'auteur du piége où il était tombé, en le priant même de ne point chercher à le découvrir, c'était lui avouer déjà l'intérêt qu'il m'inspirait par le soin avec lequel je veillais sur ses jours. N'ai-je pas fait plus encore? Oh! oui, puisque aussi bien je vous ai promis une confession pleine et entière, je ne dois rien vous cacher. Je savais les fermens de haine qui existaient entre M. de Barbançon et M. d'Anglars. Ils n'avaient pu si bien l'un et l'autre me dissimuler leur pensée secrète, que je ne prévisse qu'à la première occasion il y aurait entre eux du sang répandu. Tremblant que cette promenade à Chelles, à laquelle j'avais eu la faiblesse de consentir, ne devînt le prétexte d'un duel, je me suis compromise, je me suis abaissée jusqu'à la prière; oui, mon enfant, moi Maria Hernandez, j'ai osé écrire à M. de Barbançon une lettre dont je rougis, dans le seul but de prévenir ce duel. Ce que pouvait contenir cette lettre, je l'ignore, car j'avais la tête perdue en pensant quel adversaire redoutable le comte d'Anglars trouverait dans M. de Barbançon, si mes craintes venaient jamais à se réaliser, et j'étais assez sûre de l'amour de ce dernier pour penser qu'il ne résisterait pas à une prière de moi, bien que je dusse faire éclater ainsi ma préférence pour son rival. Je sais en effet aujourd'hui qu'il n'a pas tenu à lui que ce duel n'eût point lieu, et qu'il a dû céder aux insultantes provocations de M. d'Anglars. Voilà, mon enfant, quelle a été ma conduite, quelle a été celle de l'homme au repentir duquel je veux croire, mais que je n'en dois pas moins considérer comme l'artisan de tous mes malheurs, et c'est à vous de juger maintenant s'il peut jamais exister aucun lien entre Maria Hernandez et le comte d'Anglars. Sans doute il m'est pénible de vous refuser, vous pour qui j'éprouve déjà tant d'intérêt et d'attachement même, mais ma résolution est prise, et je ne le reverrai de ma vie.

— Hélas! il mourra donc! s'écria la jeune paysanne en hochant douloureusement la tête.

— Ne le croyez pas, mon enfant, on ne meurt pas ainsi. J'existe toujours, moi, et pourtant j'ai perdu le bien qui m'était le plus cher, ma réputation.

— Et moi, madame, je vous dis qu'il ne saurait vivre sans votre amour, mon pauvre jeune seigneur. Oh! madame! ayez pitié de lui et de moi, car s'il meurt, et il mourra, j'en suis sûre, moi d'abord je ne lui survivrai pas, et vous aurez ainsi à vous reprocher la mort d'une pauvre fille qui ne vous a jamais fait de mal, elle. Ecoutez, madame, je ne veux pas être trop exigeante, et je ne vous demande plus de l'aimer; eh bien, permettez-lui seulement de vous revoir, cela n'engage à rien, n'est-ce pas, et c'est bien peu; que je ne sois pas venue ici en vain, madame, un mot, un seul mot de vous aussi froid qu'il vous plaira, mais un mot de clémence, et alors je serai sûre qu'il vivra. Faites cela pour lui, pour moi, pour son vieux père, un seigneur bien respectable et qui espère tant en lui, l'aîné d'une si noble famille; pour ses frères et sœurs dont il doit être le protecteur et l'appui; pour nous tous, en un mot, qui passerons le reste de nos jours à vous bénir et à prier Dieu qu'il vous rende heureuse.

La pauvre Nanette ajouta bien d'autres choses encore; puisant dans son dévoûment même une éloquence pleine d'entraînement et de passion, elle eut de ces accens du cœur qui émeuvent et qui arrachent des larmes; que vous dirai-je de plus? Il vint un moment où la Hernandez attendrie lui tendit les bras, l'embrassa et confondit ses larmes avec les siennes. Oh! ce fut alors sans doute un spectacle touchant que celui de ces deux jeunes filles de condition si diverse, d'un type de beauté si opposé, et réunies dans une même pensée comme dans un même embrassement. Faut-il croire qu'il s'opéra en ce moment une révolution dans le cœur de la comédienne en faveur de notre héros, ou bien n'était-ce qu'une simple concession aux prières et aux larmes de son charmant avocat? Je ne sais; mais vers le soir, lorsque Nanette rentra à l'hôtel d'Anglars, sans répondre aux questions qui lui furent faites, elle alla droit à la chambre de son jeune seigneur et lui tendit un billet de Maria Hernandez, où il n'y avait que ce simple mot: « Revenez. » Puis, accablée par la violence de toutes les émotions de la journée, elle tomba évanouie à ses pieds.

VIII

Bonheur au jeu.

Il est plus facile de deviner que d'exprimer tout ce qui se passa dans l'âme du jeune comte d'Anglars, en recevant des mains de Nanette le billet de Maria Hernandez. En proie à mille émotions diverses, et appréciant peut-être alors pour la première fois tout ce qu'il y avait de dévoûment et d'abnégation sublime dans l'amour de cette jeune paysanne, il se précipita à genoux devant l'adorable fille, l'appelant des noms les plus tendres, la couvrant de ses caresses, et confondant dans sa reconnaissance comme dans son amour ces deux noms de Maria et de Nanette. Aussi, quand cette dernière revint à elle, et qu'elle se vit entre les bras de son jeune seigneur qui lui baisait les mains, elle ne put s'empêcher de murmurer tout bas:

— Hélas! ce n'est pas à moi que s'adressent tous ces baisers, c'est à une autre.

Mais bientôt elle eut honte de ce mouvement de jalousie auquel elle venait de céder involontairement, et s'écria avec un ineffable sourire:

— Monseigneur, êtes-vous content?

— Nanette, répondit le jeune comte en la pressant contre son cœur, tu es un ange.

Antoine fut le seul dans la maison qui manifesta hautement sa mauvaise humeur, mais comme il grondait toujours, on n'y fit point attention. Pour Nanette, comme elle avait été triste de la tristesse du jeune comte, elle était maintenant heureuse de son bonheur.

A partir de ce moment, d'Anglars revint rapidement à la santé, et peu de jours après il était en état de se rendre à l'appel de la comédienne. Elle avait consenti à le revoir, mais seulement en présence de témoins et à la condition expresse que jamais il ne serait question entre eux d'un passé qu'elle voulait bien mettre en oubli, malgré l'atteinte mortelle qui en était résultée pour sa réputation, et que devait faire revivre encore cette détermination même. Enfin, elle avait exigé l'engagement formel que jamais un mot d'amour ne sortirait de la bouche du jeune comte, le prévenant que, du jour où il manquerait à cet engagement, la porte de son hôtel lui serait impitoyablement fermée et sans retour. Quelque dures que fussent les conditions de ce traité obtenu encore avec beaucoup de peine par la jolie petite diplomate qui l'avait négocié, on pense bien qu'elles avaient été acceptées avec joie.

Ce fut une soirée mémorable que celle où notre héros, après une absence de près de trois mois, fut admis à venir baiser la main de la Hernandez. Certes, Lauzun apparaissant dans le salon de mademoiselle de Montpensier au Luxembourg, après avoir passé six années de sa vie dans les cachots de Pignerol, n'excita pas plus de curiosité. Il n'était bruit dès la veille que de cette importante nouvelle dans tous les cercles de la ville et de la cour. Aussi il y eut foule de bonne heure chez la comédienne, tant chacun grillait d'envie d'être témoin de l'entrevue, et d'entendre les premières paroles que se diraient les deux amans, car on persistait encore à les considérer comme tels. Dans notre grande et belle capitale, il faut bien peu de chose pour occuper l'attention publique, et l'on a pu voir que Philippe d'Anglars avait déjà eu cet honnenr en partage; seulement, comme cela arrive fréquemment, on l'avait oublié dès le lendemain. Il avait fait le plongeon, maintenant il revenait sur l'eau.

Lorsque, fendant avec effort les flots de la foule qui se pressait sur son passage, il traversa les appartemens de l'hôtel Hernandez, la commisération l'emporta pourtant sur la curiosité à la vue de ce jeune gentilhomme pâle, les joues amaigries, et se soutenant à peine, lui dont la démarche était jadis si sûre et si fière, dont le front rayonnait si bien de jeunesse et de santé. Comme le premier jour où il était venu, il entra, en compagnie de Mirepoix, son fidèle Pylade, et il avait bien pour sa part quelque affinité avec Oreste, ne fût-ce que par la fatalité qui s'acharnait sans cesse aussi à toutes ses démarches, ni plus ni moins que s'il eût été fils d'Agamemnon. Comme le premier jour, il fut introduit dans le parloir où l'inévitable hidalgo don Juan Hernandez de Siete Yglesias y Hermosa y Andres se tenait majestueusement dans son cadre, la main appuyée sur le pommeau de sa rapière. Il retrouva les mêmes grands seigneurs, les mêmes traitans, les mêmes beaux esprits; tous ces personnages étaient tels qu'il les avait laissés, mêmes visages, mêmes attitudes; ils n'étaient ni plus vieux, ni plus jeunes; il semblait que rien n'eût changé que lui seul, et que l'hôtel Hernandez fût devenu une succursale du palais enchanté de la Belle au Bois dormant. Dans cet état de choses, d'Anglars s'attendait presque à entendre annoncer derrière lui M. le chevalier de Barbançon; mais, heureusement pour lui, il se trompait sur ce point, et les geoliers de la Bastille n'étaient nullement disposés encore à lâcher une si belle proie.

A l'aspect du jeune comte, et en apercevant les ravages que la maladie et le chagrin avaient imprimés dans toute sa personne, Maria Hernandez ne put dissimuler entièrement son émotion, mais elle la réprima bien vite, et, au grand étonnement de l'assistance et de notre héros lui-même, elle lui adressa la parole avec aisance et bonté, absolument comme si elle l'eût vu la veille ou le matin même. Toutefois, on remarqua qu'elle affectait de lui parler toujours à haute voix et sur les sujets les plus indifférens. Pour lui, il était évidemment fort troublé. Lorsqu'il se retira après une visite qu'il eut le bon esprit d'abréger, il s'approcha de la comédienne, et lui demanda d'un ton timide s'il lui serait permis de revenir lui présenter ses hommages le lendemain; elle répondit gracieuserment qu'elle recevrait toujours M. le comte d'Anglars avec plaisir; mais, ajouta-t-elle tout bas, toujours aussi aux mêmes conditions.

D'Anglars n'en demandait pas davantage. Il y a des momens où l'amour, comme dit le Tasse :

Nulla spera poco chiede.

Lorsqu'il rentra à l'hôtel d'Anglars, Nanette était en prières : elle avait passé toute la soirée ainsi ; pauvre Nanette !

Cependant s'il avait rencontré une négociatrice aussi habile auprès de la Hernandez, dans la personne de cette jeune paysanne, il aurait eu grand besoin également d'une intervention non moins puissante et non moins efficace auprès de son oncle l'évêque, qui se montrait beaucoup plus récalcitrant, et refusait non seulement, lui, de le recevoir, mais encore de l'aider le moindrement de sa bourse. Le crédit du jeune comte s'épuisait en attendant tous les jours, et les rapports d'Antoine à cet endroit devenaient de plus en plus alarmans. Il devenait urgent de pourvoir aux embarras d'une telle position. D'Anglars commençait à le sentir lui-même ; et, après avoir épuisé toutes les ressources épistolaires, il crut devoir se présenter en personne chez monseigneur d'Icosie, mais là il put se convaincre que sa cause était totalement perdue. Le suisse de monseigneur, qui l'avait si bien accueilli la première fois, lui barra inhumainement le passage; il avait des ordres précis à cet effet. Monseigneur avait appris que la première sortie de son neveu avait été pour une fille d'Opéra ; et, jugeant qu'il y avait là ce que l'Eglise appelle impénitence finale, il avait fait appeler la supérieure d'un couvent d'Ursulines de la rue de Sèvres, et lui avait annoncé hautement son intention de léguer tout son bien à sa communauté. Bien que peut-être notre gentilhomme eût quelques motifs de soupçonner un pareil dénouement, ce fut un coup de foudre pour lui, dans sa situation actuelle. Toutefois, il ne s'en laissa pas abattre. Pour un amoureux, la perte d'un héritage n'est jamais ce qu'elle est pour les autres hommes; et puis, avec le temps, il n'avait pas perdu tout espoir de fléchir son oncle. Cependant il jugea qu'il importait de cacher le plus long-temps possible cette désastreuse nouvelle qui ne manquerait pas de tuer le peu de crédit qui lui restait. Dans cette vue, il eut recours à son cher Antoine, qui était toujours sa ressource dans les occasions désespérées.

Il fut convenu entre eux, d'un commun accord, qu'on garderait l'hôtel de l'île Saint-Louis pour sauver les apparences, et qu'on entrerait dans un grand système d'économies. Le seul laquais qui restât, dut être congédié avec le suisse de l'hôtel, qui ne remplissait guère là qu'une sinécure. Seulement, leurs livrées furent conservées, parce qu'elles pouvaient être utiles dans l'occasion. Le jeune comte se faisait fort de subvenir à toutes les dépenses de la maison avec sa solde de cornette des gendarmes de la garde dont il allait reprendre le service, avec quelques secours qu'il espérait tirer de sa famille, plus avec les emprunts qu'il parviendrait à réaliser à valoir sur la succession paternelle, déjà, on le sait, fort entamée. Antoine gémit, gronda ; fit cent objections comme toujours, répétant à chaque instant que le meilleur parti à prendre était de retourner passer la belle saison en Auvergne ; que si ce parti avait été suivi dès le principe, M. le comte d'Anglars n'aurait pas achevé de se brouiller avec son oncle ; puis à la fin, comme il était fort attaché à son jeune maître et qu'il ne craignait rien tant que le contrarier, il se rangea à son avis. D'Anglars en fut enchanté.

— Tu verras, lui dit-il, que tout ira le mieux du monde, et qu'à nous trois (il est bien entendu que Nanette était toujours de la maison) nous vivrons comme dans un Eldorado. D'abord il n'y a rien qui serve si mal qu'un monde de valets. C'est toujours entre eux à qui ne fera pas une chose, et je suis sûr que tes fonctions d'intendant étaient un sujet de tracas et de soucis perpétuels pour toi. N'ayant d'ordres à donner à personne, tu seras parfaitement tranquille, et je n'aurai, moi, ni gages, ni livrées, ni tout ce qui s'ensuit à payer. Mes dépenses personnelles sont peu de chose. Voici l'été qui vient, ce n'est pas comme l'hiver, on peut aller à pied, c'est même du bel air. J'ai une garde-robe fort bien montée et toute neuve, grâce à ma maladie. Je ne veux me permettre d'autre passe-temps que l'Opéra, où j'ai mes entrées en ma qualité de cornette des gendarmes de la garde. Avec tout cela, nous aurons bien de la chance contre nous si nous ne parvenons à ajouter les deux bouts.

— C'est à merveille, monsieur le comte, mais l'arriéré...

— Nous verrons plus tard : ne nous occupons que du présent. Toi, seulement il faut que tu me secondes, entends tu bien. Aie soin de dire toujours que je suis au mieux avec mon oncle, qu'il me donne continuellement de l'argent, que nous faisons grande chère à l'hôtel; cela fait bien. Ne te montre pourtant que le plus rarement possible dans le quartier, parce que d'abord il serait malséant qu'il n'y eût personne pour répondre, si par hasard il me venait une visite.

— Ah ça, monsieur le comte veut donc me faire suisse à présent?

— Il le faudra bien dans l'occasion, mon pauvre Antoine; mais ce n'est pas tout, je pourrai avoir à t'employer en toute autre qualité, et tu conçois qu'il importe dès lors que ton visage ne soit pas trop connu.

— Je comprends que me voilà revenu exactement au même point que quand nous sommes arrivés à Paris, il y a six mois.

D'Anglars soupira, et, sans s'inquiéter autrement de l'observation d'Antoine, il s'écria:

— Ah! quel dommage qu'il n'y ait plus que les rois et les princes qui aient des pages! Quel charmant petit page nous eussions fait de Nanette!

— Oh! pour le coup!...

— N'y pensons plus. Allons, Antoine, quitte ce sombre visage: la fortune ne me sera pas toujours contraire. Il faut toujours dans ce bas monde ne compter que sur soi, c'est le moyen de réussir. Je suis cornette aujourd'hui, mais je monterai en grade infailliblement; et vienne une bonne guerre, en Espagne par exemple, je puis devenir maréchal de France.

Après avoir fait ce beau plan de conduite, d'Anglars se remit à vivre à peu près comme par le passé, partageant son temps entre les obligations du service qui l'appelaient tantôt à Versailles, tantôt à Marly, et entre l'Opéra et l'hôtel Hernandez, les deux séjours où il semblait avoir fait élection de domicile. Cependant l'amour, cette passion tyrannique et envahissante qu'on a toujours la prétention de vouloir gouverner à sa guise, ne s'accommode pas ainsi de nos fantaisies. Notre héros avait d'abord considéré comme le bonheur suprême d'être réadmis en présence de Maria Hernandez, de la voir, de lui parler, et il ne s'était point inquiété de ce qui adviendrait ensuite; mais lorsqu'il vit qu'il était positivement aussi avancé, au bout de deux semaines de cour assidue, que le premier jour, et que la comédienne, fidèle aux clauses de son traité, n'avait plus pour lui la moindre œillade particulière, et le recevait avec autant d'indifférence que tel vieux duc ou tel épais traitant, il commença à se désespérer. En vertu de cette loi éternelle des contrastes qui régit notre nature, il devenait d'autant plus épris de la belle Espagnole, qu'elle semblait moins accessible à son amour. Tous les jours, il attendait avec impatience le moment où il lui serait permis de se rendre chez elle ou d'aller à l'Opéra s'enivrer des séductions de son chant ou de sa danse. Comme les heures se traînaient lentement jusque-là! et comme il eût de bon cœur supprimé le soleil qui n'éclairait pour lui que le temps pendant lequel il ne la voyait pas? Et pourtant dès qu'il se trouvait en sa présence, il ne goûtait qu'un bonheur mêlé d'amertume, en songeant que cette femme qu'il aimait de toutes les forces de son âme, était insensible à son amour, et qu'il s'était interdit volontairement lui-même tout espoir de la fléchir. Quelquefois, honteux de sa faiblesse, il formait le projet de rompre sa chaîne et de ne plus retourner chez elle, et alors il passait deux jours entiers sans la voir. Comme il s'ennuyait ces deux jours-là ! Mais le troisième jour, il revenait plus amoureux que jamais reprendre ses fers, et la Hernandez le recevait avec sa grâce accoutumée et sans paraître seulement s'apercevoir qu'il n'était venu ni la veille, ni l'avant-veille. Infortuné d'Anglars! Était-il donc devenu à tout jamais un étranger pour cette femme dont il avait jadis fait battre le cœur? D'autres fois, en regardant Narette qui, toujours tendre et résignée, lui souriait doucement, il la trouvait si jolie, qu'il voulait se remettre à l'aimer et en faire sa maîtresse; mais bientôt il se disait que ce serait un sacrilége de flétrir cette sainte et pure jeune fille, alors qu'il ne pouvait lui offrir en même temps son cœur qui appartenait à une autre, et il s'en allait à l'Opéra ou à l'hôtel Hernandez.

Il ne subissait pas moins matériellement que moralement toutes les conséquences de la lutte insensée qu'il avait entreprise. Sans cesse harcelé par ses créanciers, réduit à une existence toute de privations et de misères, qu'il dissimulait avec soin sous les dehors du luxe et de l'aisance, faisant des repas d'ermite et vantant dans le monde les talens de son cuisinier, il sacrifiait à l'orgueil tout ce que lui laissait l'amour, et, dans l'une comme dans l'autre de ces deux passions, il ne trouvait que des soucis et des tortures.

Un soir, il y avait une fête chez Maria, à l'occasion de son anniversaire de naissance : elle venait d'accomplir sa vingtième année ; et, afin de célébrer cet anniversaire d'une manière digne de sa fortune, elle avait réclamé le concours de ses camarades de l'Opéra, pour un spectacle qui devait avoir lieu dans l'une des salles de son hôtel, disposée à cet effet. Un bel esprit de l'époque avait composé, pour la circonstance, une pièce qu'on disait pleine de délicates allusions, et dont la musique avait été choisie dans les opéras et ballets où la Hernandez avait eu le plus de succès, et chaque situation du nouvel ouvrage était combinée de façon à rappeler l'un de ses triomphes. Elle-même avait consenti à jouer dans cette pièce un rôle épisodique et à exécuter devant son auditoire une des danses voluptueuses de son pays, entremêlée, selon la mode mauresque, de musique et de chant. On pense bien que d'Anglars n'eut garde de manquer à cette solennité, qui fut pour la charmante fille d'Opéra l'occasion d'un nouveau triomphe. Elle fut saluée par une pluie de fleurs et de madrigaux qui s'adressaient non moins à l'union, si rare des deux talens bien divers dans lesquels elle excellait, qu'à sa beauté la plus accomplie qu'il soit possible d'imaginer. Plusieurs princes du sang, le duc de Chartres, le prince de Conti, M. le Prince, avaient brigué la faveur d'être conviés à cette fête, et leur enthousiasme ne connaissait plus de bornes. Un succès si éclatant n'eut d'autre effet que d'achever de porter dans l'âme de notre héros le trouble et le découragement. Triste au milieu de l'allégresse générale, étourdi de la pompe et de l'éclat de la fête, jaloux de tous ces applaudissemens frénétiques, qui lui semblaient accuser autant de rivaux qu'il y avait de spectateurs dans la salle, il se leva avant la fin du spectacle et descendit dans le jardin de l'hôtel, pour y promener en liberté et sans témoins ses noires rêveries.

On était à la fin du mois de mai, la nuit était magnifique. Après avoir erré quelque temps dans les allées les plus sombres et les plus solitaires, il s'assit dans un bosquet écarté où les bruits de la fête n'arrivaient plus à son oreille qu'en échos affaiblis, où les roses et le chèvrefeuille enivraient les sens de leurs doux parfums, et, les yeux fixés sur l'étoile de Vénus brillant à l'horizon, il s'absorba tout à fait dans sa mélancolie. Il y avait environ un quart d'heure qu'il était dans cette position qui semble tenir à la fois de la veille et du sommeil, lorsqu'une main le toucha doucement. Il tressaillit et tourna la tête. Etait-ce une illusion? Une ombre charmante était devant lui, et dans cette ombre, à la molle lueur qui tombe des étoiles, il avait reconnu la Hernandez. Elle était vêtue du costume andalous sous lequel elle venait de danser. Soit même qu'elle fût encore sous l'impression de la fatigue momentanée que cet exercice avait dû lui faire éprouver, soit plutôt que quelque émotion intime et cachée se fût emparée d'elle, l'agitation de son sein trahissait les battemens de son cœur. Debout, sous le vert feuillage de ce bosquet, par une belle nuit d'été, et auprès de ce jeune homme à tête blonde, elle rappelait cette fois, à ne s'y pouvoir méprendre, Diane, la fière déesse, qui s'en vient trouver Endymion.

— O mon Dieu! s'écria d'Anglars qui rompit le premier le silence, mon Dieu, si ce n'est qu'un songe, ne me réveillez pas!

Maria sourit et répondit d'une voix légèrement émue :

— Non, monsieur le comte, ce n'est point un songe; mais que faites-vous donc là seul comme un boudeur?

Confus et charmé, le jeune comte ne put que balbutier quelques mots sans suite :

— Senora, dit-il, je... Veuillez m'excuser... la chaleur...

— Allons, monsieur le comte, reprit tendrement la comédienne, ne cherchez pas à me tromper. Vous êtes triste depuis quelque temps; je veux connaître le sujet de votre tristesse.

— Hélas! senora, vous savez à quelles conditions il m'a été permis de reparaître en votre présence. Voulez-vous donc me forcer à violer ma promesse?

— Oh! non, répartit vivement Maria, mais je ne veux plus que vous soyez triste, entendez-vous?... Vous me le promettez?

Et elle lui tendit la main. D'Anglars saisit en tremblant cette main adorée, et il la baisa avec transport. Il y eut un silence, silence plein d'ineffables délices. Au bout de quelques instans, la jeune femme s'écria avec un accent qu'elle voulut rendre assuré :

— Voyez ce que c'est! voilà que la contagion me gagne aussi, et je deviens triste comme vous. Ecoutez, parlons de choses plus gaies : on dit que vous avez dans l'île Saint-Louis un petit hôtel d'un goût exquis, et j'ai beaucoup entendu parler de certain souper que vous y avez donné, l'hiver passé, à messieurs les gendarmes de la garde. Je sais une personne qui a l'intention d'aller vous faire visite demain soir et... de vous demander à souper. Serez-vous libre, et vous plaît-il de la recevoir?

— Et, reprit le jeune comte d'une voix à peine articulée, cette... personne... est...

Maria mit son doigt sur le bord de ses lèvres; puis, contemplant son interlocuteur avec un sourire plein de tendresse et de malice :

— Monsieur le comte d'Anglars, s'écria-t-elle, devinez!

Comme elle parlait ainsi, un bruit de pas retentit à peu de distance, et légère comme un oiseau, elle disparut. D'Anglars voulut s'élancer, ne fût-ce que pour baiser le bas de sa robe, et il sortit du bosquet; mais à ce moment il se heurta violemment contre un corps opaque et animé; et une voix bien connue s'écria :

— Enfin je vous trouve, monsieur le comte!

— Antoine! dit à son tour le jeune d'Anglars, la peste soit du maroufle! Et par quel hasard?... Puis, cédant tout à coup à ce besoin d'épanchement qui caractérise généralement les amoureux, et sans laisser le temps à l'honnête montagnard de parler : Au surplus, ajouta-t-il avec une rapidité sans égale, tu viens fort à propos, mon cher Antoine; apprends que ma persévérance a enfin triomphé de tous les obstacles et que je suis le plus heureux des hommes. Si tu savais, Antoine, ce qui m'arrive! Mais non, je te raconterai tout cela plus tard en détail : pour le moment, il faut nous occuper des préparatifs; va, cours sur-le-champ par la ville, achète des fleurs, commande un somptueux repas. Il faut que demain l'hôtel d'Anglars soit digne d'être visité par une reine.

— Ah! mon pauvre jeune maître! murmurait pendant ce temps-là Antoine ébahi, est-ce que sa folie le reprend? Sans doute il sait déjà ce qui se passe, et cela a produit une commotion sur son cerveau.

Puis, profitant de ce que la respiration venant à lui manquer, d'Anglars s'était arrêté :

— Monsieur... monsieur le comte, s'écria-t-il, il ne s'agit pas de fleurs ni de repas, mais bien de vos créanciers qui sont à l'hôtel à cette heure, et qui font main basse sur tout, en vertu de je ne sais quel jugement qu'ils ont obtenu contre vous. Je suis accouru ici pour vous dire cela. Vous avez jusqu'à demain pour trouver un autre gîte; on nous laisse encore cette nuit par grâce.

A ces cruelles paroles, d'Anglars demeura quelques instans la bouche béante, les yeux effarés, hochant machinalement la tête comme un homme qui ne comprend qu'à moitié ce qu'on vient de lui faire entendre. Puis il poussa un cri douloureux; et, saisissant son vieux majordome par le bras :

— Ah! grand Dieu! balbutia-t-il d'une voix étouffée, que dis-tu là? Mais cela ne se peut! Antoine, cela ne se peut, il me faut absolument mon hôtel pour demain. Antoine, mon bon Antoine, va te jeter en mon nom, aux genoux de ces hommes; dis-leur qu'après-demain je leur abandonne tout ce que je possède, mais que je leur demande encore un répit, un dernier répit jusqu'à après-demain, c'est bien peu. Parle-leur toujours de l'héritage de mon oncle l'évêque!

— Votre oncle, monsieur le comte! Apprenez qu'il touche à ses derniers momens : c'est ainsi que s'est éventée la mèche. On a su qu'il avait fait appeler son notaire avec la supérieure du couvent des Ursulines, et que vous étiez déshérité.

— Ciel! Eh bien, Antoine, dis à mes créanciers que je leur abandonne tous mes droits sur le bien de mon père; que je suis prêt à signer une renonciation en leur faveur sur tout mon patrimoine; qu'ils auront le château d'Anglars, les bois, les métairies, les burons qui en dépendent. Antoine, cela doit leur suffire, n'est-ce pas?

— Hélas! monsieur le comte, ils disent que le château d'Anglars n'est qu'une bicoque, et que sa vente ne les couvrira pas de la moitié de ce qu'ils vous ont prêté.

— Ils disent cela, les infâmes! Oh! je leur passerai mon épée à travers le corps. . Mais non, je veux aller les trouver moi-même, je veux abdiquer aujourd'hui tout l'orgueil de ma naissance; je les prierai, je les supplierai tant qu'ils ne seront pas inexorables.

— Oui, si vous avez de l'argent à leur donner.

— De l'argent! bon Dieu! de l'argent! mais je voudrais en avoir! Où en trouver?

— Demandez à vos amis, à M. de Mirepoix.

— Ils n'ont tous que des dettes.

— Alors adressez-vous à ces traitans, à ces grands seigneurs qui sont dans cet hôtel. Ces gens-là sont cousus d'or, s'il faut en croire leurs valets.

— Ah! plutôt mourir que de dévoiler ainsi ma misère! Infortuné que je suis, au moment où je touchais au bonheur! Et quand elle va savoir... Oh! quel opprobre pour moi! Dieu tout-puissant, que vous ai-je fait pour m'accabler ainsi?

A ces derniers mots, le jeune comte, en proie au plus profond désespoir, laissa tomber sa tête entre ses mains. Le vieil Antoine le contempla quelques instans avec une pitié profonde, et une larme vint mouiller sa paupière, puis tout à coup son front sembla s'éclaircir; et, tirant timidement son maître par la manche :

— Monsieur le comte, s'écria-t-il avec un naïf embarras, pardonnez la liberté que je prends, mais si vous vouliez me faire l'honneur d'accepter mon petit pécule, peut-être, avec ce que vous pourrez vous procurer de votre côté, y aurait-il moyen d'obtenir un répit des créanciers. J'ai là deux cent quatre-vingt-trois livres douze sous.

En parlant ainsi, Antoine avait tiré de sa poche une bourse de cuir qu'il insinuait assez gauchement dans la main de son jeune maître. Le comte ému pressa la main de l'honnête majordome.

— Mon pauvre Antoine, lui dit-il, que veux-tu que je fasse de cette somme? Puis il ajouta mentalement : C'est à peine s'il y aurait là de quoi payer les frais d'un souper pour une femme qui est habituée à un si grand luxe.

— C'est égal, répartit le fidèle montagnard, prenez cet argent tout de même; car votre désespoir me fend le cœur, et m'est avis que cela vous portera bonheur.

Frappé de ces dernières paroles, d'Anglars sentit germer dans son cerveau une idée qui lui parut de nature à le conduire à son but; et, se penchant presque mystérieusement à l'oreille d'Antoine, tout en marchant dans la direction des bâtimens:

— Écoute, s'écria-t-il, mon bon vieux serviteur, cette somme est bien peu de chose, mais, réunie à quelques pistoles qui me restent, il y a moyen d'en tirer parti au jeu, et j'ai vu gagner plusieurs milliers de louis avec une mise beaucoup moins forte. Attends-moi là dans ce jardin, je reviens dans peu. Oh! je gagnerai, je suis sûr que je gagnerai!

Et, sans donner même à Antoine le temps de faire la moindre observation, il s'élança dans l'hôtel. Le majordome tomba à genoux au pied d'un arbre, et, dans sa foi naïve, il récita trois fois son *Pater* et son *Ave*, pour que Dieu fît à son jeune maître la grâce de gagner au jeu.

Il était encore dans cette posture, lorsqu'un groupe de personnes de la fête qui se promenaient dans le jardin pour prendre le frais, passa à peu de distance de l'arbre derrière lequel il se trouvait caché, et quelqu'un s'écria tout haut :

— Savez-vous ce qu'a ce soir le petit d'Anglars? Lui que j'ai toujours vu beau joueur, il semblait tout à l'heure près de tomber en syncope pour une vingtaine de louis au plus qu'il doit perdre.

Antoine se releva et se frappa le front contre le tilleul qui l'abritait; puis, se dirigeant lui-même vers l'hôtel, les yeux hagards, les lèvres tremblantes, il s'approcha d'un valet et demanda à parler sur-le-champ à la senora Hernandez pour une affaire de la plus haute importance. Introduit en présence de la comédienne, il s'exprima en ces termes, d'une voix fiévreuse et saccadée :

— Madame ou senora, comme il vous plaira; je vous demande excuse de vous déranger ainsi au milieu de vos plaisirs. Je ne sais si vous me reconnaissez, je suis à M. le comte d'Anglars.

— Eh bien! s'écria Maria effrayée en contemplant le visage décomposé de son interlocuteur, qu'est-ce? serait-il arrivé quelque accident à votre maître? Pourtant il y a un quart d'heure à peine, je l'ai aperçu jouant à la bassette.

— Madame, reprit Antoine avec force, il est arrivé à mon maître non point un accident, mais un grand malheur, mais un fléau, et le plus épouvantable de tous. Il s'est laissé sottement éprendre d'une fille d'Opéra qui l'a ruiné, ruiné corps et âme, entendez-vous! Oui, madame, le moment est enfin venu où il faut que je décharge mon cœur. Vous avez, par vos infernales coquetteries, ensorcelé mon pauvre maître et porté le deuil et la honte dans une noble famille dont il était l'orgueil et l'espoir. A cause de vous, M. le comte d'Anglars a été déshérité par son oncle, et il a mangé par avance tout le bien que doit lui laisser son père; à cause de vous, il a été étendu trois mois durant sur un lit de douleur, dont il ne s'est relevé que par un miracle, et demain enfin, à cause de vous, le comte d'Anglars de Rochevert, l'aîné d'une des plus illustres familles du royaume, n'aura plus où reposer sa tête. Voilà, madame, tout ce qui est arrivé à cause de vous, voilà ce que j'avais à vous dire. Ah! c'est affreux! c'est indigne, et je prie Dieu qu'il vous le rende. Maintenant vous pouvez retourner à vos fêtes, à vos comédies, à vos musiques, mais vous y emporterez la malédiction d'un vieillard.

En s'entendant apostropher ainsi par un valet, car la mise d'Antoine n'annonçait guère une position plus élevée, la Hernandez, habituée à tant de respect, d'encens et d'hommages, sentit d'abord tout son sang de fille d'hidalgo bouillonner dans ses veines; mais bientôt, émue de compassion à la nouvelle d'un désastre qu'elle était loin de soupçonner, elle répondit à Antoine d'un ton pénétré, bien que toujours digne et fier :

— Dieu m'est témoin que tous ces détails, un seul excepté, la maladie de M. d'Anglars, m'étaient inconnus, et je regrette de tout mon cœur que les choses en soient venues là. Je croyais M. le comte d'Anglars riche; lui-même semblait avoir pris à tâche de le faire croire à tout le monde. Je m'étais trompée. Je vous remercie de m'avoir éclairée sur ce sujet comme sur les autres, bien que peut-être vous eussiez dû mettre plus de modération dans vos paroles. Je n'en suis pas moins disposée à en profiter.

Ayant ainsi parlé, elle fit signe de la main au vieux majordome, et il y avait alors tant de majesté sur son visage, que le montagnard sentit toute son indignation s'en aller en fumée; et, s'inclinant profondément, il se retira sans mot dire. Dès qu'il fut parti, Maria rentra dans la partie des appartemens qu'elle avait abandonnée à ses hôtes. Son front était calme et souriant, il n'avait conservé aucune trace de la scène qui venait de se passer Elle aperçut le comte d'Anglars qui, pâle, la chevelure en désordre, se disposait à sortir; et, l'arrêtant au passage :

— Eh quoi! monsieur le comte, lui dit-elle, vous nous quittez déjà? Cela n'est pas bien. Seriez-vous malade?

— Moi, senora, répondit le comte en cherchant à dissimuler son trouble. Oh! non pas, et je vous rends grâce de votre sollicitude; mais une affaire imprévue...

— Pourtant, si je vous priais bien de rester.

— Senora, une prière de vous est un ordre.

— A la bonne heure. Vous avez joué ce soir, monsieur d'Anglars? Je gagerais que vous n'avez pas été heureux.

— Qui a pu vous dire? Oh! je n'ai perdu qu'une bagatelle, une vingtaine de louis au plus. Cela ne vaut pas la peine d'en parler.

Et d'Anglars fut obligé de sourire, bien qu'il eût la mort dans le cœur.

— En effet, reprit Maria; mais il faut prendre votre revanche.

— Non, senora, je ne jouerai plus ce soir.

— Quoi! pas même avec moi?

L'attaque devenait des plus pressantes, et il était fort difficile pour notre héros de la parer. Il avait pourtant d'autant plus à cœur de le faire qu'il avait perdu jusqu'à sa dernière pièce. Il en était réduit à promener autour de lui des regards inquiets, espérant que quelqu'un viendrait à son secours, et changerait le cours de la conversation; mais c'était en vain.

— Mon Dieu, senora, balbutiait-il en même temps, je voudrais de grand cœur vous obéir, et ce serait un bien vif plaisir pour moi; mais cette affaire dont je vous parlais, je me souviens qu'elle est assez pressée, et puis je ne suis pas très bien, la chaleur m'a un peu incommodé.

— Allons! monsieur le comte, qui veut trop prouver ne prouve rien.

Puis elle ajouta à mi-voix :

— Souvenez-vous que j'ai le droit d'être exigeante envers vous ce soir.

— Il est écrit que je ne l'échapperai pas, pensa le comte... Voyons donc, senora, dit-il ensuite tout haut, puisque tel est votre bon plaisir, jouons ensemble.

Et le comte et la comédienne prirent place en face l'un de l'autre à une table de jeu qui fut immédiatement environnée d'une foule de spectateurs, car il était rare que la Hernandez se livrât à ce passe-temps.

— Quel est votre enjeu, monsieur le comte? dit Maria.

— Ce qu'il vous plaira, répondit d'Anglars en fouillant dans les poches de sa veste, comme s'il eût dû y puiser des piles d'or.

— Vingt-cinq louis, si vous voulez.

Le comte ne put réprimer une légère grimace.

— Est-ce que cet enjeu vous semble trop fort? s'écria vivement la jeune femme.

— Oh! non pas, répartit le comte qui tremblait qu'on ne lût sa débine sur son visage, et qui continuait toujours dans les poches de sa veste des investigations qu'il savait bien devoir être infructueuses, c'est que... ce maraud de... (ici un nom murmuré d'une manière tout à fait inintelligible) a oublié de remplir convenablement mes poches. Je m'en aperçois à l'instant.

— Oh! qu'à cela ne tienne, monsieur le comte, vous me devrez vingt-cinq louis, si vous perdez. Commençons, car il me tarde de vous les gagner.

— Puisque vous voulez bien m'accepter pour débiteur...

Et la partie commença. D'Anglars était sur les épines, il ne respirait qu'avec peine, pourtant il gagna.

— Vous m'accorderez bien ma revanche? s'écria la Hernandez.

Notre héros était dégagé d'un grand poids : cette fois il joua avec beaucoup plus d'aisance et d'aplomb, et gagna encore.

— Je commence à me décourager, dit Maria; voulez-vous que nous jouions quitte ou double; je vous donnerai cent louis ou vous ne me devrez rien du tout.

— Va pour les cinquante louis, répondit d'Anglars qui se trouva, je ne sais comment, gagner la partie avec un jeu détestable.

— Ma foi, s'écria la comédienne, décidément je m'entête, et il faut à toute force que je vous gagne; nous jouerons les cent louis, si bon vous semble.

— Ce sera comme vous voudrez, senora.

Que vous dirai-je de plus? Le comte d'Anglars eut un tel bonheur qu'en moins d'une heure il avait gagné environ quinze mille livres. Il avait beau faire pour chercher à dissimuler sa joie, son front rayonnait malgré lui; car maintenant tout était sauf, les intérêts de son amour-propre comme ceux de son amour; il avait amplement de quoi faire prendre patience à ses créanciers, et, ce qui avait un bien autre prix pour lui, rien ne s'opposait plus à ce qu'une convive adorée vînt s'asseoir le lendemain à sa table. D'où vient donc que tout à coup ses yeux se sont troublés, et qu'il a paru sur le point de chanceler sur son siége? Il a suffi pour cela de ces paroles murmurées à l'oreille de Maria Hernandez par un traitant :

— Il n'est pas étonnant que vous perdiez, senora, car vous écartez les atouts.

A ces paroles aussi la jeune femme a rougi, et elle a répondu avec un accent singulier :

— Retirez-vous, s'il vous plaît; je n'aime pas qu'on s'occupe de mon jeu. D'ailleurs, vous vous trompez.

Alors un doute affreux s'est emparé de l'âme du jeune comte. Dans les traits de celle qu'il aime, il a cru lire l'humiliante compassion qu'on accorde à l'indigence. Ainsi donc on lui fait l'aumône, à lui, le comte d'Anglars de Rochevert! Quel opprobre pour son nom! Ce souper qu'on lui demande, on lui en paie d'avance le prix! Ce qu'il prenait pour de l'amour, c'était de la pitié. Ô honte et dérision! A ces idées, sa pauvre tête se perd; il ne voit plus les objets qui l'environnent qu'à travers un nuage, et, la partie gagnée, il tire de ses poches tout l'or qu'il y a enfoui, le dépose sur le tapis vert; et, se levant :

— Senora, s'écrie-t-il, excusez-moi de prendre congé de vous, et permettez, avant de partir, que je remette cet or entre vos mains. Je sais que la bienfaisance est une de vos vertus, et j'ai pensé que vous ne refuseriez pas à ma prière de vous charger vous-même de faire distribuer cette somme aux pauvres de votre paroisse.

Ayant ainsi parlé, le jeune comte d'Anglars s'inclina respectueusement et sortit du salon, laissant toute l'assemblée, et Maria Hernandez la première, dans une stupéfaction profonde.

IX

Le Carrosse de la Pompe.

— Qui diable, messieurs, disait donc que le petit d'Anglars était ruiné? C'est un bruit absurde et dénué de tout fondement. Témoins les quinze mille livres qu'il gagnait cette nuit chez la Hernandez et qu'il a données aux pauvres. Vit-on jamais pareil exemple de prodigalité? Je ne sais vraiment comment il fait son compte pour subvenir aux dépenses qu'il fait; car enfin, bien que la Haute-Auvergne soit une de ces provinces perdues sur lesquelles on n'a pas grands détails, je n'ai jamais ouï dire que les gentilshommes qui en sont issus brillassent beaucoup du côté de la fortune.

— En effet, il faut croire que ces d'Anglars font exception à la règle.

— Ou bien que le comte a trouvé le secret de faire de l'or.

— Lui! il n'a jamais mis le pied au Palais-Royal, ni le nez dans un livre de chimie.

— Raison de plus, puisque les adeptes ne trouvent rien.

Ainsi parlaient un beau matin, tout en se promenant dans la grande galerie de Versailles, quelques jeunes gendarmes de la garde, qui venaient de prendre leur service dans le palais, lorsque d'Anglars lui-même apparut à l'entrée de la galerie. Il marchait la tête baissée, l'air profondément soucieux, ses manchettes étaient toutes fripées, et sa chevelure, qui d'ordinaire était si artistement peignée, présentait un effrayant désordre. Enfin, pour compléter ce portrait, une couche assez épaisse de poussière, imprimée sur ses chaussures et ses vêtemens, semblait indiquer qu'il venait de faire à pied une assez longue route. Pourtant, dès qu'en levant la tête il eut aperçu de loin ses camarades, il passa vivement ses doigts dans ses cheveux, sourit, et, imprimant à tout son corps je ne sais quelle impulsion presque galvanique, il s'avança à la rencontre de messieurs les gendarmes, la mine avenante, évaporée comme un homme pour qui la fortune n'a que des faveurs.

— Eh mais, s'écria Mirepoix, qui figurait dans le groupe des promeneurs, c'est toi, d'Anglars; tu ne pouvais arriver plus à propos, nous parlions de toi. Ah ça, par quel hasard viens-tu à Versailles aujourd'hui que tu n'es pas de service?

— Pardieu! mon cher, répondit le jeune comte avec une merveilleuse légèreté, je viens faire ma cour au roi.

— A la bonne heure! je ne te croyais pas si bon courtisan; mais est-ce que tu as versé en route?

— Moi! voilà une plaisante question!

— Regarde-toi seulement dans le premier miroir venu.

— En effet, répartit négligemment le comte, il me semble que j'ai un peu de poussière.

— Un peu ! le mot est modeste.

— C'est qu'il faisait si beau temps que j'ai préféré faire une partie de la route à pied à travers les bois. C'est une promenade délicieuse au printemps.

D'Anglars était encore bien modeste dans cette assertion, car il prenait le tout pour la partie.

— Ah ça ! ajouta-t-il avec un peu d'inquiétude, que disiez-vous de moi?

— Oh ! mon cher, nous nous entretenions d'un bruit le plus plaisant du monde qui court à ton endroit, la plus sotte et la plus invraisemblable nouvelle qu'il soit possible d'imaginer. Croirais-tu qu'on te dit ruiné de fond en comble? Eh ! eh ! c'est très drôle, n'est-ce pas?

— Eh ! eh ! balbutia d'Anglars avec un rire forcé, certainement... certainement, c'est impayable.

Puis, tournant brusquement sur ses talons :

— Je suis un peu pressé, s'écria-t-il, et vous quitte à regret. Au revoir, messieurs.

En parlant ainsi, il traversa à pas précipités la grande galerie et se dirigea vers une salle obscure et écartée, à proximité des appartemens du roi, où il passait ordinairement fort peu de monde. Là il se laissa tomber plutôt qu'il ne s'assit sur une banquette et se mit à réfléchir sur sa fâcheuse situation.

— Allons, se dit-il, il n'y a pas de temps à perdre. On ne sait rien encore, mais demain, mais ce soir même ma honte sera connue. On dira que je suis comme la grenouille de la fable qui a voulu s'enfler pour paraître aussi grosse que le bœuf, et on se moquera de moi, et je serai obligé de supporter, sans mot dire, tous les sarcasmes, sous peine d'être bafoué plus encore, si je me fâche. Ce soir, il me faudra coucher à la belle étoile, à moins que je n'obtienne un asile à crédit dans quelque auberge de la ville, comme un cadet de Gascogne, et alors il me sera permis d'étaler tous les jours et en tout lieu le spectacle de ma pauvreté, après avoir étonné la ville et la cour de mon luxe et de mes prodigalités. Oh ! quelle humiliation ! Ce ne serait rien encore si je n'avais aussi à rougir devant celle dont j'ambitionnais l'amour et dont je n'ai obtenu que la pitié. La pitié de Maria ! dois-je même y compter maintenant, après avoir repoussé ses bienfaits avec tant d'orgueil ? Oh ! comme elle va rire de cet orgueil, si, fidèle à sa promesse, elle vient ce soir à mon hôtel pour y souper avec... mes créanciers !

Au milieu de toutes les appréhensions du jeune d'Anglars, celle-là surtout dominait toutes les autres, et il n'est rien qu'il n'eût fait pour s'en affranchir ; car il ignorait totalement ce qui s'était passé entre Antoine et la comédienne, et ne supposait pas que cette dernière pût avoir aucune donnée précise sur sa position. Antoine, comme on doit le penser, s'était bien donné de garde de souffler mot de son entrevue avec Maria Hernandez. Il connaissait mieux que personne tout l'orgueil de son jeune maître, et il savait que ce dernier ne lui aurait jamais pardonné, quels que pussent être ses motifs, de dévoiler sa misère à la femme qu'il aimait.

Tout à coup, et comme s'il eût cherché, dans le soliloque mental auquel il venait de se livrer, des forces pour l'accomplissement de quelque mystérieux projet, il se leva et se mit à arpenter à grands pas la salle où il s'était réfugié, tout en prononçant des phrases incohérentes, comme :

— Oui, c'est cela... il n'y a que ce moyen, je sauve ainsi les apparences... J'assure le sort d'Antoine et de Nanette qui trouveront facilement à se placer dans une meilleure maison. Je les délivre l'un et l'autre d'un fléau. Maria Hernandez, informée ce soir même à l'Opéra de ce qui se sera passé ici, renonce à venir me faire visite... Que les créanciers s'emparent de l'hôtel maintenant, qu'ils y couchent même, si bon leur semble, peu m'importe ! Mon gîte est ailleurs... Très bien, d'Anglars, très bien !

Tout en parlant ainsi et gesticulant, notre héros ne s'était pas aperçu qu'il marchait d'une façon fort incivile sur le pied d'un courtisan qui venait d'entrer, et qui s'écriait en poussant des gémissemens lamentables :

— Comment, très bien ! c'est très mal qu'il faut dire. Prenez donc garde à ce que vous faites, monsieur. Aïe ! je n'en puis plus ; vous m'avez écrasé le pied !

D'Anglars regarda fixement son interlocuteur, puis il murmura tout bas:

— Voilà mon affaire ! Et il ajouta aussitôt d'un ton fort brusque : Prenez donc garde vous-même.

— Comment, reprit le courtisan, voilà qui est plaisant ! Vous vous attendez peut-être que je vais vous demander excuse de m'avoir écrasé le pied !

— Pourquoi pas ?

— Ah ! c'est trop fort ! Eh mais ! regardez-moi donc ; je ne me trompe pas, c'est le comte d'Anglars.

— Avez-vous la prétention de m'apprendre mon nom, monsieur le marquis de Dangeau ?

— Ah ça ! mon jeune ami, sur quelle herbe avez-vous marché ce matin ? Je commence à croire que vous n'avez pas mis la modération convenable dans votre déjeûner, en ce qui touche le chapitre de la boisson.

— Monsieur le marquis de Dangeau, vous m'insultez, je n'ai pas déjeûné.

— Tant pis pour vous, car l'heure est passée.

— Vous m'insultez, vous dis-je, et cela ne se passera pas ainsi ; il faut que vous me fassiez raison.

— Allons donc ! vous voulez rire.

— Je ne ris point, et je veux une réparation.

— Oh ! pour le coup, c'est trop fort ! Allons ! laissez-moi le passage libre ; vous serez cause que je manquerai le lever du roi, et qu'il y aura une lacune dans mon journal.

— Peu m'importe ! vous y mettrez notre duel en place.

— Jeune insensé ! ne criez donc pas ainsi, vous vous perdrez. Voyons, mon cher d'Anglars, soyez raisonnable et me laissez passer, je vous le demande en grâce. Je ferai ensuite tout ce qu'il vous plaira. Je suis sûr que le roi s'est déjà aperçu de mon absence, et que d'un mois je n'aurai le bougeoir.

— Et moi je vous répète, monsieur le marquis, que vous ne passerez pas que vous n'ayez croisé votre épée avec la mienne. Allons, tôt, dégaînons !

— Ah ! grand Dieu ! y songez-vous ? dans le palais du roi !

— Qu'est-ce que cela me fait ! En garde !

— Mais Sa Majesté sera furieuse.

— Raison de plus.

— Mais savez-vous qu'il y va de la Bastille pour le moins ?

— Eh ! je le sais pardieu bien. En garde, vous dis-je, monsieur le marquis, en garde !

— Quelle rage vous tient ! Puisque vous le voulez absolument, nous nous battrons demain.

— Demain ! Oh ! ciel, il s'agit bien de demain. Non pas, non pas, c'est aujourd'hui.

— Eh bien ! un peu plus tard, après le grand lever.

— Pas une minute, pas une seconde de plus. La réparation doit être instantanée comme l'offense. Allons, marquis de Dangeau, votre épée hors du fourreau, ou vous me ferez croire que dans votre ordre de Saint-Lazare on fait serment de ne point s'en servir.

— Oui-dà, mon petit monsieur, vous le prenez ainsi, vous osez attaquer l'ordre de Saint-Lazare, dont le roi m'a fait grand-maître, un ordre auquel il n'est personne à la cour qui ne s'honorât d'appartenir...

— Et dont personne ne veut, marquis.

— Plaît-il? Oh! c'en est trop, et ma patience est à bout. L'ordre de Saint-Lazare! un ordre qui... un ordre dont... Corbleu! je ne souffrirai pas... Ma foi, arrive que pourra!

— Ah! enfin, allons donc!

Et Dangeau, rouge comme un coq, se mettait en devoir de tirer sa rapière du fourreau, à l'exemple de d'Anglars qui tenait déjà la sienne à la main depuis long-temps, lorsque les gendarmes de la garde, qui de la galerie voisine avaient recueilli à la dérobée quelques éclats de voix annonçant une dispute, se précipitèrent entre les deux adversaires.

— Malheureux! s'écria Mirepoix en courant à d'Anglars, rengaîne, rengaîne au plus vite, ou tu es perdu. Sais-tu que c'est un crime de lèse-majesté que de tirer l'épée dans le palais du roi? Heureusement nul autre que nous ne t'a vu, et nous serons discrets.

— A l'autre maintenant! murmura d'Anglars entre ses dents; mais tous ces gens-là ont donc juré de me faire coucher à la belle étoile! Puis il ajouta avec un affreux juron et en criant comme un sourd : Laissez-moi me battre avec M. de Dangeau qui m'a insulté, je vous dis que je veux me battre!

Mais voyant qu'entouré comme il l'était, il ne parviendrait pas à mettre son projet à exécution, et qu'au lieu de chercher à l'inquiéter sur les suites de sa coupable algarade, ses amis semblaient disposés à employer tous les moyens en leur pouvoir pour le sauver, et faisaient même déjà mine de l'emmener hors du palais, il prit tout à coup un tout autre parti; et, après avoir remis son épée dans le fourreau, s'arrachant de leurs bras, il se mit à courir comme un fou dans la direction des appartemens du roi. Louis XIV en sortait en ce moment, en compagnie de quelques uns de ses familiers, pour aller donner à manger aux carpes du grand bassin. D'Anglars ne l'eut pas plutôt aperçu, que, se précipitant à sa rencontre, il tomba à genoux devant lui en s'écriant :

— Ah sire! je suis un grand coupable qui vient de tirer l'épée dans votre royal palais de Versailles, qui ai voulu mettre à mal un de vos courtisans les plus dévoués, le noble, le haut, l'excellent marquis de Dangeau. Sire, je viens apporter ma tête à Votre Majesté; disposez de moi comme vous l'entendrez.

Le roi, qui n'aimait pas les surprises, dit d'un ton fort irrité :

— Relevez-vous, monsieur, et me laissez passer; je me ferai rendre compte de cette affaire. Il paraît que décidément vous prenez goût aux duels, monsieur d'Anglars, mais nous vous ferons passer ce goût-là.

Puis il appela le capitaine des gardes de service et lui dit quelques mots à voix basse; celui-ci fit signe à deux exempts des gardes d'approcher. D'Anglars se tenait à quatre pour ne pas exprimer au roi toute sa reconnaissance de ce qu'il voulait bien songer à le faire arrêter, lorsque Dangeau parut avec le visage le plus comique du monde.

— Ah! sire, s'écria-t-il, que Votre Majesté me pardonne d'avoir manqué le lever. C'est...

Et le digne courtisan se disposait à faire quelque innocent mensonge, lorsqu'il aperçut d'Anglars entre les deux exempts des gardes dont l'un lui demandait son épée. A cette vue, il trembla de tous ses membres, s'attendant à un pareil sort, et demeura muet et immobile.

— Suivez-moi, Dangeau, dit le roi, vous allez me rendre compte de tout ceci.

Un quart d'heure après, notre héros descendait triomphalement l'un des escaliers du palais, entre ses deux gardes-du-corps improvisés, pour aller gagner, en leur compagnie, un de ces carrosses du roi qu'on nommait de la Pompe et qui servaient, en pareil cas, à conduire les coupables à la Bastille. Chemin faisant, il murmurait tout bas :

— J'ai donc enfin un gîte. Ouf! ce n'est pas sans peine.

Au moment où le marche-pied du carrosse ayant été abaissé, les exempts l'invitaient poliment à monter le premier, un homme effaré, hors d'haleine, arriva auprès de lui en courant.

— Ah! c'est toi, Antoine, dit tranquillement notre héros. Que me veux-tu? je ne suis pas libre en ce moment.

— Monsieur le comte, balbutia l'ex-intendant d'une voix que l'émotion et la rapidité de la course qu'il venait de faire altéraient singulièrement, je vous rencontre enfin! loué soit Dieu! J'arrive de Paris, j'ai pris un cheval... pour venir... plus vite... je... vous... Et il fut obligé de s'interrompre pour reprendre haleine.

— Diable! pensa d'Anglars, à cheval! moi je suis venu à pied, et je ne serai même pas fâché de retourner en carrosse, cela me reposera! Tout est bénéfice dans ma nouvelle position.

— Monsieur le comte, reprit Antoine, votre oncle est mort cette nuit.

— Eh bien?

— Eh bien, il n'a pas eu le temps de changer son testament, et il vous laisse tout son bien. Vous voilà riche! riche! La supérieure des Ursulines en est tombée malade.... L'homme d'affaires vous attend. J'ai tout fait disposer pour le souper que vous m'avez dit. Mais vous ne répondez pas et vous semblez tout triste. Qu'est-ce qu'il a donc, messieurs, mon jeune maître? c'est étrange! Je ne le croyais pas si attaché à son oncle.

D'Anglars monta dans le carrosse sans mot dire.

— Qu'est-ce que cela signifie, monsieur le comte? s'écria Antoine tout troublé en voyant les deux exempts en faire autant, après avoir échangé ensemble un regard d'intelligence : où donc allez-vous ainsi?

— Mon pauvre Antoine, dit le jeune comte, tu iras trouver de ma part la personne qui devait venir souper ce soir avec moi, tu lui présenteras mes hommages et mes excuses, et lui diras qu'il m'est impossible d'avoir l'honneur de la recevoir. Je vais souper à la Bastille.

Le carrosse se mit immédiatement en marche, et, après avoir traversé les cours du palais, suivit la grande avenue de Paris qui fait face à la grille d'honneur. Comme il descendait la côte, un autre carrosse la montait. Celui-là était beaucoup plus riche et attelé de quatre chevaux. Toutes les glaces étaient ouvertes pour donner de l'air, en sorte qu'on pouvait voir parfaitement à l'intérieur. Celui qui occupait seul le fond de ce carrosse, et dont les traits étaient illuminés par un beau soleil de la fin du mois de mai, n'était autre que le vieux duc de Lauzun, qui, après avoir passé tout l'hiver absent de Paris, y revenait, par une bizarrerie bien digne de son caractère, au moment où d'ordinaire chacun quitte sa maison de ville pour sa maison des champs, et s'en allait faire sa cour au grand roi. Notre gentilhomme tressaillit à cette rencontre inattendue et féconde pour lui en enseignemens de toute sorte. Au même instant, le célèbre favori, apercevant de loin le carrosse de la Pompe qu'il reconnaissait fort bien pour y avoir pris place lui-même en un temps qu'on regrette toujours à soixante ans, se pencha avec curiosité en dehors de la portière, et d'Anglars en ayant fait autant de son côté, tous les deux se saluèrent en échangeant un regard d'une expression bien différente, à coup sûr, de part et d'autre. Quelques secondes après, les deux carrosses se rencontrèrent, et le vieux duc cria en passant au jeune gentilhomme, avec cette voix sardonique qui lui était familière :

— Bonjour, monsieur le comte, il paraît que vous êtes décidément et en tout mon successeur!

X

La Bastille.

Lorsque d'Anglars fut introduit à la Bastille, il ne put se défendre d'un sentiment d'effroi involontaire en passant sous ces voûtes noires et humides, dans ces cours intérieures où le soleil ne pénétrait jamais, et en songeant que c'était là sa demeure pour long-temps peut-être. Tant qu'il avait été éloigné de cette prison d'état, il en avait plaisanté plus ou moins agréablement avec ses camarades de la garde du roi, et on a pu voir qu'il en était venu même à la considérer comme un refuge contre les mécomptes d'ambition et d'amour. Mais maintenant qu'il en touchait les sombres murailles, maintenant qu'il avait entendu le grincement funèbre des portes massives qui se refermaient sur lui comme le couvercle d'un cerceuil, maintenant surtout que l'une des causes, et la plus puissantes de toutes, qui lui avait fait choisir un parti si désespéré, n'existait plus, il était comme le pauvre bûcheron tout couvert de ramée dont parle le bon La Fontaine, et qui s'indigne si naïvement contre la Mort, de ce qu'elle a répondu à son appel.

Le sentiment de sa solitude étant celui qui lui pesait le plus, il commença par demander s'il ne lui serait pas permis de faire venir auprès de lui un vieux serviteur qui ne l'avait jamais quitté depuis sa plus tendre enfance. On lui répondit que c'était contraire au réglement de la prison, et qu'il n'obtiendrait jamais cette faveur.

— Ne pourrai-je au moins le voir? s'écria-t-il d'un air désolé.

— Cela dépend absolument de M. le gouverneur.

— Eh bien! reprit-il, conduisez-moi vers lui.

— M. le gouverneur est malade et ne reçoit personne.

— Alors n'y a-t-il pas quelqu'un pour le remplacer.

— Oui, il y a M. le lieutenant du roi; mais il est douteux qu'il consente à vous recevoir, il vaudrait mieux lui écrire.

— Lui écrire! Oh! l'on plaide bien mieux sa cause soi-même, et en présence de son juge. Mes amis, mes bons amis, par pitié, par grâce, obtenez de lui qu'il m'entende!

Les amis de M. le comte d'Anglars étaient tout simplement des guichetiers de la Bastille. Oh! il n'était pas fier en ce moment M. le comte d'Anglars; et ce dialogue avait pour théâtre le greffe de la prison.

Après une bonne heure d'attente, M. le lieutenant du roi envoya dire qu"il consentait à recevoir le nouveau prisonnier. D'Anglars suivit ses guides et entra d'un air humble et modeste dans une grande chambre qui recevait le jour par des meurtrières, mais qui était pourtant un peu moins ténébreuse que ce qu'il avait vu jusque alors de la forteresse. Un homme de haute taille était dans cette chambre, le dos tourné à la porte et regardant à travers les meurtrières. Cet homme se retourna brusquement en entendant ouvrir la porte, et notre gentilhomme se trouva face à face avec son ennemi mortel, M. le chevalier de Barbançon. Ce dernier ne put réprimer un sourire en voyant l'étrange grimace que fit d'Anglars, et s'écria de ce ton si poli qu'il touche de bien près à la raillerie :

—Eh mais! je ne me trompe pas, c'est monsieur le comte d'Anglars de Rochevert, gentilhomme d'Auvergne. Soyez le bien-venu, monsieur le comte. Pardieu! je ne me doutais pas que ce serait moi qui aurais un jour à vous faire les honneurs de la Bastille.

D'Anglars répondit assez sèchement :

— Permettez, monsieur le chevalier de Barbançon, c'est à M. le lieutenant du roi que j'ai affaire.

— Et c'est aussi à lui que vous parlez, monsieur le comte. Cela vous étonne, n'est-ce pas? Eh! mon Dieu, c'est pourtant la chose la plus simple du monde. Madame de Maintenon daigne me vouloir quelque bien, ainsi que madame la duchesse de Bourgogne, ainsi que M. le duc de Chartres. Tout le monde me veut du bien à la cour. Que voulez-vous, il faut bien qu'un pauvre cadet de famille trouve aide et protection en ce monde.

— Le fat! murmura d'Anglars.

— Tous ces augustes personnages ont tant pressé le roi en ma faveur, que ces jours derniers, comme il s'agissait de remplacer mon prédécesseur, qui est passé de vie à trépas, Sa Majesté a dit au petit lever: « Voilà » une place vacante, j'ai bien envie d'y nommer Barbançon, il sera tout » porté, et puis il s'est fait mettre si souvent à la Bastille, qu'il doit » s'entendre merveilleusement à garder les autres. » Et voilà comme j'ai l'honneur de vous recevoir aujourd'hui, monsieur le comte.

D'Anglars se tenait immobile et comme frappé de la foudre, sans pouvoir prononcer une parole.

— Allons! reprit l'impitoyable Barbançon, je vois que vous m'en voulez encore, monsieur le comte, de ce coup d'estocade que j'eus le malheur de vous donner en février dernier, si je ne me trompe. Diable! ce n'est pas ma faute, c'est vous qui l'avez voulu à toute force. Voyons, que puis-je pour réparer cela? Je veux avoir pour vous les plus grands égards. D'après ce qu'on me marque dans une lettre que je viens de recevoir à votre sujet, vous êtes ici pour long-temps. Vous plaît-il que je vous fasse donner l'appartement du masque de fer? Ah! peut-être vous préférez celui de M. de Lauzun. Je comprends... ce sera un point d'analogie de plus entre vous et le célèbre favori. Je vous laisse le choix, monsieur le comte d'Anglars. Vous ne répondez pas; est-ce que vous aimeriez mieux celui de Pellisson? Ah! je dois vous prévenir que l'araignée n'y est plus. Elle est morte ces jours passés. Dieu fasse paix à son âme!

D'Anglars avait besoin d'air, il étouffait en présence de cet homme, semblable au faucon maître d'un malheureux oiseau, qui joue avec lui avant de le dévorer. A la fin, Barbançon eut pitié de lui sans doute, car il s'écria:

— Je vois bien qu'il faut que je choisisse pour vous, monsieur le comte d'Anglars. Holà! quelqu'un! Qu'on prépare à M. le comte le numéro 123, dans l'aile du nord. Vous y serez à merveille, monsieur le comte. Pardonnez si je me vois forcé de prendre congé de vous, les devoirs de mes nouvelles fonctions ne me permettent pas de prolonger davantage une aussi agréable entrevue. Au revoir, monsieur le comte, mon cher et noble hôte!

Il sortit en ricanant, et laissant l'infortuné d'Anglars atterré.

— Eh bien, mon gentilhomme, lui dirent les guichetiers, avez-vous obtenu ce que vous demandiez?

Alors, pour la première fois, notre héros se souvint de l'objet de sa visite, et il frémit en pensant que tant qu'il serait sous les verrous, son sort dépendait entièrement de son rival, de son ennemi mortel, et qu'il ne pouvait espérer la moindre faveur qu'en se courbant devant lui. Oh! comme dès le premier jour, il eut soif de la liberté, de l'air du ciel dont il avait si follement aliéné sa part! Sans répondre à la question qui lui était faite, il demanda s'il pouvait espérer que quelques lettres qu'il allait écrire parviendraient à leur adresse.

— Oui, répartit un guichetier, si monsieur le lieutenant du roi n'y voit pas d'inconvénient, et après qu'il en aura pris connaissance.

D'Anglars n'en demanda pas davantage, et il entra en pleurant de rage et de désespoir dans la chambre qui lui avait été préparée. Il faut renoncer à décrire ce qui se passa dans son âme pendant les premières heures de sa captivité. Il y a de ces douleurs si poignantes qu'elles échappent à toute analyse, et qu'il faut imiter l'exemple de ce peintre de l'antiquité qui, dans le Sacrifice d'Iphigénie, couvrit d'un voile la tête d'Agamemnon.

Dès le second jour, le jeune comte avait écrit à son odieux rival une lettre convenable et mesurée, recommencée vingt fois, pour réclamer de lui la faveur de voir, soit un de ses amis, M. de Mirepoix, soit son ancien majordome, son vieux Antoine, soit même Nanette. Barbançon ne répondit pas. Le cœur brisé, cette faveur qu'il avait réclamée presque comme un droit, d'Anglars ne craignit pas de l'implorer comme une grâce. Point de réponse encore. Notre héros préparait une troisième épître pleine cette fois des plus sanglantes menaces, lorsque Antoine entra dans sa chambre.

Avec quelle effusion de joie il se revirent tous les deux, le maître et le serviteur! Comme, oubliant les distances de rang et de naissance, ils se serrèrent réciproquement dans les bras l'un de l'autre! Antoine apportait des lettres d'Auvergne toutes décachetées et visées par Barbançon, car il avait été minutieusement fouillé à son entrée à la Bastille. Il y en avait de l'abbé, il y en avait de la religieuse, d'une sœur du jeune comte et du marquis lui-même. Ce dernier se plaignait de sa santé, ses forces s'affaiblissaient de jour en jour; mais il était heureux, car M. de Lauzun avait daigné venir le visiter dans son vieux château d'Anglars, pendant son séjour en Auvergne, et il avait rempli son cœur paternel d'allégresse et de joie, en lui apprenant quel brillant avenir s'ouvrait devant l'aîné de la maison d'Anglars. L'abbé se recommandait au puissant crédit de son jeune élève pour un petit bénéfice qui était venu à vaquer dans les environs de Murat, et qui ne l'empêcherait pas de continuer l'éducation de messieurs d'Anglars. Sa sœur lui demandait gaîment s'il n'aurait pas bientôt une noble et jolie belle-sœur à lui présenter.

Le jeune comte soupira en repliant ces lettres qui venaient de rouvrir toutes ses blessures.

— Et Nanette, dit-il, comment va Nanette?

— Nanette va bien, répondit Antoine avec un peu d'affectation.

Et comme, selon la remarque si touchante et si vraie de Bernardin de Saint-Pierre, l'objet aimé est toujours celui qui vient en dernier :

— Et... la senora? ajouta-t-il d'une voix tremblante.

— Allons donc! répartit Antoine, j'attendais que vous m'en parlassiez, vous avez bien de la peine à vous déterminer. Ah! monsieur le comte; je reviens tout à fait au sujet de cette belle jeune femme. Si vous saviez tout ce qu'elle a fait depuis huit jours que vous êtes ici! D'abord elle est venue à l'hôtel le soir, car je n'ai pas eu la force d'aller la prévenir comme vous me l'aviez ordonné, et en apprenant ce qui se passait, elle a pleuré, oui, monsieur le comte, elle a pleuré; ma foi, cela a déjà commencé à me réconcilier avec elle, et puis elle a voulu entrer dans votre chambre, et elle a pleuré encore en s'accusant d'être la cause de tous vos malheurs; puis, elle a voulu à toute force emmener Nanette avec elle, disant qu'elle ne la quitterait plus, qu'elle voulait la garder pour parler de vous avec elle. Nanette pleurait aussi, nous pleurions tous, c'était à fendre le cœur. Mais ce n'est pas tout, la senora, comme vous l'appelez, a renoncé définitivement au théâtre, avec la permission du roi. On ne parle que de cela dans tout Paris.

— Oh! mon Dieu, mon Dieu! s'écria le jeune comte en se laissant tomber sur son lit qu'il arrosa de ses larmes, liberté, amour, fortune, tout absolument pour être heureux, et c'est moi qui me suis volontairement dépouillé de tous ces dons. Ah! je suis maudit!

— Allons, monsieur le comte, soyez raisonnable, un peu de courage, consolez-vous; la senora m'a bien chargé d'abord de vous consoler, elle vous l'a même écrit.

— Écrit! elle m'a écrit! où est sa lettre?

— J'ai été obligé de la donner comme les autres lorsqu'on m'a fouillé, bien que par précaution je l'eusse cachée dans la doublure de mon chapeau, mais les rusés matois l'ont découverte, et on ne me l'a pas rendue. Je l'ai réclamée avec instance, et l'on m'a répondu que M. le lieutenant du roi s'opposait à ce que celle-là vous fût remise et qu'il l'avait fait brûler.

— Infâme Barbançon! ô misérable infortuné que je suis!

— Monsieur le comte, ne vous désespérez donc pas ainsi: si vous saviez quelle peine vous faites à votre vieil Antoine! D'ailleurs, tout cela ne peut manquer d'avoir un terme assez prochain. M. le duc de Lauzun s'intéresse vivement à vous. Il parle au roi en votre faveur presque tous les jours, et va exprès pour cela à Versailles: c'est lui-même qui me l'a dit. M. le marquis de Dangeau s'en occupe aussi. Nous autres, nous prions Dieu pour vous. Ainsi, ayez bon espoir, songez à ne point irriter M. de Barbançon, puisque vous dépendez de lui, car il pourrait m'empêcher de vous revoir, mon pauvre jeune maître. Je reviendrai bientôt.

Bientôt! le bon Antoine se trompait. Car, soit que Barbançon eût trouvé dans la lettre de la Hernandez la confirmation trop évidente de la ruine de toutes ses espérances et qu'il en voulût tirer vengeance sur son rival, soit qu'il ne fît qu'obéir en cela à des ordres supérieurs, ce qui est peu probable, Antoine ne revint pas visiter le comte d'Anglars.

Au bout d'un mois, d'un mois de tortures, d'un mois employé à écrire mille lettres qui ne devaient jamais parvenir à leur adresse, ou à essayer des tentatives de corruption sur les gardiens, tentatives qui n'avaient d'autre résultat que de rendre sa captivité plus dure, d'Anglars vit entrer un matin, dans son cachot, M. le duc de Lauzun.

— Ah! monsieur le duc, s'écria-t-il en se jetant dans ses bras, vous êtes mon sauveur!

Le duc n'avait point cette physionomie railleuse qui l'abandonnait rarement, et un homme moins préoccupé que le jeune d'Anglars par une idée fixe, celle de sa délivrance, eût lu certainement sur ce front couvert d'un sombre nuage et dans ces yeux où le sarcasme avait fait place à une mélancolique compassion, tout autre chose qu'une heureuse nouvelle.

— Mon pauvre enfant, dit-il en embrassant tendrement le jeune comte, préparez tout votre courage, et soyez homme; car j'ai deux mauvaises nouvelles à vous apprendre.

— Ah! monsieur le duc, vous m'effrayez... balbutia d'Anglars éperdu.

— J'ai tout fait pour fléchir le roi, mes amis s'y sont employés comme moi, madame la duchesse de Bourgogne elle-même a daigné... Tout cela en vain. Louis XIV est inexorable, il veut faire un exemple, et vous condamne à rester ici encore.

— Mais, monsieur le duc, il y a déjà trente-sept jours que je suis à la Bastille; jusqu'à quand dois-je donc y rester? Sera-ce le mois prochain ou le suivant que je serai libre?

Lauzun hocha tristement la tête.

— Mon jeune ami, s'écria-t-il, ne perdez point courage, prenez exemple sur moi. J'avais de puissans protecteurs aussi, et j'étais comme vous à la fleur de mon âge. Pourtant j'ai passé six ans de ma vie à Pignerol.

— Et la seconde nouvelle que vous avez à m'annoncer quelle est elle? Oh! après celle-là, je dois m'attendre à tout.

— Vous êtes maintenant le marquis d'Anglars.

Le jeune homme se jeta dans les bras du vieux duc sans pleurer, ni proférer une parole.

XI

Un château de Fées.

Le 1er septembre 1701, trois mois environ après l'entrée du jeune d'Anglars à la Bastille, et par une nuit sombre et orageuse, comme, après avoir passé cette journée-là aussi tristement que toutes les autres, sans aucune nouvelle du dehors et avec la promenade sur les plates-formes pour toute distraction, le marquis d'Anglars venait de se coucher, un officier des gardes-françaises entra dans sa chambre, accompagné du greffier de la prison, et l'invita à se lever et à le suivre. Il s'habilla et descendit dans l'une des cours intérieures de la forteresse. Un carrosse l'y attendait, on lui fit signe d'y monter, et l'officier y prit place à ses côtés. Un moment, il avait espéré qu'on venait le délivrer, mais en voyant cette mesure de précaution prise à son égard, il conjectura qu'il s'agissait tout simplement de sa translation dans une autre prison d'état; et, tout en rendant grâces mentalement à ses protecteurs de le délivrer du joug de Barbançon, il ne put s'empêcher de gémir en pensant qu'il allait, selon toute apparence, s'éloigner de la ville où il respirait du moins le même air que Maria Hernandez.

— Monsieur, dit-il à l'officier dès que le carrosse eut franchi le pont-levis de la Bastille, est-ce à Vincennes que vous me conduisez?

— Monsieur, répondit l'officier qui semblait d'assez mauvaise humeur, veuillez vous épargner toute question, car ma consigne est de n'y point répondre, et laissez-moi dormir, ce dont j'ai grand besoin et ce qu'il vous est loisible de faire vous-même.

— A la bonne heure, répartit d'Anglars en s'enfonçant dans un coin du carrosse.

Au bout de quelques instans il essaya d'ouvrir une des glaces, pensant qu'il pourrait distinguer ainsi la route qu'on suivait, bien qu'ainsi qu'on a déjà eu occasion de le dire, la nuit fût fort obscure. Réveillé en sursaut par le bruit qu'il fit, l'officier s'écria en montrant deux pistolets qu'il avait dans sa ceinture et que ses mains ne quittaient pas, même en dormant :

— Monsieur, n'essayez pas de fuir, car je vous avertis que je suis armé, et veuillez refermer cette glace. L'air de la nuit ne vaut rien pour la santé.

— Allons! reprit d'Anglars, me voilà condamné à étouffer. On eût mieux fait de me laisser à la Bastille.

Une heure environ s'était écoulée lorsque le carrosse s'arrêta, mais c'était pour changer de chevaux. C'est du moins ce que notre héros crut comprendre au bruit qu'il recueillit à travers les ronflemens obstinés de son compagnon de voyage.

— Il est clair maintenant, se dit-il, que je ne vais pas à Vincennes. Ah çà! est-ce que l'on aurait l'intention de me conduire à Pignerol? Ce traître de Barbançon est capable, dans sa jalousie, d'avoir sollicité cet ordre, ne fût-ce que pour mettre deux cents lieues de pays entre moi et celle que j'aime, et c'est ce que semblerait indiquer d'ailleurs la mauvaise humeur de mon guide. S'il en est ainsi, je ne risque rien que d'imiter son exemple.

En effet, bercé par le bruit monotone des roues et par le mouvement régulier du carrosse, d'Anglars ne tarda pas à s'endormir. Lorsqu'il se réveilla, il commençait à faire jour, et, en enlevant avec son doigt une partie de la vapeur qui couvrait intérieurement la glace de la portière, il reconnut qu'en ce moment le carrosse traversait une forêt. Une heure encore environ s'écoula au bout de laquelle le carrosse entra dans un grand château que d'Anglars ne connaissait pas. Alors, pour la première fois, la portière s'ouvrit, l'officier bâilla, étendit les jambes et les bras, sans prendre désormais aucun souci de ses pistolets, et dit :

— Nous voici arrivés, monsieur, donnez-vous la peine de descendre.

Un autre officier vint recevoir notre héros et l'introduisit avec le même mystère dans un pavillon isolé du château, puis dans une chambre donnant sur de vastes jardins et sur une pièce d'eau où jouaient des cygnes d'une éclatante blancheur. Ensuite l'officier se retira, après avoir dit à voix basse au jeune marquis d'Anglars :

— Attendez !

D'Anglars était ébahi de tout ce qui lui arrivait. Cela tenait du prodige et de la féerie, et il n'était pas bien sûr d'être parfaitement éveillé. Au surplus, son attente ne fut pas longue, une porte s'ouvrit et deux femmes parurent devant lui. Toutes deux étaient comme ensevelies sous de longues barbes de dentelle noire ; toutes deux le contemplèrent quelques instans en silence, puis se dévoilèrent à la fois, et alors il reconnut ses deux fées, madame de Maintenon et Maria Hernandez; celle-ci rompant la première le silence, lui dit :

— Monsieur d'Anglars, remerciez madame la marquise de Maintenon qui a bien voulu vous appeler à Fontainebleau pour vous annoncer votre délivrance.

Le jeune gentilhomme, au comble de la surprise, ne put que balbutier quelques mots sans suite, en s'inclinant profondément.

— Monsieur, dit la favorite, il n'a pas dépendu de moi que ce que je fais aujourd'hui n'eût lieu plus tôt, car vous avez été auprès de moi l'objet de pressantes recommandations de la part de bien du monde, et notamment d'une personne qui m'est chère à plus d'un titre, tant à raison de l'affection que je portais à son père, que de celle que je lui ai vouée à elle-même à Saint-Cyr, pendant qu'elle était au nombre de mes élèves.

D'Anglars ne put s'empêcher de jeter les yeux sur Maria Hernandez, qui était devenue très rouge.

— Mais, continua madame de Maintenon, vous aviez commis une faute grave, et si l'on peut pardonner les offenses personnelles (la favorite appuya, involontairement sans doute, sur ces derniers mots), il n'en saurait être de même pour celles qui portent atteinte à la majesté royale et aux lois de l'état. Soyez libre, reprenez votre position à la cour, et si l'offre d'un régiment peut vous être agréable, croyez que la veuve Scarron ne négligera rien pour vous le faire obtenir.

A ces derniers mots, notre gentilhomme, incapable de maîtriser plus long-temps son émotion, se précipita aux pieds de la favorite en s'écriant :

— Ah ! madame la marquise ! il n'y a que les femmes pour pardonner et, ajouta-t-il en regardant Maria, pour aimer !

Madame de Maintenon lui tendit la main pour le relever, et il la baisa respectueusement : après une pause, il reprit :

— Recevez tous mes remerciemens, madame la marquise, mais je ne saurais accepter l'offre généreuse que vous me faites, et je renonce bien décidément à la cour. Le bonheur n'est pas là !

Quinze jours environ après cette entrevue, une troupe brillante et joyeuse de voyageurs franchissait à cheval le sentier frayé dans les montagnes, qui conduit de la petite ville de Massiac au château d'Anglars, par une route parallèle au cours de l'Alagnon. Celui qui tenait la tete de la troupe et ouvrait la marche était le respectable Antoine, monté sur un magnifique bidet et revêtu d'un costume tout neuf analogue aux fonctions d'intendant, qu'il avait bien définitivement reprises pour ne plus les quitter; il était escorté de quatre grands laquais à la livrée d'Anglars de Rochevert, auxquels il faisait admirer les sauvages beautés du site qu'ils parcouraient; un peu après venait, caracolant aux côtés d'une jeune fille montée sur une mule, le jovial Mirepoix, qui venait d'échanger son brevet de gendarme de la garde contre une compagnie de dragons. Il n'en était au reste que plus ardent à conter fleurette à la jeune fille qu'il poursuivait de ses hommages. Cette jeune fille n'était autre que la jolie Nanette, qui, il faut bien le dire, semblait commencer enfin à prendre un peu son parti sur l'infidélité de son seigneur et s'amuser beaucoup des gais propos du jeune capitaine. Enfin, et tout à fait en arrière de la troupe, apparaissait un autre couple, formé par M. le marquis d'Anglars et la belle Maria Hernandez. Celle-ci avait un costume d'amazone qui lui allait à merveille, et l'on eût dit, à la voir chevauchant en compagnie de notre héros, redevenu plus vif, plus frais et plus charmant que jamais, une noble châtelaine du bon vieux temps, allant en pélerinage avec son page bien-aimé. Toutes les fois que la route s'élargissait assez pour permettre aux deux chevaux d'aller de front, il fallait voir avec quel empressement le jeune gentilhomme poussait son destrier auprès de sa belle maîtresse, à laquelle il semblait adresser, en se penchant amoureusement vers elle, une supplique que celle-ci s'obstinait à repousser en riant. Mais ce n'était point, comme on peut le penser, d'un doux baiser qu'il s'agissait, c'était d'une affaire bien autrement importante, et, pour lever toute espèce de doute à cet égard, il faut prêter une oreille attentive à ce léger murmure qui constitue le langage des amans; alors on entendra peut-être la jeune femme poussée à bout s'écrier :

— Enfant, qui avez voulu imiter M. de Lauzun, souvenez-vous que tous ses malheurs sont venus de ce qu'il a voulu épouser mademoiselle de Montpensier. Il était heureux avant.

— Et moi, Maria, qui n'ai connu que malheur auparavant, vous voyez bien qu'il faudra que je sois heureux après que je serai votre époux.

A cet instant, on était arrivé dans cette allée tortueuse, tracée au milieu d'une gorge effrayante, où, moins d'une année auparavant, d'Anglars avait cru apercevoir Nanette, le jour où il partit pour Paris. A la droite du voyageur, les plombs du Cantal dressaient à des hauteurs incommensurables leurs crêtes chenues, tandis qu'à gauche, au fond d'un abîme, dont un rideau de noirs sapins cachait par intervalle la profondeur, retentissait le mugissement sourd du torrent qui, se métamorphosant en cascade, tombe avec un bruit terrible et par une chute de cinquante pieds dans la vallée prochaine. Comme il faisait très chaud, Antoine jugea devoir ordonner une petite halte à l'ombre des sapins, et Nanette, regardant malicieusement Mirepoix, lui montra en même temps notre héros, qui n'était encore qu'au bas du chemin et arrivait lentement avec mademoiselle de Siete Yglesias, comme il voulait maintenant qu'on appelât la Hernandez; puis elle se mit à chanter, mais en accélérant le rhythme, cette chansonnette bien connue :

Au plus profond de la montagne,
Cache-toi bien, gentille fleur,
Ma sœur :
Voici venir dans la campagne
Un beau seigneur
Trompeur.

Que la neige
Te protége,
Gentille fleur,
Ma sœur;
La neige efface
Toute trace:
La neige glace
Le cœur.

Le soir, en arrivant dans son château, le jeune marquis, après avoir embrassé l'abbé, la religieuse et ses dix frères et sœurs, s'écria :

— Mes bons amis, je reviens vivre au milieu de vous avec la marquise d'Anglars.

FIN DE L'AINÉ DE LA FAMILLE.

www.ingramcontent.com/pod-product-compliance
Ingram Content Group UK Ltd.
Pitfield, Milton Keynes, MK11 3LW, UK
UKHW021824190726
13853UKWH00003B/1167